EDNEY SILVESTRE

Der letzte Tag der Unschuld

Buch

»Wenn ich jetzt die Augen schließe, kann ich noch immer ihr klebriges Blut an meinen Fingern spüren. Denn es hat damals an meinen Fingern geklebt, so wie es an ihren blonden Haaren klebte, an der hohen Stirn, den gewölbten Augenbrauen und den schwarzen Wimpern, an den Lidern, dem Gesicht, dem Hals, den Armen, der zerfetzten weißen Bluse und den abgerissenen Knöpfen, an dem zerschnittenen BH und ihrer rechten Brust.«

Als Paulo und Eduardo an einem kleinen Badesee die grausam verstümmelte Leiche einer jungen Frau entdecken, läutet dieser Fund das Ende ihrer Kindheit ein. Auf einmal werden sie mit der brutalen Welt der Erwachsenen konfrontiert, die vor nichts zurückschrecken, um ihre dunklen Machenschaften zu verbergen. Und alles daran setzen, dass ihre tödlichen Geheimnisse dort bleiben, wo sie begraben wurden …

Autor

Der Brasilianer Edney Silvestre (geboren 1950) ist in seinem Heimatland ein bekannter Journalist und Fernsehmoderator. Sein Debütroman *Der letzte Tag der Unschuld* wurde auf Anhieb ein Erfolg und mit renommierten Literaturpreisen wie dem *Premio Jabuti* und dem *São Paulo*-Preis ausgezeichnet. Nach mehreren Jahren als Korrespondent in New York lebt Edney Silvestre jetzt wieder in Brasilien.

Edney Silvestre

Der letzte Tag der Unschuld

Roman

Aus dem brasilianischen Portugiesisch
von Kirsten Brandt

blanvalet

Die Originalausgabe erschien 2009 unter dem Titel »Se eu fechar os olhos agora« bei Record, Rio de Janeiro.

Obra publicada com o apoio do Ministério da Cultura do Brasil / Fundação Biblioteca Nacional / Die Übersetzung wurde vom Ministerio da Cultura do Brasil / Fundação Biblioteca Nacional gefördert.

MINISTÉRIO DA CULTURA
Fundação BIBLIOTECA NACIONAL

FSC
www.fsc.org
MIX
Papier aus verantwortungsvollen Quellen
FSC® C014496

Verlagsgruppe Random House FSC® N001967
Das FSC®-zertifizierte Papier Holmen Book Cream
für dieses Buch liefert Holmen Paper, Hallstavik, Schweden

1. Auflage
Taschenbuchausgabe Mai 2015 bei Blanvalet, einem Unternehmen
der Verlagsgruppe Random House GmbH, München.

Umschlaggestaltung: © www.buerosued.de
Umschlagmotiv: © Masterfile/George Simhoni
ED Herstellung: sam
Druck und Einband: GGP Media GmbH, Pößneck
Printed in Germany
ISBN: 978-3-442-0172-4

www.blanvalet.de

»Die Toten bleiben nicht dort,
wo sie begraben werden.«

John Berger, *Hier, wo wir uns begegnen*

Wenn ich jetzt die Augen schließe, kann ich noch immer ihr klebriges Blut an meinen Fingern spüren. Denn es hat damals an meinen Fingern geklebt, so wie es an ihren blonden Haaren klebte, an der hohen Stirn, den gewölbten Augenbrauen und den schwarzen Wimpern, an den Lidern, dem Gesicht, dem Hals, den Armen, der zerfetzten weißen Bluse und den abgerissenen Knöpfen, an dem zerschnittenen BH und ihrer rechten Brust, der Warze der rechten Brust.

Den stechenden Geruch hatte ich nie zuvor wahrgenommen, ein Geruch, der sich von nun an unter den Duft aller Frauen mischen würde, mit denen ich schlief, der den Duft der anderen Frauen überlagern und mich immer wieder zu ihr zurückbringen würde. Eine Mischung aus süßlichem Parfüm, aufgeschlitztem Fleisch, Schweiß, Blut und – bis heute habe ich keinen treffenderen Vergleich gefunden – Salz. Der Geruch, den man in der Nähe des Meeres wahrnimmt. Der sich einem auf die Haut legt. Nicht wie Salzkörner, sondern wie der unsichtbare, duftende Salzstaub an feuchten Tagen.

Aber damals kannte ich auch das Meer noch nicht, wusste weder, wie es riecht, noch wie es aussieht, und da war also der Geruch dieses Körpers, der vor uns im

Schlamm lag, nackt, ich hatte noch nie eine nackte Frau gesehen und noch nie aus der Nähe den Geruch einer nackten Frau wahrgenommen, ich meine, sie war nicht völlig nackt, aber da war diese Brust mit der großen Brustwarze und … Ihre Beine waren gespreizt, der Rock nach oben gerutscht, und ich konnte das schwarze Haarbüschel am oberen Ende der Schenkel erkennen, da, wo die langen Schenkel zusammentrafen, und von dieser Stelle, nein, von ihrem ganzen Körper ging der Geruch nach Frau aus, vermischt mit dem Blutgeruch, und ich glaube, sie hatte sich eingekotet und auch eingenässt, heute weiß ich, dass das uns allen in dem Augenblick passiert, in dem das Leben den Körper verlässt und die Muskeln erschlaffen und der Sphinkter sich öffnet und … Das war auch so ein Wort, das ich noch nie gehört hatte. Nicht einmal gelesen. Sphinkter … Ich war zwölf Jahre alt, und solche Wörter kamen bei mir zu Hause nicht vor. Solche Wörter kannten wir nicht.

Sie lag dort, tot. So gut wie nackt.

Ich wusste, dass sie tot war. Wir wussten es beide. Ihre Haut war kalt, die Haut am Arm, wo wir sie zuerst angefasst hatten. Und ihr Gesicht war so … bleich. War sie wirklich bleich? Ja, das war sie. Und ihr Mund stand offen. Halb offen. Als hätte sie gerade lächeln wollen. An einer Stelle blitzten ihre großen, blendend weißen Zähne zwischen den vollen Lippen hervor … Waren die Lippen geschwollen? War sie auf den Mund geschlagen worden? Hatte sie blaue Flecken im Gesicht? Ja. Aber auf ihren Lippen war Blut … Ich glaube, ich habe ihre Lippen berührt. Ich weiß es nicht mehr. Doch: Ich habe sie berührt. Weich. Rot. Vom Blut. Blut oder Lippenstift? Von

Blut und Lippenstift. Und voller Schlamm. Der war wohl hochgespritzt, als sie ausrutschte. Oder war sie mit dem Gesicht in Gras und Morast gelandet? Als sich ihr Absatz im Schlamm verfing und abbrach und sie halb durch den Morast und das feuchte Gras flog, ein letzter Flug voller Schrecken und Traurigkeit, war es so? Ein Flug. Lautlos. Endlos. Da hatte sie vielleicht begriffen, dass ihre Flucht zu Ende war. Vielleicht hatte sie sich zur Wehr gesetzt, vielleicht hatte sie willenlos alles mit sich geschehen lassen und in der frischen Herbstluft mit ihrem letzten Blick den blauen Himmel erfasst und den Schrei eines Vogels und den Atem des Mörders gehört, während die Klinge wieder und wieder in ihr Fleisch drang.

Weder er noch ich hätten sagen können, wie viele Messerstiche es waren. Die zahllosen Verletzungen ihrer Haut erinnerten mich an die Wundmale der Christusfigur im Hauptschiff der Kirche, die die Arme am Kreuz so ausbreitete wie sie hier im Schlamm unter dem wolkenlosen Himmel an jenem Morgen im April.

Selbst heute, hier in dieser fremden Stadt, in der ich von Zeit zu Zeit wohne, selbst jetzt passiert es mir noch, wenn ich abgelenkt bin, wenn ich aus der U-Bahn komme und um die Ecke biege und eines der hübschen Häuser vor mir sehe, bei deren Anblick man glauben könnte, dass es gut und geordnet auf der Welt zugeht, wenn ich ein Café verlasse, in dem ich Zigaretten gekauft habe, und das Wechselgeld in die Jackentasche stecke und nach dem Feuerzeug suche – bei alledem spüre ich manchmal unvermittelt auf meinem Gesicht den kalten Wind, der an jenem Apriltag plötzlich aufkam, den kalten Wind, der an jenem lauen Tag auf einmal zu wehen schien und sacht das hohe Gras rund um den See wogen ließ, an den wir uns an jenem Morgen geflüchtet hatten, weit weg von den Erwachsenen, wie wir es schon den ganzen Sommer über getan hatten.

Wenn man oben auf dem Hügel ankam, konnte man die genaue Ausdehnung des Sees kaum erkennen. Er war von hohen Bambusstauden umgeben, in denen Dutzende lärmender Rotsteißpapageien ihre Nester hatten. Die Papageien und die Bambushaine, die er später so oft in den langen melancholischen Briefen erwähnen sollte, die er mir schrieb.

Ich weiß nicht mehr, wie der See in Wirklichkeit aussah. Seit jenem April bin ich nicht mehr dort gewesen. Mir bleibt nur das Bild meiner Erinnerung, und das sieht so aus: tiefblau, durchsichtig, in der Sonne glitzernd, die damals unaufhörlich zu scheinen schien.

Es war ein Dienstag. Ich glaube, es war ein Dienstag. Ich könnte im Kalender nachsehen, um ganz sicher zu sein. Aber ich will nicht. Mir ist die Gewissheit meiner Erinnerung lieber, die mir sagt, dass es ein Dienstag war.

Dienstag, 12. April 1961.

Am frühen Morgen hatte ein Radiosprecher verkündet: Ein Mensch ist ins Weltall geflogen. Der erste Mensch im All. Ein Russe.

Er hieß Juri Gagarin.

Er behauptete, die Erde sei blau, und ich dachte, wir beide dachten, er und ich, wir redeten darüber, während wir gemächlich die Straße entlangradelten, weg von der Schule, wo eine Strafarbeit auf uns wartete, weil wir mit einem Schmuddelheft erwischt worden waren, wir redeten also darüber, wie wir über alles redeten, und wir sagten uns: Das kann man also auch werden, man kann jemand werden, der durchs Weltall fliegt.

Wir waren zwölf, in einem Alter, in dem man glaubt, dass alle Phantasien Wirklichkeit werden können, und der Flug von Major Juri Alexejewitsch Gagarin an Bord der Wostok, einer Metallkugel mit einem Durchmesser von zweieinhalb Metern und Fenstern, die kaum größer waren als ein Buch, eröffnete uns im wahrsten Sinne des Wortes den Himmel.

Astronaut: Noch so ein Wort, das ich nicht kannte.

Auch Astronaut. Ich könnte auch Astronaut werden. Alles war möglich für jemanden, der noch nicht sicher war, ob er lieber Ingenieur oder Cowboy, Fußballspieler oder Urwaldforscher, Flieger, Testpilot, Verkäufer, Taucher, Archäologe oder Tarzan werden wollte.

Bisher war Tarzan meine Lieblingsfigur gewesen, niemand schwang sich so lässig von Liane zu Liane wie ich, aber sowohl der afrikanische Urwald von Lord Greystoke als auch Oklahoma, wo in meiner Vorstellung der Wilde Westen mit seinen Helden und Banditen lag, verloren allmählich ihren Reiz, ohne dass ich gewusst hätte, warum. Mir gefiel auch die Vorstellung, ein genialer Wissenschaftler zu sein und Heilmittel für schlimme Krankheiten zu finden, vielleicht sogar einen Impfstoff, der gegen alle Krankheiten half. Vielleicht war auch er derjenige, der Wissenschaftler werden wollte. Einer von uns beiden glaubte, er könne eines Tages Präsident von Brasilien werden und die Dürre und den Hunger im Nordosten beenden. Ich glaube, er war das. Zu den ehrgeizigen Plänen, die wir beide hegten und die umzusetzen uns ein Leichtes schien, gehörte auch der, eines Tages in Rio de

Janeiro zu leben. Brasília war knapp ein Jahr zuvor fertiggestellt worden, aber derjenige von uns, der Präsident werden würde, würde die Hauptstadt nach Rio zurückverlegen. Wir waren zwölf. Wir lebten in einem anderen Land. Wir lebten in einer anderen Zeit.

1

Große Berge und Gebiete im Schatten

Endlich lag der See vor ihnen.

Sie waren von der asphaltierten Straße auf den gewundenen Schotterpfad abgebogen. Nun hörten sie auf, in die Pedale zu treten. Leise rumpelnd rollten die Räder abwärts. Kurz vor dem Stacheldraht am Fuß des Hügels stiegen sie ab. Sie nahmen die Bücher und Hefte von den Gepäckträgern und versteckten sie unter einem Gebüsch. Dann hoben sie abwechselnd den Draht an, um sich gegenseitig darunter hindurchschlüpfen zu lassen.

Das rostige, zerbeulte Fahrrad des dunkelhäutigen Jungen hatte nur noch vorne ein Schutzblech. Es hatte seinem Vater gehört, als der noch Weber gewesen war, und danach seinem Bruder, bis der ein neues bekommen hatte. Am Fahrrad des anderen Jungen, der größer, hellhäutiger und magerer war, war auf der Mittelstange noch deutlich der englische Markenname zu erkennen, obwohl es schon zwölf Jahre her war, seit es im Tausch gegen die günstige brasilianische Währung der Nachkriegszeit mit tausenden anderer europäischer Produkte über den Atlantik gekommen war.

Als sie ihre Räder durch den Mangohain schoben, gruben die Reifen Furchen in die vom Regen der letzten Nacht nasse Erde. Der magere Junge krempelte sich die

Hosenbeine bis zum Knie auf, um seine dunkelblaue Segeltuchhose vor Schlammspritzern zu schützen. Der Dunkle machte sich die Mühe nicht. Bei ihm zu Hause würde es sowieso niemand bemerken. Von der Tasche seines schmutzigen Hemds hing das Schulabzeichen halb herunter. Beide hatten die schwarze, fertig geknotete Krawatte abgenommen, die mit einem Plastikhaken am Kragen befestigt wurde, den Teil der Schuluniform, den sie hassten. Nur der größere Junge hatte sie sorgfältig zusammengelegt, bevor er sie in die Hosentasche steckte.

Sie folgten dem schmalen Pfad durch das Bambuswäldchen, während die Papageien zeternd über ihren Köpfen kreisten, und sprachen über die Dinge, über die zwölfjährige Jungen zu dieser Zeit redeten: ungeheuer wichtige Dinge, die sie selbst und die Welt betrafen, die sie noch nicht verstanden, von der sie aber eine genaue Vorstellung zu haben glaubten, die sie schon bald gegen andere Vorstellungen eintauschen würden, märchenhaft wie ihre Träume. Das Leben der Erwachsenen schien ihnen weit entfernt, freundlich und hell – nicht wie die grausame Welt, in die sie an diesem Morgen geworfen werden würden.

Am Ufer des Sees legten sie die Räder auf dem Rasen ab, der eine vorsichtig, der andere ließ es achtlos fallen.

Der Dunklere der beiden riss sich hastig die Kleider vom Leib, warf sie auf das Fahrrad und schleuderte die Schuhe von den Füßen, der hellhäutige Junge dagegen knöpfte das Hemd auf, zog es aus, öffnete die Gürtelschlaufe und ließ die Hose hinunter. Jedes Kleidungsstück wurde sorgfältig zusammengelegt. Während er noch die aufgerollten Strümpfe in die Schuhe steckte, rannte sein Freund schon in Unterhosen zum Wasser und rief ihm zu, fang mich doch, du Eierloch, bevor er sich ins Wasser platschen ließ.

Der hellhäutige Junge ging zu dem Gebüsch, in dem sie einen Radschlauch als Schwimmreifen versteckt hatten. Er drückte darauf: Der Schlauch war noch prall gefüllt. Er nahm ihn mit ans Ufer und warf ihn ins Wasser. Dann legte er die Hände aneinander, senkte den Kopf und sprang fast geräuschlos in den See.

Eine Zeitlang schwammen sie im Wasser, das so lau war wie der Tag.

Später legte sich der magere Junge mit ausgebreiteten Armen und Beinen quer über den Schlauch und ließ sich treiben. Er hörte seinem Freund zu, der prustend und plantschend auf- und untertauchte, zwischendurch ein wenig schwamm, dann wieder verschwand und kurz darauf erneut an der Oberfläche erschien. Dabei schrie und redete er ununterbrochen, warf seinem Freund Sätze oder Fragen zu, die dieser anfangs noch beantwortete, bis er sich, vom warmen Wasser eingelullt, in seinen eigenen Gedanken verlor. Die Stimmen und Geräusche der Außenwelt verschwanden allmählich.

Irgendwann waren sie ganz verstummt.

Er trieb in der Stille.

Alles, was er sah, war das Blau über ihm.

Aber hatte der russische Astronaut nicht genau das Gegenteil gesagt?

»Ich sehe die Erde. Sie ist wunderbar. Sie ist blau.«

Wieso eigentlich blau?, fragte sich der magere Junge. Die Erde und nicht der Himmel? War es wegen der Ozeane?

Wegen der Meere? Kontinente sind nicht blau. Berge sind schwarz, Wälder grün, Wüsten weiß, oder nicht? So sehen wir das hier unten. Und auf den Karten. Auf allen Karten. Wie konnte der Astronaut einen blauen Planeten gesehen haben, wenn die Betongebäude, die Brücken, Viadukte, alles, alles grau war? Und die roten und braunen Lehmpfade? Und die asphaltierten Straßen? Aber der Astronaut hatte all das von oben gesehen. Eisenbahnlinien, Häfen, Straßen, Landebahnen, Städte, Amazonien, Sibirien, den Nordpol, Australien, die Mongolei, den Himalaja, die Sahara, alles. Er hatte es gesehen. Der Russe, der Astronaut, hatte das alles unter sich liegen sehen, heute Morgen, als erster Mensch überhaupt. Und er hatte gesagt: blau. Die Erde ist blau. Also war das, was sie bisher im Erdkundeunterricht gelernt hatten, falsch. So wie die Landkarten vor Columbus falsch gewesen waren. Damals hatten die Menschen doch behauptet, die Erde sei flach und ende in einem Abgrund, oder nicht? Werden die Menschen in fünfhundert Jahren auch über das lachen, was wir heute lernen? Werden alle Planeten und Orte, die wir heute kennen, lächerlich klein erscheinen, wie es mit der Erde gewesen war, nachdem Pedro Álvares Cabral Brasilien entdeckt hatte? Er hatte die Karten der phönizischen Seeleute benutzt, die lange vor dem Jahr 1500 hier gelandet waren. Und wenn nun heute das Gleiche geschieht? Wenn es Geheimnisse gibt, die die Wissenschaftler kennen, von denen wir aber nichts ahnen? Die die Regierungen vor uns geheim halten, wie die Portugiesen die Karten vor ihren Feinden geheim gehalten hatten? Vielleicht haben die Russen ja die richtigen Himmelskarten. Und die Amerikaner? Ob die Amerikaner die richtigen Himmelskarten besaßen?

»Ich sehe deutlich die großen Berge und Gebiete im Schatten …«

Wenn der russische Astronaut die Erde in einer Stunde und achtundvierzig Minuten umkreist hatte, sagte sich der Junge, dann musste er Tag und Nacht gesehen haben, beides gleichzeitig.

»… die Wälder, die Inseln und Küsten.
Ich sehe die Sonne, die Wolken …«

Wenn Japan uns vierundzwanzig Stunden voraus ist, auf der anderen Seite der Erde, wo es schon morgen ist, dann ist der Russe durch die Zukunft zurück in die Vergangenheit geflogen. Aber das geht doch gar nicht. Das kann er nicht. Oder doch? Aber wie? Wenn ich in die Zukunft reise, kann ich mir dann selbst so begegnen, wie ich heute bin?, fragte sich der blasse Junge. Oder so, wie ich heute war?

»… und die Schatten, die das Licht auf meine geliebte, ferne Erde wirft.«

Das hatte der Russe gesagt. Der russische Astronaut. Der siebenundzwanzigjährige Major Juri Gagarin. Im Radio hatten sie berichtet, dass er das gesagt hatte. Vielleicht hatte er ja geschwindelt. Die Russen lügen, um die Welt zu erobern, sagte Pater Tomás immer, in jeder Lateinstunde warnte er: Die Kommunisten lügen. Aber Senhor Lamarca sagte, dass die Amerikaner diejenigen sind, die lügen, fiel dem Jungen ein. Weil sie hinter unseren

Bodenschätzen her sind, unserem Gold, unserem Erdöl, unserem Monazit …

In diesem Augenblick kam Paulo angetaucht: geräuschlos näherte er sich Eduardo, dessen Körper er von unten sah, und tat etwas, wovon er wusste, dass sein Freund es hasste: Er kippte den Schwimmreifen um und zog Eduardo gleichzeitig die Unterhose bis auf die Knie herunter.

Eduardo ging unter, schluckte Wasser und tauchte prustend wieder auf.

Paulo schwamm rasch ans Ufer, lachend und heulend wie die Indianer nach einer erfolgreichen Attacke gegen die Bleichgesichter in den Western, die sie in der Sonntagsmatinee im Kino Theatro Universo sahen, während Eduardo ihn schimpfend und keuchend mit kräftigen Schwimmzügen einzuholen versuchte.

Immer noch lachend, stieg Paulo aus dem Wasser, rannte ein paar Meter und blieb dann stehen.

Er wartete.

Wütend kam sein Freund näher.

Ganz nah.

Paulo lachte wieder, glücklich. Das war sein liebster Streich. Er wusste, dass er schneller und geschickter war als Eduardo; er konnte auch besser dribbeln, manchmal war es von Vorteil, klein zu sein, etwa wenn man nach links oder rechts ausweichen wollte, den Oberkörper gebeugt, und unter Eduardos ausgebreiteten Armen hindurchtauchen, so wie er es jetzt tat.

Verwirrt und unfähig, so rasch die Richtung zu ändern, verfolgte ihn Eduardo, glitt mit den nackten Füßen manchmal im nassen Gras oder im Schlamm aus, während sein Freund davonrannte, ohne jemals das Gleichgewicht zu verlieren.

Doch dann stolperte Paulo über etwas und fiel hin.

Es war ein Körper.

Eine Frau, blond, mit gespreizten Armen und Beinen, mit Blut und Schlamm bedeckt.

Die linke Brust war abgeschnitten.

Das Loch zwischen den Steinen und die schwarzen Ameisen, die geschäftig in einer ordentlichen Reihe aus ihm herausmarschierten, war alles, was Eduardo sehen konnte. Er stand mit dem Gesicht zu der rauen Wand, an die ihn die Polizisten gestoßen hatten. Die Ameisen krabbelten die Wand hinauf zu der vergitterten Öffnung hoch über seinem Kopf, durch die die heiße Nachmittagsluft und undefinierbarer Straßenlärm hereindrangen: das Rollen von Karrenrädern und das Hufeisengeklapper eines Maultiers auf dem Kopfsteinpflaster, die Stimmen zweier vorbeigehender Frauen, ein fernes, unbestimmtes Wimmern wie von einem weinenden Kind, vielleicht auch von einem Gefangenen im Untergeschoss des Polizeireviers.

Die drei Polizisten stanken. Er schwitzte und hoffte, dass es kein Angstschweiß war.

»Ich hab sie zuerst gesehen«, sagte er zum x-ten Mal.

»Aber ich bin über die Leiche gestolpert«, beharrte Paulo.

Sie standen mit den Rücken zueinander, Paulo mit dem Gesicht zur gegenüberliegenden Wand. Die Polizisten wechselten sich ab, stellten immer wieder die gleichen Fragen.

»Was habt ihr dort mit ihr gemacht?«

»Wieso ist sie mit euch dorthin gegangen?«

»Wer von euch hat sie dorthin bestellt?«

»Wir kennen die Frau nicht, das haben wir doch schon gesagt!«

»Herr Wachtmeister, weder Paulo noch ich wissen, wer sie ist.«

»Natürlich wisst ihr das.«

»Wem gehört das Taschenmesser?«

»Wie oft habt ihr zugestochen?«

»Wie habt ihr sie dorthin geschleppt?«

Einer von ihnen lachte. Eduardo glaubte, sie tuscheln zu hören.

»Ich hab's Ihnen doch schon gesagt, und Eduardo auch, wir kennen die Frau nicht.«

»Ich kannte sie nicht. Ich hab sie nie zuvor gesehen. Wir haben sie nie zuvor gesehen.«

»Nie.«

»Wie oft habt ihr zugestochen?«

»Was soll das heißen: Ihr kennt sie nicht?«

»Wie oft hast du mit dem Messer zugestochen?«

»Das Messer gehört nicht Eduardo, es ist meins.«

»Wie oft?«

»Das Messer gehört mir, aber wir benutzen es nie, wir kennen die Frau nicht, wir haben sie noch nie gesehen.«

»Jeder kennt sie, Kaffer.«

»Ich bin kein Kaffer!«

»Halt's Maul! Du redest nur, wenn du gefragt wirst, Kaffer.«

»Ich bin kein Kaffer! Und ich muss überhaupt nicht antworten!«

»Willst du ne Tracht Prügel, Kaffer?«

»Ganz ruhig, Herr Wachtmeister. Ruhig, Paulo. Wir waren am See zum Baden, weiter nichts, Herr Wachtmeister.«

»Wie viele Stiche waren es? Red schon, Kaffer.«

»Ich weiß es nicht. Wir wollten nicht hinsehen.«

»Wir haben die Stiche nicht gezählt. Ich nicht und Paulo auch nicht.«

»Ein Taschenmesser macht keine solchen Stiche. Das war ein richtiges Messer.«

»Woher weißt du das, Kaffer? Hast wohl schon mal jemanden abgestochen?«

»Ich bin kein Kaffer! Und ich hab nix gemacht, ich bin bloß über die Leiche gestolpert.«

»Woher wusstet ihr, dass sie tot war?«

»Wir haben sie nicht angefasst, Herr Wachtmeister. Wir haben sie gefunden, und ich hab zu Paulo gesagt, es ist besser, wir kommen hierher zur Wache und erzählen, was wir gefunden haben. Die Leiche.«

»Und ich hab dir gesagt, besser, wir lassen die Polizei aus dem Spiel!«

»Wir haben Sie doch zu ihr geführt, oder etwa nicht? Um sie Ihnen zu zeigen. Wir haben sie nur gefunden. Weiter nichts.«

»Ich hab dir gleich gesagt, die Polizei glaubt uns nicht, Eduardo!«

»Tun wir auch nicht. Weil ihr lügt. Was habt ihr mit ihr gemacht?«

»Nichts! Sie war schon kalt, als ich über sie gestolpert bin.«

»Du lügst, Kaffer.«

»Paulo und ich sind zum See gefahren, weil wir aus dem Erdkundeunterricht geflogen sind.«

»Der Lehrer hatte uns zum Rektor geschickt.«

»Wer hat ihren Rock hochgeschoben?«

»Du oder du?«

Ich habe Hunger, stellte Paulo fest. Ich habe Hunger, ich habe Durst, ich muss mal pinkeln, ich habe noch nicht zu Mittag gegessen, ich habe gar nichts gegessen, nur ein Stück Brot mit Kaffee, warum haben sie Eduardo und mich in diesen stickigen Raum gesperrt, warum fragen sie uns dauernd, ob wir diese Frau umgebracht haben, warum, wozu? Sehen die denn nicht, dass wir es gar nicht gewesen sein können? Mit meinem Taschenmesser hätten wir sie nicht umbringen können. Ich habe ihren Rock nicht angerührt, der war schon hochgeschoben bis zur Hüfte, vielleicht war er auch zerrissen, wer weiß, nein, zerrissen war er nicht, oder vielleicht doch, aber ich habe ihn nicht hochgeschoben, und Eduardo auch nicht, der Kerl, der mir ins Ohr brüllt, spuckt immer beim Reden, so ein Schwein, ich glaube, das ist der, mit dem wir als Erstes geredet haben, der mit dem verfaulten Schneidezahn, der, der uns in diesen Raum ganz hinten im Polizeirevier geschubst hat, als wir hierherkamen, um zu erzählen, dass wir eine Leiche gefunden haben. Der stank aus dem Mund, das konnte man schon von weitem riechen. Oder war das der andere? Mein Magen knurrt. Wie viel Uhr ist es?

»Warst du es, Kaffer?«

»Wir haben sie nicht angerührt. Ich bin bloß über sie gestolpert. Beim Rennen.«

»Wir sind zum See gefahren, weil der Lehrer uns rausgeschickt hat. Und weil wir nicht nach Hause gehen konnten.«

»Wir konnten uns doch vor Schulende nicht zu Hause blicken lassen.«

»Hat er euch beide rausgeschickt?«

»Ja.«

»Was habt ihr denn gemacht?«

»Nichts Schlimmes, Herr Wachtmeister.«

»Wir haben uns bloß ein Heft angesehen.«

»Im Unterricht.«

»Was für ein Heft?«

»Der Lehrer hat's uns weggenommen. Und dann hat er uns zum Rektor geschickt.«

»Was war das für ein Heft?«

»Schweinkram, ich bin mir sicher, die beiden haben sich ein Schmuddelheft angesehen.«

»Habt ihr Schweinkram getrieben? War es das? Miteinander?«

»Nein! Wir waren schwimmen!«

»Aber der Rektor war nicht in seinem Büro, und da dachten wir, es ist besser, wir verschwinden.«

»Wir dachten, wir hauen besser ab.«

»Ihr wolltet Schweinkram mit ihr treiben.«

»Wir haben sie nicht mal gesehen! Wir kennen sie nicht!«

»Ich habe sie nie zuvor gesehen, das schwöre ich. Und Paulo auch nicht.«

»Du lügst, Kaffer.«

»Jeder kennt diese Frau.«

»Wir nicht.«

»Wir haben sie nie zuvor gesehen, das hab ich doch schon gesagt!«

»Jeder kennt diese Frau, jeder kannte sie.«

»Ich kenne sie nicht, Herr Wachtmeister.«

»Klar kennst du sie. Sie war eine Nutte.«

»Eine Nutte?«

»Die Tote war eine Nutte?«

»Eine Nutte. Eine Herumtreiberin. Und ihr wusstet das.«

»Nein, das wussten wir nicht, Herr Wachtmeister. Ich bin noch nie wo gewesen, wo Nutten sind. Und Paulo auch nicht. Sein Vater geht dahin und sein Bruder. Er nicht, niemals. Wir beide nicht.«

»Hat sie hier als Nutte gearbeitet?«

»Ich stelle hier die Fragen, Kaffer. Was wolltet ihr von ihr?«

»Ihr wolltet sie zu schweinischen Sachen zwingen.«

»Und sie hat sich geweigert. Da seid ihr über sie hergefallen.«

»Mit dem Taschenmesser.«

»Ihr hattet sogar ein Schmuddelheft dabei.«

»Wo ist das Heft?«

»Das hat uns der Erdkundelehrer abgenommen, Senhor Lemos. Sie können ihn fragen.«

»Ihr habt das Taschenmesser an ihrem Rock abgewischt. Die Klinge ist sauber, und der Rock ist voller Blutflecken.«

»Nein, Herr Wachtmeister. Wir sind mit den Rädern zum See gefahren. Weiter nichts.«

»Zum Schwimmen.«

»Dann hat Paulo den Schwimmreifen umgekippt und mir die Unterhose runtergezogen, und da bin ich raus aus dem Wasser und hinter ihm hergelaufen.«

»Ihr beide wart nackt? Am See?«

»Also habt ihr doch Schweinkram gemacht.«

»Nein, nein! Es war bloß Spaß!«

»Schweinischer Spaß.«

»Nein!«

»Wir haben deinem Vater schon Bescheid gesagt. Und deinem Vater auch.«

»Oh nein, bitte nicht meinem Vater!«

»Reg dich nicht auf, Paulo. Ich erklär ihm, dass wir mit der ganzen Sache nichts zu tun haben. Dass wir zur Polizei gegangen sind. Dass die blonde Frau schon tot war, als du über sie gestolpert bist.«

»Woher wusstet ihr, dass sie tot ist?«

»Sie war schon ganz steif!«

»Das Blut war schon getrocknet!«

»Das heißt geronnen, Paulo.«

»Also habt ihr die Leiche doch angefasst.«

»Ihr habt an der Leiche rumgefummelt.«

»Nein! Wir haben sie bloß berührt. Ganz leicht.«

»Um zu gucken, ob sie noch lebt.«

»Aber das hat sie nicht mehr.«

»Das ging ja auch gar nicht. Bei den vielen Stichen!«

»Stiche von einem Taschenmesser. Von deinem Taschenmesser.«

»Das war nicht mein Taschenmesser! Das waren Stiche von einem großen Messer! Das weiß ich!«

»Ach ja? Und woher weißt du das?«

»Mein Vater ist Metzger. Sie hätten ihn nicht anrufen müssen.«

»Hast du Angst?«

»Was hast du getan? Sag schon, du kannst es ruhig erzählen.«

»Ich habe keine Angst.«

»Du bist noch minderjährig, dir kann nichts passieren.«

»Sie hätten meinen Vater nicht …«

»Kommt meine Mutter auch hierher? Haben Sie meiner Mutter auch Bescheid gesagt?«

»Fahrt ihr immer zu diesem See?«

»Was macht ihr, wenn ihr zusammen seid?«

»Schwimmt ihr unbekleidet? Seid ihr unbekleidet zusammen?«

»Wo habt ihr das Schmuddelheft versteckt?«

»Wir haben nichts Schlimmes getan. Wir sind bloß von der Schule weggelaufen, weiter nichts.«

»Schämst du dich gar nicht, Kaffer? Deine Mutter sitzt da draußen und weint.«

»Das ist meine Mutter. Paulos Mutter ist tot.«

»Umso schlimmer. Eure Eltern opfern sich auf, um ihren Kindern eine anständige Erziehung zu verschaffen, und dann treibt ihr euch rum.«

»Aber Senhor Lemos, unser Lehrer, hatte uns doch rausgeworfen!«

»Weil ihr euch ein Schmuddelheft angesehen habt.«

»Lassen Sie mich mit meiner Mutter reden, Herr Wachtmeister. Um sie zu beruhigen.«

»Später.«

»Gleich.«

»Sobald ihr alles erzählt habt, wie ihr euch gegenseitig die Unterhosen heruntergezogen und dann zusammen im See gebadet habt, wir ihr ihr den Schlüpfer ausgezogen habt, was ihr mit dem Taschenmesser gemacht habt, alles.«

»Aber das haben wir Ihnen doch schon erzählt.«

»Dann erzählt ihr es einfach noch mal. Von Anfang an.«

»Warum hast du so eine Angst vor deinem Vater?«

»Das ist nicht mein Vater, das ist der von Paulo.«

»Wenn du mein Sohn wärst, würde ich dir schon zeigen, wie man einen Herumtreiber Anstand lehrt.«

»Ich bin kein Herumtreiber.«

Die Tür ging auf, und eine vierte Männerstimme unterbrach sie: »Der Vater von dem Schwarzen ist da.«

Die erste Ohrfeige, mit dem Handrücken verpasst, traf Paulo am rechten Ohr. Der stechende Schmerz, der seinen Schädel durchfuhr, ließ ihn taumeln, und er fiel nur deshalb nicht hin, weil eine weitere Ohrfeige, diesmal mit der Handfläche, ihn an der linken Kopfseite traf und gegen den Esstisch schleuderte. Er konnte dem Tisch gerade noch ausweichen, da sah er schon, halb betäubt, seinen Vater auf sich zukommen. Er wusste, dass er immer wieder zuschlagen würde, so fest er konnte, bis er sich abreagiert hatte. »Schlechtes Blut«, sagte der blonde, breitschultrige Mann, »schlechtes Blut.« Dann wandte er die blauen Augen mit den Wimpern ab, die so blond waren, dass sie manchmal fast weiß erschienen. »Du hast schlechtes Blut wie deine Mutter und ihre ganze Familie, Dreckskaffer.«

Paulo schwieg. Es hatte keinen Sinn, etwas zu erwidern. Sein Vater würde nicht zuhören, er hörte nie zu, wenn er wütend war. Vor allem, wenn er auf ihn wütend war. Und das war er eigentlich immer. Er könnte versuchen, ihm auszuweichen, um den Tisch herumzurennen, dann hinaus auf die Straße und weiter bis … Wohin? Es gab keinen Ort, an dem er sich verstecken konnte. Niemanden, der ihn aufnahm. Und sein Vater würde noch wütender werden. Es würde alles nur noch schlimmer machen. Wenn er ihn dann erwischte – und früher oder später würde er ihn erwischen –, würde er ihn windelweich schlagen, dass er es noch tagelang spüren würde, so wie früher, bevor er gelernt hatte, stillzuhalten und einzustecken. Jetzt stillzuhalten, weil er dann weniger würde einstecken müssen.

Paulo sah die große Hand auf sein Gesicht zukommen, spürte den Schmerz im Voraus, wusste, dass er mit einem pochenden Schmerz einschlafen und wieder aufwachen würde, einem Schmerz, der auch aus Scham und Kummer über diesen Mann bestand, der ihn immer nur »Kaffer« nannte.

Er fühlte, wie ihn die Pranke zwischen Nase und Ohr traf. Wieder verlor er das Gleichgewicht.

Er ließ sich seitwärts zwischen die Stühle fallen, rollte unter den Tisch, zog instinktiv die Beine an den Körper, krümmte sich zusammen, obwohl er wusste, dass sein Vater ihn wieder hochzerren, ihm mehrere Schläge in den Nacken versetzen und ihn zuletzt mit dem Ledergürtel auspeitschen würde, den er jetzt aus der Hose zog. Aber der Vater zog ihn nicht hoch. Er schlug ein-, zwei-, dreimal mit dem Gürtel zwischen die Stühle, wobei er Paulos Kopf nur streifte. Dann hielt er inne, drosch mit der Gürtelschnalle noch ein paar Mal auf die Möbel ein, warf den Gürtel auf seinen Sohn und befahl: »Raus hier, du Dreckskaffer, verschwinde.«

Paulo kroch unter dem schützenden Tisch hervor,

richtete sich auf und wartete, dem Vater den Rücken zugewandt. Was würde als Nächstes kommen? Eine Kopfnuss? Eine weitere Ohrfeige?

Er hörte den keuchenden Atem des Vaters, hörte den endlosen Schwall von Flüchen, aber der Vater kam nicht näher. Das war ein gutes Zeichen. Wenn Paulo jetzt stillhielt, schlug er meistens nicht mehr zu, sondern beschränkte sich darauf, ihn zu verhöhnen. Paulo betete, dass es auch diesmal so wäre.

Sein Vater sagte nur: »Heb den Scheißgürtel auf.«

Paulo bückte sich und hob den Gürtel auf.

»Gib mir das Scheißding.«

Paulo gab ihn ihm.

»Du bist zu nichts zu gebrauchen, Dreckskaffer, du hast noch schlechteres Blut als sie alle, du schwarzer Herumtreiber, du kommst ganz nach ihnen, du taugst noch weniger als die ganze Mischpoke von deiner Mutter.«

Paulo senkte den Kopf und spürte wieder den tiefen Schmerz, den er auch später im Leben noch spüren würde, sobald er an die Augenblicke mit seinem Vater zurückdachte, ein Schmerz, der nicht nur von den Schlägen kam, das wusste er, aber ihn lokalisieren oder verstehen konnte er nicht.

Der Vater ging hinaus und knallte die Tür hinter sich zu.

Paulo blieb allein im Wohnzimmer zurück. Der Schmerz wurde stärker, kroch seine Beine hinauf, erfasste Arme und Brust, bis er die Augen erreichte, wo er sich in Tränen verwandelte. Er biss sich auf die Unterlippe, fest, immer fester, um den Schmerz durch einen anderen zu ersetzen. Aber die Tränen liefen trotzdem, ein schmales Rinnsal, aus den Augenwinkeln über das allmählich anschwellende Gesicht. Paulo ging ins Bad, schloss die Tür, die keinen Riegel hatte, und hoffte inständig, dass weder der Vater noch der Bruder hereinkämen, griff nach einem Handtuch und stopfte es sich in den Mund. So weinte und wimmerte er halb erstickt vor sich hin, während irgendwo in der Nachbarschaft erneut ein Radio dröhnend laut die Nachricht vom ersten Flug eines Menschen im Weltall verkündete.

Als er das Zimmer betrat, das er mit seinem Bruder teilte, war Antonio, mit nichts weiter als einer knappen Unterhose bekleidet, gerade dabei, mit einem Paar Hanteln vor dem Kleiderschrankspiegel zu trainieren. Hochgewachsen und behaart, wirkte er mit seinen sechzehn Jahren wie ein Erwachsener. Wie sein Vater und viele andere Nachkommen von Einwanderern aus Nordportugal hatte er deren kräftige Statur und helle Haut geerbt. Sein volles blondes, mit Pomade geglättetes Haar war über der Stirn sorgfältig zu einer Tolle gelegt. Unter den dichten Brauen musterten die Augen, die dunkel waren wie die der Mutter, voller Wohlgefallen den eigenen Körper. Er zählte laut mit, während er die Eisengewichte hob und senkte.

»Was ist denn das für eine Geschichte von einer toten Frau, Schwarzer?«, fragte er seinen Bruder, ohne die Übung zu unterbrechen oder den Blick von seinem Spiegelbild zu wenden.

Paulo antwortete nicht. Er ging zu seinem Bett, das neben dem Kleiderschrank an der Wand stand, bemüht, seine immer noch geröteten Augen vor dem Bruder zu verbergen. Mit dem Rücken zu Antonio hob er das Kissen. Er suchte etwas, aber es war nicht da.

»Und sie haben dich eingelocht, Schwarzer? Den ganzen Nachmittag lang?«

Er sah unter der Tagesdecke und unter der Bettdecke nach: Da war es auch nicht.

»Nun red schon, Schwarzer! Was hast du diesmal wieder angestellt?«

Er hob die Matratze an. Nichts.

»Ich habe gehört, sie war nackt. Splitterfasernackt. Ist das wahr, Schwarzer?«

Er bückte sich, sah unter das hölzerne Bettgestell, richtete sich wieder auf, stieg aufs Bett. Sein Blick glitt über die Oberseite des Kleiderschranks, er strich mit der Hand darüber. Nur Staub.

»Die war echt scharf, diese Frau vom Zahnarzt. Sah aus wie Brigitte Bardot. Eine Mischung aus Brigitte Bardot und Sophia Loren.«

Paulo sagten beide Namen nichts, und er wollte auch nicht wissen, wer die dazugehörigen Frauen waren. Aber sein Bruder hatte etwas anderes gesagt, was ihn überraschte.

»Die Frau vom Zahnarzt? Sie war keine Nutte?«

»Die Frau vom Zahnarzt.«

»Aber im Polizeirevier haben sie gesagt, dass sie eine Nutte war.«

»Sie hat's mit jedem getrieben. Sie war eine Nutte. Ein echtes Luder. Ein Früchtchen, eine miese kleine Stricherin. Aber sie war mit dem Zahnarzt verheiratet.«

Paulo stieg vom Bett hinunter.

»Hast du sie nackt gesehen, Schwarzer? Sie war wirklich heiß, oder?«

»Sie war ganz voller Blut. Schmutzig, voller Schlamm …«

»Supertitten. Ein super Arsch. Volle Hüften. Richtig heiß. Die hätte ich liebend gern gebumst. Wenn die Schlampe mich rangelassen hätte, wäre sie hinterher völlig verrückt nach mir gewesen.«

Ebenso stolz wie auf seine Bizepse und seine Brustmuskeln war Antonio auf die unwiderstehliche Anziehungskraft, die er seiner Meinung nach auf alle Frauen ausübte, mit denen er schlief. Seit er vor drei Jahren bei einer Prostituierten seine Unschuld verloren hatte, besuchte er mit seinem Vater regelmäßig ein Bordell, das eine polnische Puffmutter in der Nähe des Stadtzentrums betrieb. Häufig blieben sie die ganze Nacht dort. Paulo war ihnen schon öfter auf dem Weg zur Schule begegnet, wenn sie gerade das Hotel Wizoreck verließen.

»Haben sie ihr echt die Brüste abgeschnitten? Hatte sie kein Höschen an?«

Paulo hob die Rosshaarmatratze hoch, sah sich aufmerksam um, lehnte die aufgerichtete Matratze an die Wand.

»Hatte sie blonde Schamhaare? Eine rosa Muschi?«

»Ich will nicht drüber reden. Ich weiß es nicht. Hab nix gesehen.«

»Eine echte Blondine hat eine rosa Muschi und blonde Schamhaare. Ich hab schon viele gesehen. Ich habe schon viele blonde Muschis gefickt.«

Paulo ließ die Matratze zurückplumpsen. Es gab nur einen Zahnarzt in der Stadt, ein dürres Männchen mit schütterem Haar. Paulo hatte ihn nur ein paar Mal gesehen, immer allein, mit Weste und Krawatte. Der konnte es nicht sein.

»Der Zahnarzt ist alt. Sie war jung. Sie sah jung aus.«

»Vierundzwanzig, fünfundzwanzig. Der Zahnarzt ist mindestens doppelt so alt. Wenn's reicht. Sie stand nur auf alte Männer. Sie hat's nur mit Alten getrieben. Mich hat sie nie angesehen.«

Antonio legte die Hanteln auf den Boden, blähte die Brust auf, stellte sich quer zum Spiegel, atmete aus, fuhr sich mit den Händen über den Bauch, strich sich über die blonden Haare, drehte sich dann wieder mit dem Gesicht zum Spiegel, holte noch einmal tief Luft und beugte die Arme. Die Pose bestätigte ihm: Seine Bizepse wurden immer größer. Unwillkürlich lächelte er, mit sich selbst zufrieden. Er nahm die Hanteln wieder auf und beugte abwechselnd beide Arme hinter dem Kopf, sodass nun die Trizepse trainiert wurden.

Wütend schob Paulo Bett- und Tagesdecke ans Fußende des Bettes, fand aber nichts.

»Wo ist das Buch, das hier gelegen hat?«

»Weiß ich doch nicht. Hast du gesehen, wie sie ihren Mann verhaftet haben?«

Überrascht wandte Paulo sich um.

»Die Polizei hat den Mann verhaftet? Warum?«

»Er hat sich gestellt. Hat gesagt, er hätte sie umgebracht. Wieso hast du den Zahnarzt nicht gesehen, wenn du dort warst?«

Paulo rechnete nach: Sein Vater hatte ihn vor zwei Stunden von der Wache abgeholt. Gemeinsam mit Eduardo und seiner Mutter waren sie zur Schule gegangen, weil der Rektor sie zu sich bestellt hatte. Sie mussten fast eine halbe Stunde warten und dann eine lange Gardinenpredigt über sich ergehen lassen. Als sie das Schulgebäude verließen, begann es bereits zu dunkeln. Die

Straßenlaternen hatten schon gebrannt, als sie zu Hause ankamen. In der Zwischenzeit musste sich der Ehemann der Toten gestellt haben, überlegte Paulo, während er zu Antonios Bett hinüberging, weil er sich fast sicher war, dass dieser das Buch genommen hatte, das Eduardo ihm geliehen hatte. Ein Griff unter die Matratze genügte, um seinen Verdacht zu bestätigen.

Vorsichtig zog er das Buch hervor, auf dessen farbigem Titelbild sein Lieblingsheld von einer hohen Klippe aus auf eine Urwaldstadt hinunterblickte, die an den Ufern eines breiten Flusses lag und seit Jahrhunderten von keinem Fremden betreten worden war.

Er ging zu seinem Bett, ließ sich darauffallen, schleuderte die Schuhe von den Füßen und schlug das zerlesene Exemplar von *Tarzan und die goldene Stadt* bei der Seite auf, die er mit einem Stück Faden markiert hatte. Er begann zu lesen.

»Was liest du da, Schwarzer? Ein Buch über Nutten? Ich les nicht gern. Noch nicht mal Schweinkram. Ist verlorene Zeit. Ich fick lieber. Am liebsten steck ich ihn irgendwo rein. In Mösen, in Ärsche, in den Mund, Hauptsache, ich kann ihn irgendwo reinstecken, ich steck meinen Lümmel rein und hab meinen Spaß. Viel Spaß. Ich hab nen großen Schwanz, also hab ich viel Spaß und …«

Bald war Paulo weit weg. Die Schmerzen waren vergessen. Es gab keine Scham und keine Traurigkeit mehr. Er lief durch die Straßen einer märchenhaften Stadt mitten im afrikanischen Dschungel, gesäumt von kunstvoll gestalteten Häusern und Mauern aus allen kostbaren Materialien, die man sich nur erträumen konnte, die Metropole einer hochentwickelten Zivilisation, bewohnt von einem unvergleichlichen Volk, bewacht von stolzen Kriegern, die in Felle und mit Smaragden und Rubinen verzierte Rüstungen gehüllt waren, mutige Kämpfer, die sich aber zuletzt der Tapferkeit, Aufrichtigkeit und Furchtlosigkeit des Königs des Dschungels beugen würden.

»Wie viele Messerstiche haben sie ihr verpasst?«

Antonios Stimme holte Paulo jäh ins Zimmer zurück. Das war ihm gar nicht recht. Mit einer großen Anstrengung entschwand er wieder ins Land Onthat, wo die verborgenen Städte Cathne und Athne mit ihren Türmen aus Gold und Elfenbein lagen.

»Wie viele Stiche waren's? Sieben? Acht? Manche sagen, es waren über zwanzig. Wie viele waren's denn jetzt?«

Er versuchte, in die Stadt zurückzukehren, in der man Tarzan soeben in eine Arena gestoßen hatte, damit er zum Klang der Trompeten gegen einen bärenstarken Riesen namens Phobeg antrat. Dem Verlierer des Zweikampfs würde man zum Vergnügen der schönen, aber verderbten Königin Neome die Kehle durchschneiden.

»Wie viele Stiche?«

Tarzan streifte die Fesseln ab und …

Antonio riss Paulo das Buch aus den Händen.

»Gib her! Gib mir das Buch!«

»Wie viele waren es?«

Vergebens versuchte Paulo, das Buch zurückzuerobern, das der Bruder mit einer Hand hoch über seinen Kopf hielt, während er ihn mit der anderen abwehrte.

»Gib mir das Buch! Gib es her!«

»Wie viele Stiche? Erst musst du mir sagen, wie viele es waren.«

»Ich hab nicht gezählt. Gib mir das Buch, Antonio!«

»Sag schon: wie viele? Wie viele?«

»Ich weiß es nicht, ich kann mich nicht erinnern, ich weiß es nicht.«

»Du warst da, du hast es gesehen. Wie viele?«

»Das Buch, Antonio.«

»Wie viele waren es? Sag schon.«

»Gib mir …«

Plötzlich sah Paulo wieder die abgeschnittene Brust vor sich, das leuchtende Rot des bloßliegenden Fleischs, gesäumt von Schlamm und Blut. Seine Knie wurden weich, und ihn schwindelte. Kraftlos sank er aufs Bett, schwieg und ließ den Kopf hängen.

Antonio musterte ihn eine Weile. Er war überzeugt, dass sein Bruder nur Theater spielte und im nächsten Augenblick wieder auf ihn losgehen würde, weshalb er das Buch weiter fest in der rechten Hand hielt, hoch über seinem Kopf. Aber Paulo blieb reglos auf dem Bett sitzen, die Hände vors Gesicht geschlagen. Sein Bruder warf ihm das Buch zu und zog sich an, um auszugehen.

2

Noche de Ronda

Luna que se quiebra
Sobre la tiniebla
De mi soledad
¿… a dónde vas?

Woher kam diese Stimme?

Dime si esta noche
Tu te vas de ronda
Como ella se fue …

Wo habe ich dieses Lied zum ersten Mal gehört?, sollte er sich viele Jahre später fragen. Es war ein Mann, der da sang. Oder war es eine Frau?

¿Con quien está …?

Die Stimme hatte zitternd und verzerrt geklungen, daran erinnerte er sich noch. Sie kam aus einem Radio, vielleicht auch von einem Plattenspieler in der Nachbarschaft. Oder von einem Kassettenrekorder. Damals, 1961, gab es schon Kassettenrekorder. Wirklich? In dieser Stadt? Wer hätte so etwas besitzen können? Jedenfalls kein Arbeiter.

Niemand in dieser Straße hätte sich damals einen Kassettenrekorder leisten können. Auch kein Vater, der im Schlachthof arbeitete. Es war ganz bestimmt niemand aus dieser Straße gewesen. Oder vielleicht doch. Vielleicht bekam man damals leichter einen Kredit, und jeder, der eine feste Arbeit nachweisen konnte – oder auch nicht –, konnte für lächerliche Monatsraten einen Kassettenrekorder kaufen. Ein Maschinenführer, ein Arbeiter aus dem Sägewerk, selbst eine Näherin – sie alle konnten sich damals Wünsche erfüllen: Die Zeiten, in denen man sich einbildete, den Überfluss mit Händen greifen zu können, waren bereits angebrochen. Warum also nicht ein Kassettenrekorder? Oder auch ein Tonbandgerät. Hatte es Anfang der sechziger Jahre schon Tonbandgeräte gegeben? Jemand, den ich kannte, muss eines dieser Tonbandgeräte mit zwei braunen Spulen besessen haben, die sich drehten und die Stimme wiedergaben, die dieses Lied sang, wie sollte ich mich sonst jetzt daran erinnern?

Dile que la quiero
Dile que me muero de tanto esperar
Que vuelva ya …

Es war eine Plattentruhe gewesen, glaubte er Jahre später. Eine Plattentruhe mit Radio. Eines von diesen Abspielgeräten für schwarze, schwere Platten mit einem runden Aufkleber in der Mitte, die in Papierhüllen steckten. Wie die Platten von Hanna Wizoreck. Vielleicht war das spanische Lied auf einer dieser Plattentruhen gelaufen. Aber damals kannten wir Hanna Wizoreck noch nicht. Bei mir zu Hause gab es weder Plattentruhen noch Schallplatten.

Und bei ihm auch nicht. Wusste ich, dass es ein spanisches Lied war?

Que las rondas
No son buenas …

Habe ich wirklich, so zweifelte er viele Jahre später, die Stimme gehört, die jetzt durch meine Erinnerungen weht? Oder habe ich die Musik der Erinnerung an diese Nacht nachträglich hinzugefügt? Ich habe mir vorgestellt, dort und damals habe ich mir vorgestellt, dass die Frau, die wir nur tot gesehen hatten, jenen Bolero von Agustín Lara liebte. Dass sie »Noche de Ronda« auf dem Plattenspieler hörte, oder im Radio oder auf einem Kassettenrekorder. Vielleicht habe ich aber auch erst später erfahren, dass sie diese schwermütigen Lieder liebte.

Nein.

Nein.

In jener Nacht wusste ich nichts über ihr Leben. Das Lied habe ich mir erst später dazugedacht. Ich habe es später gehört. Das spanische Lied, die nächtliche Stimme, das alles habe ich hinzugefügt und … Nein. Nein. Nein. Jetzt bin ich sicher: Ich habe es in jener Nacht gehört. Eine Männerstimme. Glaube ich jedenfalls. Das würde passen: eine Männerstimme. *Ella se fue*, singt er, *sie ist fort.* Er beklagt ihren Verlust. Also eine Männerstimme. Glaube ich. Weiß ich. Glaube ich. Eine tiefe Männerstimme. Am Abend des Tages, an dem wir ihre Leiche gefunden hatten.

Que hacen daño,
Que dan pena …

Auf der schwach erleuchteten Straße erklang ein Pfiff. Dann ahmte jemand viermal hintereinander den Ruf eines Tinamus nach. In den gleichförmigen Mietshäusern war es dunkel und still. Die Angestellten der Zentralbrasilianischen Eisenbahngesellschaft gingen früh zu Bett. Schon in wenigen Stunden würden sie sich, von schrillenden Weckern oder verschlafenen Ehefrauen aus dem Schlummer gerissen, auf den Weg zur Arbeit machen, den Bauch voller Kaffee und Margarinebrot, das sie im Stehen in der Küche gegessen hatten, und unter einem Himmel, der ebenso dunkel war wie zu der Zeit, als sie schlafen gegangen waren. Noch bevor die Arbeiter aus der Tuchfabrik von ihrer Nachtschicht heimkehrten, würden sie mit ihren Thermoskannen und den Aluminiumdosen mit dem am Abend zuvor zubereiteten Mittagessen über das taufeuchte Kopfsteinpflaster trotten, das im Licht der Straßenlaternen unter ihren Füßen glänzte.

Paulo wartete, an sein Fahrrad gelehnt, vor einem der Häuser, trat ungeduldig von einem Fuß auf den anderen und starrte unverwandt zu dem Fenster hinauf, hinter dem Eduardos Zimmer lag. Die Minuten verstrichen ohne ein Anzeichen dafür, dass es ihm gelungen war, seinen Freund zu wecken.

Er wiederholte das Geheimzeichen, diesmal lauter. Ein langer Pfiff, vier Vogelrufe. Vergebens.

Von den dunklen Bergen, die die Stadt umgaben, stieg der morgendliche Aprilnebel herab. Manchmal riss der dünne Schleier auf und gab sternenübersäte Himmelsfetzen frei.

Paulo stellte das Fahrrad ab und sprang über das Gartenmäuerchen, um zu vermeiden, dass das Gatter quietschte und die Erwachsenen weckte. Die Beete, zwischen denen schmale, mit bunten Fliesenscherben verzierte Pfade verliefen, hatten weiß gekalkte Zementeinfriedungen, um die Ameisen fernzuhalten. Ein Rosenstrauch rankte sich an einem Metallgitter empor, das aussah wie das Gestänge eines Regenschirms. Er war die einzige hochwachsende Pflanze im Garten, wahrscheinlich ein Überbleibsel der Eisenbahnerfamilie, die zuvor hier gelebt hatte. Seit sie vor zwei Jahren hierhergezogen waren, pflanzte Eduardos Mutter nur niedrigwachsende Blumen mit weiblichen Namen, die Paulo nicht kannte, und ordnete sie nach Arten und Farbtönen zu wunderhübschen Arrangements.

Dieselbe sorgfältige Ordnung herrschte auch innerhalb der Wohnung, wie er bemerkt hatte. Glänzende, nach Politur duftende Möbel, bedeckt mit selbstgemachten Häkeldeckchen. Im Ofen wartete immer etwas zu essen auf Eduardo, falls er Hunger hatte. Gardinen an den Fenstern. Türen, die man abschließen konnte. Stoffstücke, Schnittmuster und begonnene Näharbeiten für Kunden, zusammengefaltet und auf dem Resopaltisch gestapelt, daneben die stets sorgfältig geölte Nähmaschine. Die Böden jeden Samstag gebohnert. Ein Gefühl von Beständigkeit und Ordnung, das Paulo zwar wahrnahm, aber nicht hätte beschreiben können, wie es ihm mit so vielen Dingen geschah.

Oft malte er sich aus, wie schön es wäre, an einem solchen Ort zu leben: ein Ort, an dem es immer sauber war, wo ihn ein frisch zubereitetes, noch warmes Essen erwartete, wenn er von der Schule kam, wo er sich an den Tisch setzen und essen konnte, während ihn die Mutter oder jemand anders fragte, was er am Morgen gelernt habe. Nachmittags würde die Mutter zwischen den einzelnen

Anproben mit Kundinnen in sein Zimmer kommen, wo er die Hausaufgaben erledigte, und ihm ein Stück frisch gebackenen Kuchen und ein Glas Milch bringen. Wie wohl so ein selbst gebackener Kuchen roch?

Blödsinn. Er mochte gar keinen Kuchen. Ob er das, was die Köchin in den Töpfen auf dem Herd für ihn stehen ließ, aß oder nicht, war allein seine Sache. Die Hausaufgaben erledigte er, weil es ihm Spaß machte und er es immer wieder überraschend fand, Neues zu lernen. Er badete, wenn er Lust hatte: oft, wenn es heiß war, selten, wenn es kalt war, und er wechselte die Wäsche oder auch nicht, je nachdem, wie ihm der Sinn stand. Wäre seine Mutter noch am Leben wie bei Eduardo, hätte er diese Freiheit nicht. Und erst recht nicht die Freiheit, zu kommen und zu gehen, wie es ihm beliebte. Zu jeder Tages- und Nachtzeit. Zu fast jeder: Spätnachts war verboten. Aber wenn der Vater und Antonio über Nacht im Puff blieben, brauchte er sich selbst darum keine Sorgen zu machen. So wie in dieser Nacht.

Unter dem Fenster wiederholte er den Pfiff und den Vogelschrei. Einmal. Zweimal. Als er gerade beim dritten Mal war, erschien Eduardo in einem blau-grau gestreiften, bis obenhin zugeknöpften Pyjama.

»Was ist los, Paulo? Wie spät ist es?«

»Nach Mitternacht.«

»Was ist mit deinem Gesicht?«

»Nichts.«

»Es ist geschwollen.«

»Ich bin gekommen, um was anderes mit dir zu bereden.«

»Hat dein Vater dich wieder geschlagen?«

Sie flüsterten. Paulo konnte nicht stillhalten. Das Gespräch mit Antonio hatte ihn unruhig gemacht.

»Der Mann von der Toten hat gestanden.«

Als er Eduardos gleichgültigen Blick bemerkte, wiederholte er: »Der Mann. Der Zahnarzt. Er hat gestanden.«

»Ich weiß.«

»Sie haben ihn verhaftet.«

»Ich weiß.«

»Er hat gesagt, dass er's war.«

»Hab ich schon gehört. Mein Vater hat sich mit meiner Mutter darüber unterhalten.«

»Aber es ist nicht wahr.«

»Wer sagt, dass es nicht wahr ist?«

»Er kann's nicht gewesen sein.«

»Warum nicht?«

»Der Zahnarzt ist alt und schwach.«

»Trotzdem hat er sie umgebracht.«

»Wie soll er denn eine so große Frau, wie sie eine war, umgebracht haben, Eduardo? Du hast doch gesehen, wie groß die Blonde war.«

»Er hat gestanden.«

»Aber er war's nicht.«

»Erst hat er sie mit irgendeinem Mittel betäubt, und dann hat er sie erstochen.«

»Das glaub ich nicht.«

»Mehr als ein Dutzend Mal hat er zugestochen, hat mein Vater gesagt.«

»Und warum hat er die Leiche so weit fortgebracht?«

Kurze Pause.

»Weil sie«, überlegte Eduardo, »am See schwerer zu finden war?«

»Warum hat er die Leiche nicht zu Hause gelassen, wenn er sowieso gestehen wollte?«

»Er hat erst hinterher gestanden. Er hat es bereut. Er war nervös, also hat er die Leiche weggeschafft und …«

Paulo unterbrach ihn: »Und wie hat er die schwere Leiche zum Auto gebracht?«

»Gezogen? Das ist es: Er hat sie gezogen.«

»Warum hat er die Leiche nicht rausgeworfen, bevor er am See war? Warum hat er sie nicht in einen Tümpel geworfen? In einen Fluss? Warum hat er sie nicht mit einem Gewicht im See versenkt, damit sie untergeht und die Fische sie fressen und niemand sie jemals wiederfindet und er sagen kann, dass seine Frau verschwunden ist, dass sie weggelaufen ist?«

Eduardo entgegnete unsicher: »Weil ihm keine Zeit dazu blieb. Weil sie zu schwer war, um sie durch den Schlamm zu schleppen. Weil er nichts hatte, woran er sie festbinden konnte.« Und dann, voller Überzeugung: »Wenn er sie nicht umgebracht hat, warum hätte er es dann gestehen sollen?«

Paulo, der sich über ebendiese Frage seit Stunden allein in seinem Zimmer den Kopf zerbrochen hatte, fragte zurück: »Hat sie denn nicht geschrien, als sie erstochen wurde? Hat kein Nachbar sie schreien hören? Hat sie nicht versucht, wegzurennen und Hilfe zu holen?«

Eduardo gähnte. Er sah den Nebel, der hinter Paulo die Straße einhüllte, dachte, dass ihm allmählich kalt wurde und wie gerne er wieder ins warme Bett schlüpfen würde. Aber Paulo beharrte: »Ihre Hände waren voller Schnitte, weißt du noch?«

Eduardo war sich nicht sicher, ob er das noch wusste.

»Das muss passiert sein, als sie versucht hat, ihrem Mörder das Messer wegzunehmen, Eduardo. Sie hat um ihr Leben gekämpft. Ganz sicher. Jeder Mensch kämpft um sein Leben. Und der Zahnarzt wäre nicht stark genug gewesen, um sie zu überwältigen.«

»Und wenn schon. Es ist nach Mitternacht, Paulo. Wir müssen morgen früh in die Schule. Nein, nicht morgen: heute.«

»Der Zahnarzt hat sie nicht umgebracht. Er war's nicht!«

»Aber er hat es gestanden. Und damit basta.«

»Ach ja? Das war's? Dann erklär mir mal, warum er ihr die Brust abgeschnitten hat, Eduardo. Hm? Hm, Eduardo? Warum hat er sie abgeschnitten, Eduardo? Warum?«

Sie schwiegen. In der Ferne war schwach und unregelmäßig eine Melodie aus einem Radio zu hören. Oder von einem Plattenspieler. Eine Baritonstimme:

Que las rondas
No son buenas …
Que hacen daño,
Que dan pena …

Im Schein von Eduardos Taschenlampe blitzte der metallene Halbkreis um den Kopf der Heiligenfigur auf. Sie hielt ein Kruzifix und zwei Rosen an ihre Brust gedrückt, eine rote und eine weiße. Eine kunstvolle Schnitzarbeit aus dem achtzehnten Jahrhundert in zarten, verblassten Farben, das genaue Gegenstück zu der grellbunten Plastikfigur mit dem Gesicht einer Jahrmarktpuppe, die hinter ihr stand, Massenproduktion aus der zweiten Hälfte des zwanzigsten Jahrhunderts. Rechts von ihr hielt die bemalte Gipsfigur eines jungen langhaarigen Mädchens einen Strauß weißer Lilien im Arm. Und noch mehrere andere Figuren standen auf dem ovalen Palisanderholztisch, der zu beiden Seiten von Silberleuchtern flankiert war, in denen hohe Kerzen steckten.

Paulos Blick glitt zu den Bildern in allen Größen und Formaten hinüber, die die Wand bedeckten. Sie zeigten Männer und Frauen in frommen Posen. Einige hatten Wundmale an Händen und Füßen, mehrere Heiligenscheine um die Köpfe. Einen von ihnen kannte Paulo: einen bärtigen, auf einen Stock gestützten Alten, der durch einen Fluss watete und ein lächelndes Kind mit goldenen Locken und blauen Augen auf den Schultern trug. Der gleiche Heilige baumelte bei einem Freund seines Vaters, einem Taxifahrer, vom Rückspiegel seines Wagens.

»Der heilige Christophorus«, sagte er und wies auf das Bild. »Er trägt das Jesuskind.«

»Sei leise«, mahnte Eduardo. »Wenn uns jemand hier erwischt, sind wir geliefert.«

Paulo hielt so viel Vorsicht für übertrieben. Er war sich sicher, dass niemand sie dabei beobachtet hatte, wie sie über die hintere Mauer geklettert und durchs Badezimmerfenster in die Wohnung eingestiegen waren. Im Morgengrauen waren die Straßen menschenleer. Und selbst wenn jemand am Haus des Zahnarztes vorbeikäme, würde er nicht hören können, was hinter den dicken Wänden gesprochen wurde. Andererseits hatte er seine Stimme ohnehin nicht mehr unter Kontrolle, seit der Stimmbruch sich bei ihm bemerkbar machte. Missbilligend schnalzte er mit der Zunge, doch Eduardo, der die Figuren musterte, beachtete ihn nicht.

»Ich hab noch nie so viele auf einem Haufen gesehen.«

»So viele was?«

»Heiligenfiguren. Männer und Frauen. Und so alte. Guck dir mal die hier an. Wie sorgfältig sie gemacht ist. Sieh nur die Nase, die Hände mit den Nägeln, alles bis ins Detail ausgearbeitet. Das Kruzifix steht für die Hingabe an Christus.«

Paulo wusste nicht, was Hingabe hieß.

»Das ist so was wie Liebe, nur noch stärker.«

Diese Antwort ergab für Paulo keinen Sinn.

»Wer ist das?«

»Santa Terezinha. Wer zu ihr betet, wird beim Eintritt ins Paradies mit Rosen überschüttet.«

Auch das ergab keinen Sinn, aber Paulo sagte nichts.

»Und die mit den langen Haaren?«

»Santa Maria Goretti. Die Lilien sind ein Zeichen ihrer Reinheit.«

»Woher weißt du das?«

»Das weiß doch jeder.«

»Ich nicht.«

»Jeder Katholik weiß das.«

»Meine Mutter war Katholikin. Mein Vater hat mit Religion nix am Hut. Niemand zwingt mich, zur Messe zu gehen.«

»Mich auch nicht. Ich gehe, weil ich will.«

»Du meinst, wenn dein Vater und deine Mutter sonntags in die Kirche gehen, kannst du zu Hause bleiben?«

»Ich gehe, weil ich gehen will.«

»Und ich gehe nicht, weil ich nicht gehen will.«

Eduardo beendete die Diskussion, indem er auf die Heilige mit den langen Haaren wies.

»Über die gibt es sogar einen Film.«

»Über welche?«

»Über die mit den Lilien. Die heilige Maria Goretti. Irgend so ein Kerl wollte etwas Unanständiges mit ihr machen, sie hat sich gewehrt, da hat er sie erstochen.«

»Das ist es also, was mit der Frau vom Zahnarzt passiert ist!«

»Aber war die nicht eine Nutte?«

»Ach so, ja, doch.«

»Und der Zahnarzt durfte mit ihr machen, was er wollte. Schließlich war er ihr Mann.«

»Aber er war's nicht, er hat sie nicht umgebracht. Wollen wir das nicht gerade beweisen?«

»Doch.«

»Dann lass uns weitermachen. Was ist denn das da drüben?«

Im Kegel der Taschenlampe war am Ende des Raumes ein hohes Möbelstück zu sehen. Es hatte oben zwei Türen und unten eine Schublade. Sie öffneten die Türen. Eine knarrte. Der Lichtschein fuhr über dunkelgraue Jacketts, ein paar schwarze Westen und dazu passende Hosen, weiße Hemden, schwarze und marineblaue Krawatten, weiße Kittel mit den aufgestickten Initialen des Zahnarztes auf der Brusttasche. In der Schublade fanden sie Stapel von Unterhosen, Unterhemden und Taschentüchern, alle weiß. In einer Ecke lagen zusammengerollt schwarze Strümpfe.

»Nur Männersachen.«

»Nur Alte-Männer-Klamotten.«

»Nur Zahnarztklamotten.«

»Das ist sein Zimmer.«

»Ihr Zimmer, Paulo. Eheleute schlafen immer zusammen.«

»Aber sieh doch mal: Das ist ein Einzelbett.«

»Dann ist das wohl das Gästezimmer«, meinte Eduardo und betrachtete das Bild des gekreuzigten Jesus über dem Bett. »Reiche Leute haben so was. Das Schlafzimmer muss woanders sein.«

Sie verließen den Raum. Das Licht der Taschenlampe glitt durch den Flur bis zur Tür des Badezimmers, durch das sie hereingekommen waren. Weiter hinten lag ein bis zur Decke gekachelter kleiner Salon mit rot gefliestem Fußboden, in dem nur ein Esstisch, zwei Stühle und ein Gasofen standen.

In die andere Richtung führte der Flur in den Vorderteil des Hauses, wo die Zahnarztpraxis lag, die von der restlichen Wohnung durch offenbar erst kürzlich eingebaute Aluminiumtüren mit Milchglasscheiben abgetrennt war. Wenige Meter vor ihnen lagen zwei Türen einander gegenüber. Sie waren geschlossen.

Die Jungen gingen darauf zu.

Die linke Tür war nur angelehnt. Sie stießen sie auf und traten ein. Zwischen den Wänden waren von einem Ende des Raumes bis zum anderen Schnüre gespannt, an denen Röntgenbilder und Filmnegative hingen. In einer Ecke standen auf einem Bänkchen unter einem Wasserhahn zwei rechteckige Metallwannen, die bis zur Hälfte mit Flüssigkeit gefüllt waren. In einer schwamm ein Blatt aus dunklem Kunststoff. Eduardo nahm es heraus, betrachtete es im Licht der Taschenlampe und hielt es dann Paulo hin:

Es waren Aufnahmen von einem Zahn mit einer langen Wurzel. Paulo warf es in die Flüssigkeit zurück.

Die Tür des gegenüberliegenden Zimmers schien abgeschlossen zu sein, aber nachdem Eduardo ein paar Mal den Porzellanknauf gedreht und kräftig dagegengedrückt hatte, ging sie auf. Das Licht der Taschenlampe traf auf den Spiegel eines Frisiertisches, und sie sahen sich selbst: zwei Jungen in einem dunklen Haus, die nicht wussten, wonach sie auf der Suche waren.

Einen Großteil des Raumes nahm ein breites, von einer grünen Frotteedecke bedecktes Ehebett ein. Gleich daneben stand an der Wand eine wurmstichige Kommode mit abgerundeten Kanten und mehreren Schubladen. Die marmorne Abdeckplatte war leer. Kein Heiligenbild an den Wänden. Über dem Bett kein Kruzifix. Auch keine Kopfkissen.

Eduardo ging zum Frisiertisch. Er sah Kosmetikfläschchen, Puderdosen, Schwämme, Nagellackfläschchen und Parfümflakons. Sie waren nicht anders als die, die er vom Schminktisch seiner Mutter kannte. Bis auf die Farben: Der gesamte Lippenstift und Nagellack der ermordeten Frau war knallrot.

Vorsichtig zog er nacheinander die vier Seitenschubladen auf. Er fand hier einen Kamm, dort ein paar Haarspangen, in einer anderen Schublade eine Haarbürste, ein Maniküreetui, ein paar Knöpfe, ein Nadelkissen, eine Schere, ein paar Münzen. Kein verräterischer Zettel, kein Brief und keine Nachricht.

»Leuchte mal hierher, Eduardo.«

Er drehte sich um und richtete die Taschenlampe auf seinen Freund. Paulo hielt mehrere ähnliche Wäschestücke in der Hand, die er aus der untersten Schublade der Kommode gezogen hatte. Er setzte eines davon auf den Kopf. Es sah aus wie eine doppelte Badekappe. Paulo grinste begeistert.

»Das ist ein BH, Eduardo!«

»Leg ihn zurück.«

»Warum?«

»Das ist Wäsche von der toten Frau.«

»Hast du schon mal so viele BHs gesehen?«

»Wühl nicht darin rum.«

»Aber wir sind doch auf Spurensuche, oder?«

»Ein BH ist keine …«

Er brach ab und gebot seinem Freund mit an die Lippen gelegtem Zeigefinger Schweigen.

»Was …?«

Eduardo legte wieder den Finger an die Lippen. Er zeigte auf den Flur. Dort war ein flackernder Lichtschein aufgetaucht.

Ein Lichtstreifen glitt über die Decke des Flurs, dann über den Boden. Noch eine Taschenlampe. Im Haus war noch jemand. Er musste Schuhe mit Gummisohlen tragen, denn sie hörten nichts als das dumpfe Knarren der alten Dielen, die in regelmäßigen Abständen belastet wurden. Kurze Schritte. Bedächtige Schritte.

»Wer …?«

Eduardo hielt Paulo den Mund zu. Die Schritte kamen den Flur entlang. Der Schein der anderen Taschenlampe bewegte sich auf das Zimmer zu, das sie gerade erst verlassen hatten. Dann lag der Flur wieder im Dunkeln.

Sie hörten die Doppeltür des Schrankes quietschen, dann wurden die Kleiderbügel hin und her geschoben.

Eduardo gab Paulo durch eine Kopfbewegung zu verstehen, dass sie verschwinden sollten, nahm ihm den BH aus der Hand und warf ihn zurück in die Schublade. Dabei erspähte er in der Ecke der Schublade eine rechteckige Schachtel. Er nahm sie in die Hand, unentschlossen, ob er sie öffnen oder mitnehmen sollte. Paulo richtete sich auf und griff nach der Schachtel. Ihr Inhalt ergoss sich über den Boden.

»Pariser!«, rief er leise aus. Sein Bruder besaß genau die gleichen Latexpräservative.

»So viele!«

Er bückte sich, um ein paar davon aufzuheben, aber Eduardo packte ihn am Ärmel und zog ihn aus dem Zimmer. Im Bad half Paulo Eduardo zuerst, aus dem Fenster zu klettern. Dann stieg er selbst auf die Toilettenschüssel, kletterte auf die Fensterbank, kauerte sich zusammen, schob seine linke Schulter zwischen den beiden Fensterflügeln durch, dann das linke Bein, sprang und landete neben Eduardo im Hof.

Auf der anderen Straßenseite versteckten sie sich hinter einem Müllbehälter.

Sie hörten die Glocken der Kathedrale. Ein Schlag. Pause. Ein zweiter. Stille.

»Zwei Uhr morgens! Wenn meine Mutter sieht, dass ich nicht im Bett liege, wird sie sich Sorgen machen.«

Paulo hoffte inbrünstig, das Gelage, das sein Vater und Antonio in dieser Nacht mit Prostituierten, Schnaps und Gelächter veranstalteten, möge wilder sein denn je.

»Wenn mein Vater zurückkommt und merkt, dass ich nicht zu Hause bin, bringt er mich um.«

»Warum schlägt er dich immer?«

»Nicht immer.«

»Ich habe dich schon oft mit geschwollenem Gesicht gesehen.«

»Meine Schuld.«

»Deine Schuld?«

»Ich tauge nichts.«

»Was soll das heißen, Paulo?«

»Ich tauge nichts.«

»Ich habe nie gesehen, dass du etwas getan hättest, was …«

»Ich habe viele schlimme Gedanken«, unterbrach ihn Paulo.

»An was denkst du denn?«

»An vieles. An hässliche Sachen.«

»Zum Beispiel?«

Paulo schwieg.

»Du kannst es ruhig erzählen.«

»Manchmal möchte ich …«

Wieder verstummte er.

»Sag schon, Paulo.«

»Nein, es ist nichts.«

»Du kannst es mir sagen.«

Manchmal möchte ich meinem Vater ein Messer ins Herz stoßen, hätte Paulo gern gesagt. Es in ihn hineinrammen. Und dann umdrehen. Ihm die Kehle durchschneiden und ihn ausbluten lassen wie ein Schwein. Ihm ein Auge ausstechen, ihm mit einem Stein den Schädel einschlagen und so lange draufhauen, bis er völlig zermatscht ist, bis keiner sein Gesicht mehr erkennen kann, Benzin über sein Bett schütten, wenn er schläft, und dann ein Streichholz dranhalten, das Haus anzünden und zusehen, wie er und Antonio verbrennen, bis nur noch zwei verschmorte Fleischklumpen übrig sind, ihm in den Mund schießen, ihm in beide Hände und beide Füße schießen, ihm alle Finger abschneiden, einen nach dem anderen, ihm die Nase abschneiden, die Ohren, die Lippen, ihm die Zunge abschneiden, den Schwanz und den Sack. Das alles denke ich, und mein Vater weiß, dass ich es denke, und er weiß, dass ich diese Gedanken habe, weil ich schlechtes Blut habe, ich bin mit diesem schlechten Blut geboren, es ist nicht wie sein und Antonios Blut, ich habe schlechtes Blut wie die Familie meiner Mutter, und das weiß er, und wenn ich diese Gedanken nicht aus meinem Kopf rauskriege, dann tue ich das alles irgendwann noch, weil ... weil ich ... von perversen Gelüsten getrieben bin, hätte er gesagt, wenn er sich hätte bewusst machen können, was ihn nach jedem Gewaltausbruch seines Vaters packte und lange Zeit nicht mehr losließ. Aber er sagte nur: »Sachen eben. Schlimme Sachen. Aus Wut.«

Eduardo verstand nicht.

»Warum behandelt dein Vater dich so?«

»Ich weiß es nicht.«

»Mag er dich nicht?«

»Ich weiß es nicht.«

»Aber wenn du diesen Fall hier löst, wird er dich mögen.«

»Ja.«

»Er wird stolz auf dich sein.«

»Ja.«

»Wenn du beweist, dass der Zahnarzt seine Frau nicht ermordet hat, wird er dich besser behandeln. Oder?«

Paulo antwortete nicht. Er sah schweigend auf die andere Straßenseite hinüber, wo er plötzlich eine Gestalt bemerkte, die aus dem Haus des Zahnarztes kam und davonging, weg von der Stelle, an der sie saßen.

Sie folgten ihr.

Ob es nun am holperigen Pflaster lag oder an der Steigung der Straße, jedenfalls ging der Mann langsam und hielt sich in der Straßenmitte. Sooft er in den Lichtkreis einer Laterne trat, konnten sie ihn deutlicher erkennen. Klein. Mager. Jackett. Weißes Haar. Oder graues.

Wenn er sich umgedreht hätte, hätte er zwei Jungen gesehen, die ihm, dicht an die Wände der alten Häuser gedrückt, nachschlichen, von Schatten zu Schatten huschend wie in den Detektivfilmen, die sie gesehen hatten. Aber der kleine magere Mann im Jackett und mit dem weißen oder grauen Haar ging gemächlich weiter. Ging er etwa spazieren? Um zwei Uhr morgens?

Dann bog er nach links in eine Gasse ein.

Eduardo und Paulo setzten sich in Trab, um ihn nicht aus den Augen zu verlieren. Das war nicht nötig: Er behielt seinen kurzen, gleichmäßigen Schritt bei.

So gelangte er zur nächsten mit Kopfstein gepflasterten Straße zwischen prachtvollen Häusern, die die Kaffeebarone der Region sich Mitte des neunzehnten Jahrhunderts als Stadtresidenzen hatten errichten lassen. Als die meisten von ihnen nach der Abschaffung der Sklaverei ruiniert waren, hatten sie die Häuser verkaufen müssen, oder ihre verarmten Nachkommen hatten sich, von den Plantagen der Väter und Großväter vertrieben, dauerhaft darin niedergelassen, oder aber die Häuser waren zwangsversteigert und an neue Einwanderer aus Europa verkauft worden. Nur wenige von ihnen sahen noch aus wie früher, die meisten waren durch An- und Umbauten verschandelt: Die Fassaden waren modernisiert worden, Steinmetzarbeiten hatten geraden Linien aus Backstein und Zement weichen müssen, bemalte portugiesische Fliesen Mörtel und Farbe, Fensterrahmen aus Fichtenholz Aluminiumrahmen, Tiffanyglasscheiben fleckigen Plexiglasscheiben, hergestellt in den neuen Fabriken, die in São Paulo wie Pilze aus dem Boden schossen. Zwei Häuser waren eingestürzt. Ein drittes, das daneben gestanden hatte, war abgerissen worden, und auf dem dadurch frei gewordenen Gelände hatte man in den späten Zwanzigern ein zweistöckiges Kino in einem Stil errichtet, der vage an Jugendstil erinnerte.

Der Mann, der keine Eile zu haben schien, blieb vor dem Kino stehen. Er studierte die Anzeigetafel, ein Drahtgeflecht, auf dem in schwarz bemalten hölzernen Großbuchstaben stand: *Schießen Sie auf den Pianisten.* Das war der Film, der am Abend zuvor gelaufen war. Im *Cine Theatro Universo* wechselte das Programm, wie in vielen Städten im brasilianischen Hinterland, außer am Wochenende täglich. Es wurden französische, italienische, mexikanische, argentinische, deutsche, japanische, amerikanische oder einheimische Filme gezeigt. Der Film für den nächsten Abend wurde auf einer Tafel angekündigt, die auf einem Dreifuß in der Eingangshalle hinter einem Metallgitter stand. Es war ein brasilianischer Film: *Um candango na Belacap* mit Ankito und dem Großen Otelo. Paulo konnte sich über die beiden halbtot lachen, Eduardo sah lieber Oscarito. In den Außenvitrinen hing ein Plakat in Rottönen, das vorerst nur den amerikanischen Titel zeigte – *West Side Story* –, und ein anderes in Schwarzweiß mit einer blonden Frau in einem Brunnen unter dem Namen Frederico Fellini und den drei Wörtern *A doce vida.*

Paulo, der hinter Eduardo stand und das Gesicht des Mannes, den sie verfolgten, nicht sehen konnte, stellte die verschiedensten Theorien auf.

»Er ist ein Tatverdächtiger.«

»Warum?«

»Nennt man das nicht so, wenn jemand ein Mörder sein könnte?«

»Tatverdächtiger, ja, das ist das richtige Wort.«

»Na also, genau das ist er. Guck doch nur, wie er dasteht.«

»Er hat die Hände in den Jackentaschen und sieht sich die Filmplakate an.«

»Wenn er nicht verdächtig ist, was hatte er dann beim Zahnarzt verloren?«

»Was glaubst du?«

»Er wollte Tathinweise vernichten! Ich wette, er ist der wirkliche Mörder.«

»Er ist genauso klein wie der Zahnarzt. Und mager ist er auch.«

»Und wenn die beiden es zusammen gemacht haben? Während sie mit dem einen gekämpft hat, hat der andere sie erstochen.«

»Im Haus war nichts zerbrochen. Keine Kampfspuren. Wir haben keinerlei Beweise gefunden.«

»Weil der Tatverdächtige aufgetaucht ist. Wir mussten ja abhauen.«

»Der und verdächtig? So ruhig, wie der ist?«

»Aber wer ist er dann? Was hatte er beim Zahnarzt zu suchen?«

Paulos Tatverdächtiger wandte sich um und ging ein paar Schritte weiter, bis zu dem Platz, der nach einem in der Schlacht von Monte Cassino gefallenen Lokalhelden benannt war, bei den Einwohnern aber nur der Obere Gartenplatz hieß. Der Mann mit dem weißen oder grauen Haar stieg die vier Stufen des Musikpavillons hinauf, der in der Mitte des Platzes stand und wie eine chinesische Pagode aussah, lehnte sich an die gusseiserne Balustrade, die den Eindruck erwecken sollte, sie sei aus Bambusrohr, sah sich um, ging wieder hinunter und setzte sich auf eine Bank.

»Hast du sein Gesicht gesehen?«

»So ungefähr.«

»Wer ist das?«

»Ich glaube, ich kenne ihn nicht.«

»Hast du ihn noch nie gesehen?«

»Ich glaube nicht.«

Im Schatten der Marquise des Kinos verborgen, beobachteten sie, wie der Mann einen Gegenstand aus der Innentasche seines Jacketts zog, konnten aber nicht erkennen, was es war. Anschließend schien er etwas zu schreiben. Er brach ab, betrachtete das Ding in seiner Hand, schien noch ein wenig weiterzuschreiben und steckte was auch immer es war zuletzt wieder in die Tasche. Er schlug die Beine übereinander und blieb so eine Weile sitzen. Dann stand er auf, sah sich um, als wäre er unschlüssig, welche Richtung er einschlagen sollte, und ging davon.

Er lief hangabwärts, vorbei an den unbeleuchteten Schaufenstern der Geschäfte. Unten angekommen, führte ihn eine andere Straße den Hang hinauf in den höchsten

Teil der Stadt zu der zweitürmigen, pompösen Kathedrale, die ein Vertreter des jungen Kaisers Pedro II. 1835 als Symbol der Frömmigkeit und der wirtschaftlichen Macht der Kaffeebarone eingeweiht hatte.

Der Mann ging rechts um die Kirche herum und eine kleine Straße hinunter, wie zuvor immer in der Straßenmitte. Dort, wo die Straße wieder eben verlief, stand ein Haus mit einer roten Backsteinfassade und Kippfenstern. Über der Inschrift »Textilfabrik União & Progresso« thronte auf einer Erdkugel ein weiß gestrichener Zementadler mit Baumwollzweigen in den Klauen und einer Bronzeplatte im Schnabel, auf der »Eröffnet 1890« stand. Hier hatte Paulos Mutter als Weberin gearbeitet. Hier hatte sie ihren späteren Ehemann kennen gelernt, der in der Färberei beschäftigt gewesen war, bevor er Arbeit im Schlachthof fand.

»Was glaubst du, wohin geht er?«

»Ich weiß es nicht, Paulo. Nach Hause?«

»Er geht immer weiter.«

Die Gegend, die der Mann jetzt durchquerte, kannten beide kaum. Die Häuser wurden spärlicher, zwischen ihnen lag immer öfter Brachland, manchmal von Backsteinmauern oder Bambuszäunen umgeben. Viele Grundstücke waren mit hohem Gras oder jungen Bäumen überwuchert. Dann folgte eine lange, dicke, mit Flechten übersäte Steinmauer, auf deren Krone Steinraute und Fleißiges Lieschen wuchsen. An der dunkelsten Stelle ragten die kräftigen Äste eines Baumes herüber, der hinter der Mauer stand.

Unter diesen Ästen blieb der Mann dicht an der Mauer stehen. Er hob die Arme, schien nach etwas zu tasten, fand es: ein Seil. Als er daran zog, was ihn einige Mühe kostete, erschienen auf der anderen Seite der Mauer zwei Holzstangen mit Querbalken dazwischen. An einem davon war das Seil befestigt. Eine Leiter.

Nachdem er sie bis zum Pflaster heruntergezogen hatte, lehnte der Mann mit dem grauen oder weißen Haar die Leiter an die Mauer. Vorsichtig erklomm er Sprosse um Sprosse und nahm schließlich auf der Mauerkrone Platz. Mühsam das Gleichgewicht haltend, zog er die Leiter am Seil zu sich hinauf. Dann ließ er sie an der Innenseite der Mauer wieder hinab. Er hielt sich an einem Ast fest, setzte erst einen Fuß auf eine Sprosse, dann den anderen, ließ den Ast los, hielt sich mit beiden Händen an der Leiter fest und verschwand jenseits der Mauer.

Die Jungen liefen zu der Stelle. Das Seil schwang noch immer zwischen den Ästen hin und her. Ein kurzer Blickwechsel genügte.

»Ihm nach!«

Paulo machte eine Räuberleiter, und Eduardo stieg hinauf, um nach dem Seil zu greifen. Er bekam es zu fassen, doch dann plumpste er auf sein Hinterteil. Das Seil landete zwischen seinen gespreizten Beinen. Es war nicht mehr an der Leiter befestigt.

Einen Moment lang waren die Jungen verblüfft und enttäuscht, dann fassten sie sich wieder. Paulo wickelte das Seil auf, während Eduardo nach einem Eingang suchte. Er ging an der Mauer entlang, bis er auf ein doppelflügeliges Holztor stieß, das fast genauso hoch wie die Mauer war. Es war verriegelt. Ein Schild hing daran, mit der Aufschrift: »Altersheim Simão«.

In der Ferne schlug die Uhr der Kathedrale ein, zwei, drei Mal.

3

Cowboys und Indianer

Der Alte schlief zusammengerollt auf einem Liegestuhl aus Segeltuch, vor der Nachmittagssonne durch das Blattwerk des Baumes geschützt, der seine Äste über die Mauer reckte. Aus seinem geöffneten Mund rann ein feiner Speichelfaden über sein Kinn und hinterließ einen feuchten Fleck auf dem Kragen seines Kittels. Unter seinem schütteren Haar waren dunkle Hautflecken zu sehen. Ein anderer Alter, noch im Schlafanzug, lächelte die Jungen zahnlos an. Weiter hinten spielten zwei Männer Karten, ein dritter saß reglos vor einem Schachbrett, ein vierter blätterte in einer Zeitschrift. Auf der Bank an der Mauer wiegte sich ein rothaariger, sommersprossiger Mann vor und zurück und summte tonlos eine Melodie vor sich hin. Noch weiter hinten ließ sich ein dicker Mann auf Krücken in der Sonne nieder und streckte sein einziges, bandagiertes Bein von sich. Sein Gesicht war von bläulich-roten offenen Stellen übersät. Neben ihm lag jemand in Decken gehüllt auf einem Rollbett und stöhnte.

Eduardo und Paulo fühlten sich verloren inmitten dieser Ansammlung menschlichen Elends und kaputter Leiber, die alles übertraf, was sie jemals für möglich gehalten hätten.

»Er ist nicht hier. Keiner von denen hier ist der Mann, der gestern Nacht über die Mauer geklettert ist.«

»Er muss aber hier sein. Wir haben ihn reingehen sehen«, beharrte Paulo, das Seil über die Schulter gelegt.

»Sieh dir doch nur diese Alten an, Paulo!«

Die Männer hier im Hof waren lauter von der Gesellschaft Geächtete. Verstoßene, Verrückte, Kranke, Alkoholiker, Debile, Analphabeten, Bettler und Krüppel, die man sich selbst überlassen hatte. Der Auswurf eines Landes, das in den letzten Jahren immer moderner und mächtiger geworden war und sich zu einer Industrienation gemausert hatte. Ein Land im Südamerika der Bananenrepubliken, das sich durch die Produktion von Drehbänken und Autos, Lastwagen, Traktoren, Kühlschränken, Lampen, Mixern, Fernsehapparaten und Stereoanlagen, Schuhen, Erfrischungsgetränken und Waschmaschinen allmählich aus der Dritten Welt herausmanövrierte, ein Land, dem es gelungen war, innerhalb von nur fünf Jahren echter Demokratie um fünfzig Jahre voranzuschreiten, ein Land, in dem für diese Männer kein Platz mehr war.

»Keiner von denen hätte in das Haus vom Zahnarzt einsteigen können. Und den Trick mit dem Seil hätten sie auch nicht hingekriegt.«

»Vielleicht versteckt er sich irgendwo im Haus?«

»Die sind doch alle hier draußen und genießen die Sonne. Da drinnen sind bestimmt nur noch die, die richtig krank sind.«

»Und das heißt?«

»Er ist nicht von hier. Er ist hier reingegangen, aber er kommt woanders her«, schloss Eduardo, drehte sich auf dem Absatz um und ging Richtung Ausgang. Paulo folgte ihm.

»Und jetzt?«

»Jetzt gehen wir.«

»Also lassen wir den Verdächtigen entkommen.«

»Was für einen Verdächtigen, Paulo? Sieh dir die Alten hier doch mal an.«

»Ich sehe sie.«

»Und siehst du irgendeinen, der dem Mann von heute Nacht ähnlich ist?«

»Nein. Niemanden. Warte mal ...«

Sie blieben stehen. Paulo zeigte auf ein Paar: Ein Alter schien sie aufmerksam zu betrachten, der andere hielt sich eine Zeitung vors Gesicht und tat, als würde er lesen.

»Die beiden.«

»Der eine ist kahl. Der andere ist groß. Unser Verdächtiger ist klein und hat weißes oder ...«

Eine Stimme hinter ihnen unterbrach ihn: »Spielst du Schach?«

Es war der Mann am Schachbrett. Er zeigte auf den leeren Stuhl ihm gegenüber. »Lust zu spielen?«

»Nein danke. Wir wollten gerade gehen.«

»Und wir kennen die Regeln von dem Spiel nicht«, fügte Paulo hinzu.

»Keiner von euch beiden kann Schach spielen?«

»Mein Vater spielt mit meinem Bruder manchmal Dame. Ist das das Gleiche?«

»Kennt ihr das Spiel überhaupt?«

»Ich habe es schon mal im Fernsehen gesehen«, antwortete Eduardo.

»Du hast ein Fern-seh-gerät?«, fragte der Alte verwundert, wobei er die Bestandteile des Wortes einzeln aussprach. »Ich habe noch nie ferngesehen. Ich habe gehört, es soll so gut sein wie Kino. Ist das wahr?«

»Ach nein. Es ist alles schwarz-weiß. Aber bei mir zu Hause haben wir kein …«

»Dein Fern-seh-gerät ist nicht in Technicolor?«

»Es gibt nur Schwarz-Weiß-Fernseher. Und außerdem verwackelt das Bild immer. Es ist, als würde eine Welle hindurchlaufen. Verstehen Sie?«

»Es zerfließt?«

»Ja, genau, es zerfließt. Die Schauspieler sind verzerrt. Der Bildschirm ist klein und steckt in einem Kasten. In dem Kasten sind viele Drähte und Röhren drin, so ähnlich wie Lampen. Nur anders. Verstehen Sie?«

»Deine Familie muss aber wohlhabend sein. Ein Fern-seh-gerät ist teuer.«

»Nein, nein, wir sind nicht reich. Und wir haben kein …«

»Eduardos Vater ist Mechaniker bei der Eisenbahn«, erklärte Paulo.

»Ich habe bei meinem Onkel ferngesehen.«

»In Rio de Janeiro«, fügte Paulo hinzu.

»Dann ist dein Onkel sicher ein vermögender Mann.«

»Ja, ich glaube schon. Ja.«

»Sein Onkel wohnt in einem Viertel namens Tijuca. Dort hat jeder ein Auto.«

»Mein Onkel hat einen Aero-Willy, kennen Sie die? Das ist ein großer Wagen, da passen sechs Leute rein.«

»Sein Onkel ist Flugzeugmechaniker.«

»Er arbeitet bei der brasilianischen Panair.«

»Sein Onkel war schon in Europa und in den Vereinigten Staaten.«

»Die brasilianische Panair ist eine Fluggesellschaft, kennen Sie sie? Eine der größten der Welt. Er ist mein Onkel, weil er mit meiner Tante verheiratet ist. Mit der Schwester meiner Mutter.«

»Sein Onkel war schon zwei Mal in Europa.«

»Und einmal in den Vereinigten Staaten. Sie sind zusammen geflogen. Er und meine Tante. Und er hat gesagt, nächstes Jahr fliegen sie wieder hin.«

»Und dieser Onkel hat einen Fernseher zu Hause. In Tijuca.«

»Aber mein Vater hat gesagt, er kauft auch einen. Sobald er genug Geld hat.«

»Und wenn hier ein Fernsehturm gebaut wird.«

»Um die Bilder zu empfangen. Die werden durch die Luft übertragen, so ähnlich wie beim Radio.«

»Hier dürfen wir kein Radio hören. Das ist verboten. Die Nonnen mögen es nicht.«

»Sie mögen keine Musik?«

»Sie mögen keinen Krach. Keine laute Musik. Viele Alte hier sind schwerhörig und hören das Radio nur, wenn es voll aufgedreht ist. Deshalb haben die Nonnen es verboten. Aber sie mögen überhaupt nichts. Sogar die Nachrichtensendungen haben sie verboten. Nicht mal *Repórter Esso* dürfen wir hören. Die Zeitschriften, die wir hier bekommen, sind alt, die Zeitungen von vorgestern. Wir sind von der Welt abgeschnitten, wir haben keine Ahnung, was draußen passiert. Ist das mein Seil?«

Paulo war so verdattert, dass ihm keine Antwort einfiel.

»Das Seil um deine Schulter, Junge. Ist das meins?«, beharrte der Mann. Er war dunkelhäutig, schielte ein wenig und hatte einen nordostbrasilianischen Akzent.

»Was soll das heißen: Ihr Seil?«, mischte sich Eduardo ins Gespräch.

»Meins. Mit meinem Geld gekauft. Es war an der Leiter festgebunden.«

»Leiter?«

»Was für eine Leiter?«, wiederholte Paulo.

»Die Holzleiter, die da hinten an der Mauer stand.«

»Ich weiß nichts von einer Leiter.«

»Oh doch, das tust du. Ihr beide wisst es. Deshalb seid ihr doch hier.«

»Mein Vater hat mich mit einer Nachricht vom Schlachthof hergeschickt.«

»Das ist gelogen. Dein Freund und du, ihr habt hier im Hof rumgeschnüffelt.«

»Sein Vater hat gesagt, er soll ein Paket Fleisch hier abliefern, und ich habe ihn begleitet.«

»Ihr hattet aber kein Paket dabei, als ihr hier hereingekommen seid.«

»Weil ich es schon beim Pförtner abgegeben habe.«

»Gib mir das Seil. Es ist meins.«

»Das Seil gehört uns«, erwiderte Paulo störrisch.

»Ihr beiden seid mir gefolgt.«

»Wir?« Eduardo war ehrlich überrascht.

»Ja, ihr. Ich habe euch gesehen.«

»Sie haben uns gesehen?«

»Auf gar keinen Fall. Wir sind nie …«

»Ihr seid in das Haus des Zahnarztes eingestiegen. Dann seid ihr mir bis hierher gefolgt.«

»Wir ... was?« Eduardo bemühte sich, empört zu klingen.

»Ihr seid mir gefolgt, und dann habt ihr mein Seil mitgenommen.«

»Ich bin gestern Abend überhaupt nicht aus dem Haus gegangen. Und Paulo darf nicht raus.«

»Mein Vater bringt mich um, wenn ich nachts abhaue.«

»Meine Mutter hat ein schwaches Herz. Ich würde mich nie bis morgens früh draußen herumtreiben.«

»Ihr seid in das Haus eingestiegen, das von der Polizei versiegelt worden war. Ihr wart am Tatort.«

»Das stimmt nicht!«, protestierte Eduardo.

»Wir haben bloß davorgestanden.«

»Genau. Wir haben das Haus von außen überwacht. Um zu sehen, was passiert.«

»Ihr habt alles durchwühlt. In Dona Anitas Unterwäsche gekramt.«

»Wir haben die ganze Zeit vor dem Haus gestanden.«

»Ihr habt den Tatort betreten. Ihr seid durch das Küchenfenster oder das Badezimmerfenster eingestiegen. Ihr wart in den Zimmern und im Labor, habt die Schränke und die Schubladen geöffnet. Ihr habt Beweisstücke verrückt. Vielleicht habt ihr sogar was verschwinden lassen.«

»Wir sind keine Diebe!«

»Ihr habt mein Seil gestohlen.«

»Wir haben es nicht gestohlen.«

»Es ist runtergefallen, als ich daran hochklettern wollte.«

»Dann gib es mir zurück.«

»Woher sollen wir wissen, ob es wirklich Ihnen gehört?«

»Was hattet ihr im Haus des Zahnarztes verloren?«

»Nichts.«

»Es ist nur, weil Antonio, mein Bruder, gesagt hat, dass die Frau vom Zahnarzt …«

»Was habt ihr gesucht?«

»Sein Bruder hat alles Mögliche über die Frau des Zahnarztes erzählt, und da ist Paulo zu mir gekommen …«

»Und dann haben wir uns überlegt, dass er, also der Zahnarzt, dass er doch so klein und alt ist und dass – also, nehmen Sie es nicht persönlich –, jedenfalls haben wir uns gedacht, dass so ein alter Mann keine …«

»Gib mir das Seil.«

»Wir haben beim Zahnarzt nichts mitgehen lassen, das können Sie uns glauben«, beteuerte Eduardo.

»Sag deinem Freund, er soll mir das Seil geben.«

»Gefunden ist nicht geklaut.«

»Wissen eure Eltern, dass ihr euch nachts in der Stadt herumtreibt?«

»Es war nur dieses eine Mal!«

»Bitte erzählen Sie's nicht meinem Vater!«

»Schach ist ein sehr interessantes Spiel, wisst ihr? Ich glaube, ich kann ohne Übertreibung behaupten, dass das Schachspiel einen – metaphorisch gesprochen, natürlich – sehr gut auf die Wechselfälle des Lebens vorbereitet, versteht ihr?«

»Ja«, log Eduardo. Er hätte sonst was eingestanden, um aus dieser Lage herauszukommen.

»Was heißt metaphorisch? Und was sind Wechselfälle?«

»Ich erklär's dir später, Paulo.«

»Und was hatten Sie beim Zahnarzt zu suchen?«

»Das Leben hier im Altersheim ist todlangweilig. Ich bin nicht von der Fürsorge hier untergebracht worden wie die anderen armen Teufel, müsst ihr wissen. Ich zahle meinen Aufenthalt hier aus meinen Altersbezügen.«

»Was für Bezüge?«, fragte Paulo, der Schwierigkeiten hatte, den Dialekt des Mannes zu verstehen.

»Altersbezüge«, erklärte Eduardo, »das hat nichts mit Bettbezügen zu tun. Geld, Einkommen.«

»Ja, mein Geld, mein Einkommen«, stimmte der Alte zu. »Meine Pension. Ich schulde niemandem etwas.«

»Sie sind auch an den Tatort vorgedrungen!«, rief Paulo aufgebracht.

»Ich bin nirgendwo eingedrungen. Die Alten hier reden immer bloß von früher. Wenn sie überhaupt noch über irgendwas reden können. Und das Einzige, worüber die Nonnen reden, ist das Himmelreich. Nach dem Abendessen wird das Tor abgeschlossen. Um acht Uhr abends müssen alle ins Bett! Ich habe nur vom Weltraumflug erfahren, weil ich gestern ausgebüxt bin. Der erste Weltraumflug der Menschheitsgeschichte, und die Nonnen und die Alten haben ihn nicht mal erwähnt!«

»Juri Gagarin«, erinnerte sich Paulo.

»Die Erde ist blau«, zitierte Eduardo.

»Ein Russe«, fügte Paulo hinzu.

»Ich halte es nicht aus, hier drinnen eingesperrt zu sein. Gib mir das Seil.«

Paulo sah Eduardo an, der nickte leicht mit dem Kopf, und Paulo reichte dem alten Mann das Seil.

Der griff nicht danach.

»Versteck es dort hinter dem Busch.«

Paulo und Eduardo gingen zur Mauer hinüber, suchten

die dichteste Stelle im Gestrüpp und versteckten das Seil dort. Als sie sich umdrehten, war der alte Mann schon auf dem Weg ins Haus, unterm Arm die Schachtel mit dem Schachspiel.

Eduardo saß auf der Straße vor der Mauer des Altersheims und pfiff vor sich hin. Er pfiff leise, unbewusst, während er auf Paulo wartete, den Blick unverwandt auf den Himmel gerichtet, in der Hoffnung, eine Sternschnuppe zu erhaschen.

Anfangs pfiff er keine bestimmte Tonfolge. Ein Junge, der im Dunkeln nur zu seinem Vergnügen vor sich hin pfiff. Doch nach und nach reihten sich die Töne aneinander, ohne dass er es merkte, jede Note passte zu der vorhergehenden, und gemeinsam bildeten sie allmählich eine Melodie, leicht und gleichmäßig wie Schritte, die über einen hellen kalten Boden gleiten. Schließlich wurde aus dem Auf und Ab der Töne ein Lied, das er schon oft im Kino Theatro Universal gehört hatte und das seine Mutter immer vor sich hin summte, wenn sie über die Nähmaschine gebeugt bei der Arbeit saß und das Pedal den Takt dazu angab. Ihre Stimme, kaum mehr als ein Wispern, klang süß und melancholisch zugleich.

Amapola,
Líndísima Amapola,
Será siempre mi alma, tuya sola.
Yo te quiero,
Amada niña mía,
Igual que ama a la flor,
La luz del día.

Die Mauer hinter ihm, die Sterne über ihm, die Pflastersteine zu seinen Füßen, alles um ihn herum verschwamm. Es kam ihm vor, als hätte er das alles schon einmal erlebt, genau das Gleiche, haargenau das Gleiche, irgendwann in der Vergangenheit oder gerade eben erst, und er verstand nicht, was es war und warum ihm Tränen in die Augen stiegen. Schon wieder, dachte er, schon wieder dieses … dieses … was? Es überkam ihn, es fühlte sich an, als würde er eingezwängt, als zerdrückte ihn etwas, als zermahlte ihn etwas zu Staub. Und da. Tief in seinem Inneren. Ein Stich. Fein, ganz, ganz fein. Ein feiner Schmerz. Und es dauerte lange, bis er wieder verging. Oder zumindest nachließ. Und als er schließlich abgeklungen war, wollte er bloß noch stillhalten, nicht lachen, nicht reden, nicht spielen, nur dasitzen und sich nicht rühren.

Amapola,
Lindísima Amapola,
No seas tan ingrata
Y ámame,
Amapola,
Amapola,
Cómo puedes
Tú vivir tan sola …

Wenn er jetzt zu Hause wäre, würde er die Zimmertür abschließen, sich hinlegen, die Augen zumachen und versuchen, seine Niedergeschlagenheit zu überwinden, indem er im Geist unregelmäßige Verben konjugierte; indem er alle Länder Süd-, Mittel- und Nordamerikas samt ihren Hauptstädten aufzählte; indem er die lateinischen Deklinationen wiederholte; indem er – wie er es jetzt gerade tat – die Zuflüsse des Amazonas vor sich hin murmelte, und zwar abwechselnd die rechten – Javari, Juruá, Purus, Madeira, Tapajós und Xingu – und die linken – Içá, Japurá, Negro, Trombetas, Paru und Jari. Und wenn die Vorstellung der riesigen Flüsse, die sich durch den Urwald schlängelten, nicht ausreichte, um ihn zu beruhigen, blieben ihm immer noch die brasilianischen Präsidenten, angefangen bei dem jetzigen und von dort zurück in die Vergangenheit: Jânio Quadros, Juscelino Kubitschek, Getúlio Vargas, Eurico Gaspar Dutra …

»Was machst du denn da?«

Paulo stand vor ihm.

»Ich hab die brasilianischen Präsidenten aufgezählt. Du bist spät dran.«

»Mein Vater und Antonio sind erst spät weggegangen. Ist der Alte schon aufgetaucht?«

»Nein. Wo ist dein Fahrrad?«

»Das hab ich zu Hause gelassen. Dann denken sie, ich wär noch da.«

Eduardo hielt ihm zwei zusammengefaltete Papierstreifen hin. Noch bevor er sie ausgebreitet hatte, wusste Paulo, was er darauf vorfinden würde: die Erklärung der Wörter, die der Alte am Nachmittag benutzt hatte. »Wechselfälle«. »Metaphorisch«. Eduardo besaß ein Wörterbuch. Das hatten in der Schule außer ihm nur die Kinder von studierten Leuten. Aber die zählten nicht: Deren Wörterbücher gehörten den Eltern.

Das Wörtererklären war Teil eines unausgesprochenen Paktes zwischen ihnen: Ob bei Schlägereien oder beim Lernen, stets kam der eine dem anderen zu Hilfe. Die

Papierfetzen mit den Worterklärungen – es waren schon viele – versteckte Paulo zwischen Strümpfen und Unterwäsche in einer Ecke des Schranks, damit Antonio sie nicht fand, denn der würde ihn nur auslachen und ihm die Freude daran verderben. »Wörter, Erklärungen, aufbewahrt wie Schätze! Was für ein Schwachsinn, Schwarzer!«

Beglückt atmete Paulo tief ein. Die Luft war erfüllt vom Aroma der Damas-da-Noite. Es war, als würde der schwere Duft ihn von innen streicheln. Leider war ihre Blütezeit fast vorüber. Der Winter stand vor der Tür. Mit der Kälte würden die kelchartigen Blüten mit den perlmuttfarbenen Rändern aus seinem Leben verschwinden. Das Ende des Duftes bedeutete das Ende des Sommers.

»Wie spät ist es?«, fragte er.

Eduardo erhob sich, reckte den Hals, konnte aber die Uhr am rechten Turm der Kathedrale nicht erkennen.

»Kurz nach zehn. Glaube ich jedenfalls.«

Paulo tat, als träte er gegen einen Stein. Dann, als träte er gegen einen Fußball. Und dann stellte er sich vor, das Ganze spiele sich vor dem staunenden Publikum in einem Stadion irgendwo im Ausland ab. Er trug das Trikot der brasilianischen Nationalmannschaft und spielte an der Seite von Zito, Didi, Pelé, Garrincha, Nilton Santos, Bellini, Orlando, Mazzola, De Sordi, Zagallo und Gilmar. Aus Radios und Lautsprechern dröhnten die Stimmen der Sportreporter und übertönten das begeisterte Geschrei der Massen, die sich auf den Straßen und Plätzen im ganzen Land versammelt hatten. Der beeeeste Fußballer aaaaller Zeiten, verehrte Zuhörer, ein Heeeld aller Völker dieser Weeeelt, der Meister aller Meister, meine Damen und Herren, nähert sich dem Tor!

Noch bevor der imaginäre Ball, angetrieben vom mächtigsten Tritt der Sportgeschichte, über den Kopf des blonden Keepers hinwegsausen und im gegnerischen Tor landen konnte, hörte Paulo das Laub des großen Baumes rascheln. Dann erschienen das Seil und die Leiter, und der weißhaarige Mann stieg zu ihnen herunter.

»Was macht ihr denn hier?«, brummte er mürrisch bei ihrem Anblick.

Seil und Leiter waren verschwunden. Paulo fragte neugierig: »Wie haben Sie denn das gemacht?«

»Physik, Logik und Freiheitsdrang«, antwortete der Mann, während er sich die Hände an einem Taschentuch sauber rieb.

Paulo lächelte. Die Miene des Alten verdüsterte sich.

»Es ist schon spät. Da sollten kleine Jungs eigentlich im Bett sein.«

»Ich bin kein kleiner Junge, und Eduardo auch nicht. Wir sind fast dreizehn!«

Eduardo kam gleich zur Liste der Fragen, die er sich mit Paulo zurechtgelegt hatte.

»Haben Sie beim Zahnarzt vielleicht ...?«

»Verschwindet!«, unterbrach ihn der Mann.

»Wir wollten doch bloß ...«, setzte Paulo an.

»Husch, husch!« Der Mann wedelte mit den Händen, als wollte er ein paar Hühner scheuchen.

»Wir glauben nämlich, dass er die blonde Frau nicht ...«, fing Eduardo wieder an.

Die Hände wedelten heftiger.

»Husch, husch! Weg hier!«

»Der Zahnarzt hat gestanden, aber wir glauben ...«

»Husch, ab nach Hause! Husch, husch!«

»Aber wir wollen doch nur …«

»Haut ab!«

»Wir …«

»Macht, dass ihr wegkommt!«

Die Jungen wechselten einen Blick.

»Verschwindet, habt ihr nicht gehört? Weg! Husch! Ab nach Hause und ins Bett. Na los, haut endlich ab!«

Eduardo und Paulo drehten sich um und trotteten davon. Der Alte wartete, bis sie außer Sichtweite waren. Dann ging er in die entgegengesetzte Richtung.

Kaum war er um die Ecke gebogen, tauchte Paulo aus dem Schatten auf, gleich hinter ihm Eduardo.

Es war nicht schwer, dem Alten zu folgen. Wie in der Nacht zuvor hielt er sich in der Mitte der leeren Straßen. Gemächlich schlenderte er an der Tuchfabrik vorbei. Dann stieg er langsam den Hang hinter der Kathedrale hoch. Ging um sie herum. Blieb stehen. Wandte sich um, sah zur Turmuhr hinauf. Ging weiter. Klein und schmächtig durchquerte er ohne Eile die stille Rua do Comércio. Eduardo wurde bei seinem Anblick weh ums Herz.

»Ich will niemals alt werden«, sagte er leise.

Paulo sah ihn verständnislos an.

»Alt sein, das ist traurig.«

»Warum?«

»Immer wenn ich einen alten Menschen wie ihn sehe, jemanden, der so … Dann fühle ich mich, als ob … Ich kann es nicht erklären. Ihm bleibt nichts mehr, verstehst du?«

»Nee.«

»Es ist vorbei, findest du nicht?«

»Was ist vorbei?«

»Alles. Für ihn.«

»Versteh ich nicht.«

»Vergiss es.«

Am Platz angekommen, ging der weißhaarige Mann schnurstracks auf das einzige Gebäude zu, das noch geöffnet war. Eine Bar. Die letzten beiden Gäste plauderten über den Tresen hinweg mit dem Wirt. Der Alte gesellte sich zu ihnen.

»Das sind seine Spießgesellen«, sagte Paulo, entzückt über das Wort, das ihm gerade eingefallen war.

Eduardo war anderer Meinung. Er glaubte nicht, dass Komplizen sich so in aller Öffentlichkeit treffen würden. Aber er hatte auch keine Erklärung für das merkwürdige Verhalten des Mannes. Paulo legte ihm seine neueste Theorie dar:

»Er ist der Mörder. Er ist zum Zahnarzt gegangen, um die Beweise verschwinden zu lassen. Ein Verbrecher kehrt immer an den Tatort zurück.«

»Aber der Mord wurde doch am See begangen.«

»Hat der Zahnarzt bei der Polizei nicht gesagt, dass er sie zu Haus umgebracht hat?«

»Aber wir wissen, dass es nicht dort gewesen sein kann.«

»Aber findest du es nicht auch komisch, dass dieser Knacker aus dem Altersheim in das Haus gegangen ist?«

»Ja.«

»Wenn der Alte nicht der Komplize vom Zahnarzt ist, ist er verrückt.«

»Kann sein. Mein Großvater war verrückt.«

»Der, den ihr *Nonno* nennt?«

»Nein, das war der Italiener, der Vater meines Vaters. Der Verrückte war der Portugiese, der Vater meiner Mutter. Der ist immer von zu Hause weggelaufen, war tagelang verschwunden, hat sich volllaufen lassen und dann auf offener Straße gesungen. Meine Mutter hat sich sehr für ihn geschämt.«

Einer der Kneipengäste verließ torkelnd das Lokal. Kurz darauf der andere. Der weißhaarige Mann blieb am Tresen stehen. Er trank ein durchsichtiges Getränk. Paulo vermutete, dass es Zuckerrohrschnaps war.

»War euer verrückter Opa oft bei euch zu Besuch?«

»Der Portugiese? In São Paulo hat er bei uns gelebt. Als mein Vater dann ins Landesinnere versetzt wurde, hat meine Mutter ihn zu ihrer Schwester nach Rio geschickt. Dort ist er gestorben. Woran, weiß ich nicht mehr. Ich weiß auch nicht mehr, wie er hieß. Ich glaube, Vicente. Aber ich habe ihn nur *Vô* genannt. Einmal hat er mich mit ins Viertel genommen.«

»Was? Ins Rotlichtviertel?«

»Genau. Mein Mutter hat getobt, als sie es erfahren hat.«

»Waren sie nackt?«

»Die Nutten? Das weiß ich nicht mehr. Ich war noch klein.«

»Du weißt nicht mehr, ob die Frauen nackt waren?«

»Nein, ich glaube, sie waren nicht nackt.«

»Tja …« Paulo seufzte. »Wahrscheinlich waren sie's nicht. Wenn du eine nackte Frau gesehen hättest, hättest du es nicht vergessen.«

Der Wirt begann, die hohen Holztüren der Kneipe von außen zu schließen. Der Alte kam heraus. Sie machten sich bereit, ihm zu folgen, aber er ging nur bis zu einer der Bänke auf dem Platz, ließ sich darauf nieder und zog ein kleines Heft aus der Innentasche seines Jacketts. Er blätterte ein wenig darin herum, las, machte sich Notizen, steckte das Heft wieder ein. Aus der anderen Tasche fischte er eine zerknautschte Zigarette und eine Streichholzschachtel. Er zündete die Zigarette an, nahm einen langen Zug und stieß nachdenklich den Rauch aus.

Paulo gähnte. Er war hundemüde.

Die Spitze des Füllfederhalters beendete den Halbkreis des letzten Buchstabens, eines Konsonanten, schwang leicht nach links und unterstrich einen Teil des Nachnamens. Dann wurde sie angehoben, um den t-Strich zu malen. Rechts neben die Unterschrift wurde ein Punkt gesetzt. Fertig.

»Und schon hat dein Vater die Entschuldigung unterschrieben«, sagte Eduardo und hielt Paulo das Schulheft hin. »Damit kannst du dich morgen seelenruhig in der Schule blicken lassen.«

Paulo musterte Text und Unterschrift. Perfekt.

»Die ist ja genau gleich. Man sieht nicht den kleinsten Unterschied zu der Unterschrift oben.«

Eduardo lächelte.

»Die oben ist auch von mir.«

Er mochte ein miserabler Fußballspieler sein, mager und ungeschickt, hässlich, komisch, langweilig, ein Streber – sie konnten ihn nennen, wie sie wollten, diese Jungen, die ihn in jeder neuen Stadt hänselten, in die sein Vater versetzt wurde. Aber niemand, wirklich niemand, konnte besser Handschriften und Unterschriften fälschen als er, und zwar jede Unterschrift.

Es war eine Fertigkeit, die er sich an trostlosen einsamen Nachmittagen angeeignet hatte, indem er erst die runde Unterschrift seiner Mutter nachahmte, dann die feinen langgezogenen Linien der Handschrift des Vaters und später die Bögen und Schwünge, die sich auf den handgeschriebenen Umschlägen von Briefen aus der Verwandtschaft fanden. Eine nach und nach wie von selbst erworbene Fähigkeit, bis er sein unnachahmliches Talent erkannte, als er Zug um Zug die verschnörkelte Unterschrift des Notars auf seiner eigenen Geburtsurkunde nachahmte, die er in der letzten Stadt zur Schulanmeldung hatte mitbringen müssen.

Nun erwies sich dieses Talent, das er außer vor seinem besten Freund vor allen geheim gehalten hatte, erneut als nützlich. Dieser wunderbare Morgen war wirklich nicht dazu geschaffen, eingesperrt im Klassenzimmer den Litaneien der Lehrer zu lauschen.

Das hatten sie festgestellt, als sie sich am Schultor trafen. Ein kurzer Blick zwischen ihnen, und sie stiegen gar nicht erst von den Rädern, sondern fuhren einfach weiter bis zur Landstraße. Morgen würde es genügen, die Hefte mit den Entschuldigungen und den entsprechenden Unterschriften vorzuzeigen.

Eduardo räkelte sich. Er war müde. Letzte Nacht hatte er wieder lange wach gelegen. Wegen des Alten. Und das Schlimmste daran war, dass sie nichts erreicht hatten. Es gab nichts Neues. Sie waren noch genau so weit wie in der Nacht, in der sie die Ermittlungen aufgenommen hatten.

Er suchte sich ein trockenes Stück Rasen und streckte sich aus. Die Schuluniform hatte er zusammengefaltet neben sich gelegt. Ganz in der Nähe sangen die Vögel ihr

Morgenlied. Große Wolken ballten sich über ihnen und spiegelten sich im See.

»Wann?«, drang Paulos Stimme aus der Ferne zu ihm.

»Wann was?«

»Wann hast du die Unterschrift oben drüber gefälscht?«

»Als du das letzte Mal aus dem Unterricht geflogen bist.«

»Ach ja, stimmt. Als ich dem Besserwisser Januzzi eine verpasst habe.«

»Nein. Als du den kleinen Spiegel unter Suzana Scheienfebers Pult gelegt hast, um ihr Höschen zu sehen.«

Er hörte Paulo in den See springen. Schwimmen. Dann Stille. Wahrscheinlich trieb Paulo auf dem Wasser. Der Schrei eines Rotsteißpapageis. Stille. Das Piepsen eines Anis. Ein sanfter Windhauch an seinem Ohr. Stille. Das Rascheln des Bambus. Ein Summen. Eine Mücke? Eine Libelle? Stille. Trägheit … Müdigkeit. Die Augen fielen ihm zu. Die Wolken verschwanden. Schwärze.

»Sie hatte kein Höschen an.« Paulos Stimme riss ihn aus dem Schlaf.

»Was hatte sie?«

»Sie hatte kein Höschen an.«

Paulo stand vor ihm. Tropfte ihn voll.

»Wie meinst du das: Sie hatte kein Höschen an? Natürlich hatte Suzana ein Höschen an.«

»Die Tote, Eduardo. Diese Anita. Sie hatte kein Höschen an.«

Eduardo stützte sich auf die Ellbogen.

»Das hat ihr der Kerl wohl runtergerissen.«

»Runtergerissen?«

»Um sich an ihr zu vergehen. Sie ranzunehmen.«

Paulo kauerte neben ihm nieder.

»Aber beim Zahnarzt waren auch keine.«

»Keine was?«

»Höschen. Keine einzigen.«

»Bestimmt hatte sie welche, und wir haben sie bloß nicht gesehen.«

»Wir haben uns überall umgeschaut.«

»Sie muss welche gehabt haben. Alle Frauen tragen Höschen. Unterhose, Miederhose, BH, Unterrock, Strumpfgürtel. Das tragen sie alles unter ihren Kleidern.«

»Woher weißt du das?«

»Ich weiß es eben.«

»Trägt deine Mutter das alles?«

»Lass meine Mutter da raus.«

Paulo setzte sich. Mütter waren ein Thema, das beide tunlichst vermieden. Was Paulo anging, weil seine Mutter tot war, im Fall von Eduardo, weil sie noch so hübsch war. Noch so eine stillschweigende Abmachung zwischen ihnen.

»Erinnerst du dich noch an deine?«, fragte Eduardo plötzlich zögernd.

»Meine was?«

»Mutter.«

»Mhm.«

Das war keine Antwort, sondern die abschließende Bemerkung zu einem Thema, von dem Eduardo ahnte, wie schmerzlich es für Paulo sein musste.

»Tut mir leid. Ich hätte nicht fragen sollen.«

»Mhm.«

»Aber manchmal … Manchmal überlege ich, ob … ob du nicht …«

»Mhm.«

»… Sehnsucht hast. Ob du keine Sehnsucht hast. Sie nicht vermisst.«

»Mhm.«

»Hast du keine?«

»Mhm.«

»Erinnerst du dich nicht?«

»Mein Vater.«

»Was?«

»Mein Vater.«

»Dein Vater?«

»Mein Vater hat eins.«

»Was hat dein Vater?«

»Eins von ihr.«

»Was hat dein Vater?«

»Ein Foto.«

»Ein Foto?«

»Ein kleines. Ein Passfoto.«

»Dein Vater?«

»Er hat eins.«

»Ein Foto von …?«

»Von ihr. Ein kleines. In seiner Brieftasche versteckt.«

»Ein Foto von deiner Mutter?«

»Nur das eine. Ich hab nur das eine gesehen.«

»Von deiner Mutter?«

»Ich bin an seine Brieftasche gegangen, um mir ein bisschen Geld zu mopsen.«

»Gibt er dir nie welches?«

»Da habe ich es gesehen. Klein. Ein Passfoto.«

»Und er bewahrt es in seiner …«

»Dunkelhäutig. Mager. Ziemlich große Zähne. Ein

Passfoto. Das ist das einzige, das ich je von ihr gesehen hab.«

»Gibt es denn sonst keines?«

»Ich erinnere mich nicht an sie.«

»Hast du denn nie ...«

»Wenn ich an sie denke ...«

»Ja?«

»Dann denke ich an das Foto. Das mein Vater in seiner Brieftasche versteckt. Das ist nicht das Gleiche, wie wenn man sich erinnert.«

Er verstummte. Eduardo wusste nicht, was er sagen sollte.

»Wenn der alte Spinner nicht aufgetaucht wär«, brach Paulo das Schweigen, »wie wir dort waren ...«

»*Als* wir dort waren«, verbesserte ihn Eduardo, erleichtert darüber, dass sie sich wieder auf sicherem Terrain bewegten.

»Als wir dort waren, dann hätten wir sicher was gefunden.«

»Wir haben die Präser gefunden.«

»Die gibt es bei mir zu Hause haufenweise.«

»Dein Vater und dein Bruder sind ja auch immer bei den Nutten. Da muss man Präser benutzen, sonst steckt man sich an.«

»Hat dir das dein Opa erzählt? Der Verrückte?«

Eduardo wusste es nicht mehr. Er glaubte, es irgendwo gelesen zu haben. Aber wo *konnte* man etwas über Nutten und Krankheiten nachlesen? In keinem der Bücher, an die er sich erinnerte, war davon die Rede. Auch in keiner Zeitung oder Zeitschrift. Nicht einmal in den Schmuddelheftchen, die er immer am Stand von Carlos Zéfiro mitgehen ließ, wenn er die deutschen Schnittmuster- und Modehefte bezahlte, die die Mutter bestellt hatte. Vielleicht war es doch der Großvater gewesen.

»An dem Tag, an dem er dich ins Rotlichtviertel mitgenommen hat?«

»Kann sein. Wusstest du nicht, dass man sich bei Nutten anstecken kann?«

»Doch. Antonio hat's mir gesagt.«

»Ja und?«

»Wenn man zu Nutten geht. Dann schon. Dann muss man Präser benutzen. Aber der Zahnarzt. ... Was glaubst du, wozu der Zahnarzt so viele Präser gebraucht hat?«

»Um keine Kinder zu kriegen. Damit seine Frau nicht schwanger wird.«

Paulo sah seinen Freund misstrauisch an.

»Woher weißt du das?«

»Bei mir zu Hause gibt es auch welche.«

»Das hast du mir nie erzählt.«

»Aber es gibt sie.«

»Wie bist du darauf gekommen?«

»Ich habe sie entdeckt.«

»Wo?«

»In der Nachttischschublade, in der mein Vater seinen Revolver aufbewahrt.«

»Was für einen Revolver?«

»Er hat einen Revolver. Aus der Zeit, als er Wachmann beim Getreidedepot war.«

»Das hast du mir nie erzählt.«

»Ich hab's vergessen zu erzählen.«

»Und er schließt die Schublade nicht ab?«

»Doch.«

»Und wieso hast du sie dann gefunden?«

»Na, ich hab das Schloss aufgemacht.«

»Wie denn?«

»Mit einem Draht.«

»Du weißt, wie man ein Schloss ohne Schlüssel aufkriegt?«

»Ja.«

»Wo hast du denn das gelernt?«

»Indem ich's geübt hab.«

»Und die Präser lagen da drin? Damit sie keine Kinder mehr kriegen? Machen sie denn noch ...«

»Ich will nicht drüber reden.«

»Du hast doch davon angefangen, dass es bei dir zu Hause Präser gibt.«

»Ich mag das Thema nicht.«

»In Ordnung. Aber wie ... als wir beim Zahnarzt waren, hätten wir noch mehr rausfinden können, wenn der alte Spinner nicht aufgetaucht wär.«

»Das stimmt.«

»Ja.«

Wieder schwiegen sie. Paulo setzte sich mit dem Rücken zu ihm. Eduardo hörte einen schrillen Vogelruf, wusste aber nicht, was für ein Vogel es war. Möglicherweise ein Schwefeltyrann, dachte er. Die Erinnerung an die Frau mit den braunen Oberschenkeln und den vollen, leicht geöffneten Lippen, zwischen denen die strahlend weißen Zähne hervorblitzten, überwältigte ihn, und es brach aus ihm heraus: »Sie war schön. Wunderschön.«

Sein Gesicht brannte, wahrscheinlich war er rot angelaufen, er schämte sich. Paulo sagte nichts. Vielleicht hatte er ihn nicht gehört.

Auf einmal sah Eduardo wieder die Schnittwunden in ihrem Gesicht. Und das Blut. Die Stiche. An den Händen, den Armen, dem Hals, dem Unterleib. Und die Brust. Die eine Brust.

»Warum hat er ihr die Brust abgeschnitten?«

Von Paulo kam keine Antwort.

»Das verstehe ich nicht. Ich verstehe, dass man jemanden erstechen kann. Dass man jemanden töten kann. Ich weiß nicht, warum er sie ermordet hat, aber ich kann es verstehen. Aber die Brust abschneiden? Warum? Wozu?«

Paulo antwortete immer noch nicht. Eduardo sah vor sich hin, er überlegte, ob er aufstehen und eine Runde schwimmen sollte. Aber er rührte sich nicht vom Fleck. Stattdessen streckte er sich wieder aus, die Hände im Nacken verschränkt. Wieder hörte er die Vogelrufe. Wie Schreie. Auch wenn er nicht sicher war: Es mussten Schwefeltyrannen sein. Und sie schienen nichts Gutes zu verheißen.

»Eduardo.«

Noch nie hatte er Paulo so leise sprechen hören.

»Was ist?«

»Weißt du noch – die Cowboyfilme, die wir gesehen haben?«

Paulos dunkle Augen starrten ihn an.

»Was für ein Film?«

»Egal. Irgendeiner. Einer von denen, bei denen die Indianer die Trecks der Weißen angreifen.«

»Was ist damit?«

»Wenn sie die Weißen töten.«

»Am Ende töten die Weißen alle Indianer.«

»Ja. Aber wenn die Indianer den Treck umzingeln und

die Weißen töten, bevor die Cowboys auftauchen … Was nehmen sie da mit zu ihrem Stamm?«

»Waffen, Munition. Essen. Alles, was sie auf den Planwagen der Siedler finden.«

»Nein, Eduardo! Sie töten die Weißen und skalpieren sie!«

»Ich weiß.«

»Sie schneiden dem Feind ein Stück seines Körpers ab.«

»Ja, und?«

»Es ist eine Trophäe, Eduardo!«

»Was?«

»Die Brust, Eduardo!«

»Die Brust …?«

»Von der Toten! Die Brust ist die Trophäe!«

4

Anitas Geburt

Er war noch nicht bei der untersten Sprosse angekommen, als die beiden Jungen auf ihn zutraten und sagten, sie müssten dringend mit ihm sprechen. Der Magere sah ihn entschuldigend an, der Dunkelhäutige mit den Locken und den Segelohren starrte auf das Seil. Der Alte murrte, verärgert über die Störung.

»Sie müssen uns helfen«, sagte der Lange.

Der Mann wischte sich die Hände am Taschentuch ab und steckte es zurück in seine Tasche, ohne Eduardo eines Blickes zu würdigen.

»Bitte«, fügte dieser hinzu. »Wir brauchen Sie. Wirklich.«

»Wir haben eine wichtige Spur gefunden. Die wichtigste!«

»Keine Spur, Paulo. Eine Trophäe.«

»Das war's. Der Mörder wollte eine Trophäe.«

»Wie die Rothäute«, erklärte Eduardo. Er war sich sicher, dass der Verweis auf die Indianer im Wilden Westen alles erklärte, aber er hätte nicht sagen können, wohin der Mann sah. Ob das an der Dunkelheit unter den Bäumen oder am Silberblick des Alten lag, der nun am Fuß der Leiter stand, wusste er nicht.

Er bemerkte, dass keines der Augen einen bestimmten

Punkt fixieren konnte. Beide schienen sich unabhängig voneinander zu bewegen. Wenn das rechte leicht nach oben blickte, glitt das linke ein wenig zur Seite. Manchmal sah es für einen Moment so aus, als blickten beide Augen in die gleiche Richtung. Dann aber glitten sie wieder auseinander.

Der Alte schien ihnen gar nicht zuzuhören, er war zu sehr damit beschäftigt, das Seilende zu verstecken. Die Leiter hing schon wieder im Laubwerk. Paulo hatte das Gefühl, sich genauer erklären zu müssen.

»Wenn die Indianer die Weißen besiegen, die auf ihr Stammesgebiet vorgedrungen sind, skalpieren sie sie.«

»Als Siegeszeichen.«

»Verstehen Sie?«

»Bei der Frau vom Zahnarzt war das Siegeszeichen die …«

Er kam nicht dazu, den Satz zu beenden. Der Alte wandte sich ab und ging davon. Ratlos blieb Eduardo stehen.

»Der, der sie umgebracht hat …«, setzte er wieder an, dann brach er ab.

Er kam sich dumm vor. Der unsichtbare Junge. Der für die Erwachsenen unsichtbare, unnütze Junge. Der für diesen Erwachsenen unnütze, unsichtbare, dumme Junge. Der für alle Erwachsenen dumme, unsichtbare, unnütze, lächerliche Junge. Sein Herz klopfte wild. Er hatte das Gefühl, keine Luft zu bekommen.

Paulo lief dem Alten noch ein paar Schritte hinterher. Ein paar Mal setzte er vergeblich zu einer Erklärung über Cowboys und Indianer, Siedler und Überfälle aus dem Hinterhalt, Siege und Skalps an. Dann blieb er stehen und verstummte. Er wandte sich zu seinem Freund um, breitete die Arme aus und hob die Schultern, sein ganzer Körper die Frage: Und nun? Das war nicht die Reaktion, die sie erwartet und erhofft hatten, um ihre Suche nach dem wahren Mörder fortzusetzen. Auf so viel Missachtung waren sie nicht gefasst gewesen. Und jetzt? Was machen wir jetzt?

Eduardo spürte, wie sein Gesicht glühte. Die Hitze verbreitete sich rasch über seinen ganzen Körper, und plötzlich und gänzlich unerwartet vernahm er einen gellenden Schrei. Paulo riss die Augen auf.

»Haltet ihn! Haaaltet ihn! Der Alte will abhauen!«

Der größte Schreck durchfuhr Eduardo, als er bemerkte, dass er selbst derjenige war, der da schrie. Der Schrei drang aus seiner Kehle. Es war seine Stimme, die er in der Stille der Nacht hörte, laut und rau wie nie zuvor.

»Aufgepasst! Der Alte macht sich aus dem Staub!«

Nach einem ersten Augenblick der Überraschung stimmte Paulo mit der Begeisterung eines Kindes, das ein neues Spielzeug entdeckt hat, in Eduardos Geschrei ein.

»Haaaltet ihn! Haltet den Flüchtigen!«

Der Mann blieb stocksteif stehen. Die Jungen brüllten. Er drehte sich um. Sie brüllten. Er sah sie an. Sie brüllten weiter. Er stemmte die Arme in die Hüften, wie es Erwachsene tun, um wortlos Gehorsam einzufordern. Er verlangte Schweigen.

Normalerweise hätte Eduardo gehorcht, denn er war ein braver, wohlerzogener Junge. Eigentlich hätte man auch erwarten können, dass Paulo verstummte, nicht weil es seinem Naturell entsprochen hätte, sondern aufgrund seiner Erfahrung als gezähmtes Tier und wegen seiner Erinnerung an die väterliche Gewalt, die in solchen Situationen üblicherweise folgte. Aber die Enttäuschung über die Verachtung und Überheblichkeit, mit der sie sich behandelt fühlten, stachelte ihre Wut und Verbitterung an und verlieh ihnen die Kraft, zum ersten Mal in ihrem Leben offen gegen einen Erwachsenen aufzubegehren. Sie brüllten einfach weiter.

In einem nahen Haus ging das Licht an. Irgendwo begann ein Hund zu bellen.

»Pst. Leise!«, befahl der Mann.

Sie schrien laut, immer lauter, nannten ihn einen alten Knacker, einen verrückten Opa, einen blöden Spinner, alles, was ihnen an Beleidigungen in den Sinn kam.

»Haltet den Mund! Sofort!«

Sein befehlender Tonfall schürte nur Eduardos und Paulos Zorn. Sie gaben bloß noch sinnloses Gebrüll von sich. Wüste Beschimpfungen.

»Seid still! Haltet den Mund! Ihr weckt ja Gott und die Welt auf!«

Das Gebell wurde lauter. Jetzt waren es zwei Hunde, ein dritter gesellte sich dazu. Am Ende der Straße ging auf einer Veranda das Licht an. Erstaunlich behände ging der Alte mit geballten Fäusten auf sie los. Als er vor ihnen stand, tat Paulo einen Schritt auf ihn zu, herausfordernd, immer noch schreiend.

»Der Aaaaalte! Er haut aus dem Heeeeim ab!«

»Ruhe jetzt! Alle beide! Sofort!«

Und als er sah, dass Eduardo und Paulo sich anschickten, ihre Stimmgewalt zu verdoppeln, fügte er leise hinzu: »Bitte.«

Die Jungen tauschten einen Blick.

»Bitte«, wiederholte der Alte. »Hört auf zu schreien.«

Das Gefühl aufzubegehren fühlte sich gut an, gerecht, großartig: Sie waren nicht bereit, ohne Weiteres darauf zu verzichten. Also schrien sie wieder los. Aber nicht für lange.

»Die Nonnen dürfen nicht wissen, dass ich mich nachts aus dem Staub mache«, sagte der Mann flehentlich. Seine Offenheit ließ sie verstummen.

Er öffnete die Fäuste und breitete die Arme aus, zum Zeichen, dass er sich ergab.

»Bitte. Sie würden mich rauswerfen.«

Eduardo hatte noch nie erlebt, dass ein Erwachsener ihn in diesem Tonfall um etwas bat. Der praktisch veranlagte Paulo fragte herausfordernd: »Was bekommen wir, wenn wir aufhören?«

»Was wollt ihr?«

»Hilfe«, sagte Eduardo hastig.

»Bei der Aufklärung des Verbrechens«, fügte Paulo hinzu.

»Um zu beweisen, dass der Zahnarzt nicht der Mörder ist.«

»Weil er war's nämlich nicht.«

»Weil er es nämlich nicht war, Paulo.«

»Weil er es nicht war.«

»Der Zahnarzt. Er war's nicht.«

Der Alte bedeutete ihnen zu schweigen. Er sah sich nach allen Seiten um.

»Die dürfen mich hier nicht sehen. Gehen wir weg von der Straße.«

Sie gingen zur Mauer hinüber.

»Ihr seid doch noch Kinder.«

»Sind wir nicht«, protestierte Paulo.

»Wir werden bald dreizehn.«

»Und ich bin pensionierter Lehrer, kein Detektiv.«

»Aber Sie waren beim Zahnarzt, um Nachforschungen anzustellen.«

»Wir haben Sie gesehen.«

»Ich will nur ab und zu mal raus aus dem Altersheim. In Ruhe was trinken, ein bisschen reden. Ich bin nicht müde. Wir alten Leute brauchen wenig Schlaf.«

»Paulo und ich haben die Leiche gefunden. Am See.«

»Sie war ganz voller Blut! Und Dreck! Und überall aufgeschlitzt!«

»Es kann nicht der Zahnarzt gewesen sein!«

»Und ihre Brust war skalpiert!«

»Was war skalpiert?«

»Sehen Sie denn keine Cowboyfilme?«

»Ich sehe mir niemals Hollywoodfilme an.« Er sprach Hollywood »rroliúdi« aus, wie es die Leute im Nordosten taten. »Sie sind manichäistisch.«

»Was heißt manichäistisch?«

»Ich schlag's später im Wörterbuch nach, Paulo. Wir müssen beweisen, dass der Zahnarzt unschuldig ist.«

»Der Ehemann hat den Mord gestanden, Jungs.«

»Aber er kann es gar nicht getan haben! Er ist alt! Sie können sich gar nicht vorstellen, wie alt er ist!«

»Der Schein trügt, das werdet ihr früher oder später auch noch lernen. Nichts in diesem Land ist, was es scheint. Und diese Stadt ist ein Mikrokosmos Brasiliens.«

Paulo notierte sich im Geiste Mikrokosmos. Wieder ein Wort, das er in Eduardos Wörterbuch würde nachschlagen müssen.

»Alte Leute sind zu den schrecklichsten Gräueltaten fähig«, fuhr der Mann fort.

Noch etwas, was er morgen nachsehen musste: Gräueltaten.

»Habt ihr schon mal von Getúlio Vargas gehört? Oder von Josef Stalin?«

»Von Getúlio ja.«

»Vargas hat die Arbeitergesetze geschaffen.«

»Getúlios Schergen haben mir die Fingernägel ausgerissen. Einen nach dem anderen. Kaltblütig. Sie haben mich gefoltert und meine Freunde getötet. Derselbe Vargas, von dessen Heldentaten sie euch in der Schule erzählen. Der Märtyrer der Republik. Wir haben Getúlio an die Macht verholfen. Wir haben an ihn geglaubt. Der Vater der Armen. Vargas hat uns verraten. Wie Stalin.«

Er sprach weiter, erzählte von Toten, Verfolgung und Massakern in der Sowjetunion. Eduardos Neugier war geweckt. Er hatte sich schon immer für Geschichte interessiert. Paulo hingegen, dem die Abschweifung in diesem Augenblick sinnlos erschien, wurde ungehalten. Er unterbrach den Mann: »Werden Sie uns nun helfen oder nicht?«

»Das ist Nötigung.«

»Was?«

»Ich werde erpresst. Entweder ich mache bei euch mit, oder ihr verratet mich, so ist es doch, oder?«

»Aber Sie haben doch selbst angefangen nachzuforschen«, wandte Eduardo ein.

»Vielleicht.«

»Wir wissen, dass wir keine kleinen Kinder mehr sind. Paulo nicht und ich auch nicht.«

»Nein, sind wir nicht.«

»Aber ihr Erwachsenen haltet uns immer noch für Babys.«

»Genau.«

»Gerade eben haben Sie uns noch Kinder genannt.«

»Eben.«

»Und genau deshalb, weil ihr glaubt, dass Paulo und ich bloß kleine Kinder sind, können wir eine Menge Sachen über den Mord an der Frau vom Zahnarzt herausfinden, ohne dass es jemand bemerkt.«

»Weil niemand uns beachtet.«

»Genau wie ich gesagt habe: Weil wir so jung sind, fallen wir nicht auf.«

»Aber es gibt andere Sachen, die wir nicht machen können, die wir alleine nicht hinkriegen, verstehen Sie?«

Der weißhaarige Mann wartete auf weitere Argumente. Die Jungen warteten auf eine Antwort. Schließlich war es der Alte, der das Schweigen brach: »Und deshalb …?«

»Na ja … also … Weil Sie doch älter sind und mehr Erfahrung haben … es gibt Dinge, die Sie können und wir nicht.«

»Wie zum Beispiel?«

»Ach, das weiß ich jetzt noch nicht. Das werden wir sehen, wenn es so weit ist.«

»Einer für alle und alle für einen?«, schlug Paulo vor.

»Wenn wir alle zusammenarbeiten, Sie und wir, gemeinsam, wir drei, Sie, Paulo und ich, können wir etwas herausfinden, was …«

»Was genau wollt ihr eigentlich erreichen?«, unterbrach ihn der Alte.

Das »genau« verlangte von ihnen, ihre Absichten zu

präzisieren, und das konnten sie nicht. Aber sie klammerten sich an ihren Verdacht, genährt durch unzählige Filme und Melodramen, an deren Titel sich spätere Generationen schwerlich erinnern würden, an den Verdacht, dass die angebliche Lösung im Mordfall der blonden Frau falsch war. Doch wie konnten sie eine so unsinnige Vermutung äußern und noch dazu den Alten überreden wollen, sich ihnen anzuschließen? Eduardo musste ihm einen guten Grund nennen, aber er hatte keinen. Sie beide hatten keinen. Also musste sich Eduardo eine Lüge einfallen lassen. Jetzt sofort. Eine überzeugende Lüge. Aber die Vorstellung, eine Lüge ersinnen zu müssen, um jemanden davon zu überzeugen, eine Reihe anderer Lügen infrage zu stellen, die die ganze Stadt glaubte, verwirrte ihn. Er schwieg. Er fand nicht die richtigen Worte. Paulo sah ihn besorgt an. Wieder war es der Alte, der das Schweigen brach.

»Also …«

»Nur noch eine Minute«, bat Eduardo, um Zeit zu gewinnen.

»Ihr …«

»Er wird es Ihnen schon noch erklären. Das wirst du doch, Eduardo, oder?«

»Wir …«, setzte Eduardo an, wusste nicht weiter und verstummte.

»Ihr wollt also weiter ermitteln, wie ihr es eurer Meinung nach seit der ersten Nacht nach dem Mord getan habt, als ihr in das Haus des Zahnarztes eingebrochen seid.«

Paulo setzte an, um den Einbruch abzustreiten, aber der Mann ließ ihn nicht zu Wort kommen. Er ratterte los, als hätte er seine Worte vor langer Zeit auswendig gelernt: »Ihr dachtet also, ihr könntet die Suche auf eigene Faust durchführen, aber dann habt ihr gemerkt, dass ihr von nun an nur mit meiner Hilfe weiterkommt, weil ihr glaubt, eine Spur oder ein Indiz gefunden zu haben, das vielleicht wichtig sein könnte, vielleicht aber auch nicht, das aber helfen oder sogar entscheidend sein könnte, um den Mord aufzuklären, das euch bisher aber noch nicht weitergebracht hat, weil ihr nicht wisst, was ihr mit dem, was ihr gefunden habt, anfangen sollt. Ist es das, was ihr mir sagen wolltet?«

»Genau«, stimmte Eduardo zu.

»Und ihr seid zu mir gekommen, obwohl ihr mich für einen alten Spinner haltet, weil ihr sonst niemanden habt, den ihr um Hilfe bitten könntet.«

Darauf wussten weder Paulo noch Eduardo etwas zu erwidern.

»Ist es das? Wollt ihr ermitteln?«

»Ja, das wollen wir!«, rief Eduardo ermutigt.

»Ja, das wollen wir!«, echote Paulo.

»Auch wenn es möglicherweise niemanden interessiert, wer der wahre Mörder ist?«

»Also glauben Sie, dass es nicht der Zahnarzt war?« Eduardo schrie seine Frage fast heraus.

Der Mann vergrub seine Hände in den Jacketttaschen, sah erst den einen Jungen an, dann den anderen und fragte zurück: »Wisst ihr, wo die Geburtsurkunden aufbewahrt werden?«

»Im Rathaus«, antwortete Paulo wie aus der Pistole geschossen.

»Im Stadtarchiv im Rathaus«, verbesserte ihn Eduardo.

»Kommt ihr da hinein?«

»Klar«, sagte Paulo.

»Kommt ihr jetzt da hinein?«

»Mitten in der Nacht?«, fragte Eduardo verwundert. »Das Archiv ist geschlossen.«

»Genau deswegen habe ich gefragt, ob ihr reinkommt.«

»Klar kommen wir da rein«, versicherte Paulo.

»Wir können es versuchen.«

»Wir kommen überall rein! Jederzeit!«

Der Alte trat dicht an sie heran und flüsterte: »Na gut: Dann sollten wir uns organisieren und an die Aufgabenverteilung machen.«

Paulo stieg als Erster hinunter. Das Seil um den linken Fuß geschlungen ließ er sich langsam hinab, mit den Händen das Gleichgewicht haltend, während sein Körper leicht wie ein Pendel hin und her schwang. Er kam mit dem rechten Fuß auf dem Boden auf, dann löste er den anderen aus der Schlinge. Als er spürte, dass er mit beiden Füßen fest auf dem Boden stand, sah er sich um.

Das Licht einer Straßenlaterne drang durch die staubigen Gardinen der beiden hohen Schiebefenster. Von einem langen Tisch und einem bauchigen kleinen Rollladensekretär abgesehen, stand der ganze Saal voller Metallregale. Sie zogen sich über seine gesamte Länge an den Wänden entlang und in zwei Reihen mitten durch den Raum, mit schmalen Gängen dazwischen, und waren vollgepackt mit großen, fest eingebundenen Folianten, auf deren Rücken römische Ziffern und Buchstaben prangten.

Paulo zog einen der am nächsten stehenden Bände zu

sich heran. Ein rascher Blick genügte ihm. Bestätigend reckte er beide Daumen zur Holzdecke hinauf, wo eine rechteckige Öffnung Zugang zum Dachboden gewährte. Das sollte heißen: Dies ist der Raum, den wir gesucht haben.

Eduardo zog das Seil zu sich herauf, schlang es sich um einen Fuß und begann den Abstieg. Er schwang stärker hin und her, als er erwartet hatte. Er glitt weiter. Nun war er auf der Höhe des oberen Endes der Bücherregale. Die zarte Innenhaut seiner Hände brannte. Er verlor das Gleichgewicht, sein Fuß rutschte aus der Schlinge, und er kippte kopfüber nach vorn. Nach einer äußerst unsanften Landung rappelte er sich stöhnend hoch. Paulo lief zu ihm.

»Bist du verletzt?«

»Nein, nein«, antwortete er, mehr ärgerlich über sich selbst als zerschunden.

»Tut dir was weh?«

»Es ist nichts weiter, ich bin bloß abgerutscht«, sagte er und klopfte sich den Staub aus den Kleidern. »Hier sind wir richtig, oder?«

»Ich glaube schon.«

Eduardo nahm sich ein Buch und schlug es auf.

»Ja, hier ist es. Das hier ist ein Geburtsregister. Die Heirats- und Sterbeurkunden müssten auch hier sein.«

»Was soll denn das sein? Da steht erst ein M und dann ein X und dann noch ein M und dann …«

»Das ist Lateinisch. Das Datum. Das haben wir doch im Lateinunterricht gelernt.«

»Ach ja. Ich habe nur nicht gedacht, dass in Brasilien auch Sachen auf Lateinisch geschrieben werden.«

Sie brauchten nur ein paar Schritte zu gehen und die Buchrücken und Schilder an den Regalen zu betrachten, dann hatte Eduardo erkannt, dass sie woanders suchen mussten.

»Diese Bücher hier sind alle aus dem letzten Jahrhundert.«

»Welches Buch müssen wir denn finden?«

»Das von 1937. Wenn Dona Anita vierundzwanzig war, als sie gestorben ist, dann ist sie 1937 geboren.«

»Der Alte hat gesagt, sie hat jung geheiratet.«

»Mit fünfzehn. Wenn das wahr ist, steht es im Heiratsregister von 1952. Das brauchen wir auch.«

Sie fanden das Regal mit den dreißiger Jahren, und kurz darauf hielten sie das Buch mit den Geburtsurkunden von 1937 in Händen. Sie trugen es zu einem Fenster, legten es auf den Boden und blätterten es durch. Schließlich waren sie auf der letzten Seite angelangt, ohne einen Eintrag über ein Mädchen namens Anita gefunden zu haben. Also fingen sie wieder von vorne an, Seite für Seite. Paulo dachte, dass es besser gewesen wäre, wenn sie eine Taschenlampe mitgebracht hätten. Eduardo fuhr kopfschüttelnd mit dem Zeigefinger die handgeschriebenen Zeilen entlang.

»Nein, nein, nein, nein, nein. Es gibt keine Anita. Nur Ângela, Antonia, Aparecida, Apolônia, Almerinda ...«

Paulo schlug vor, in den Heiratsurkunden von 1952 zu suchen. Eduardo stimmte zu, ohne den Blick von den vergilbten Seiten vor seiner Nase zu wenden. Er blätterte nun von hinten nach vorne und las leise: »Adelina, Adriana, Alfredina, Amarílis, Ana Beatriz, Ana Cristina, Ana Elisa, Ana Helena, Ana Isabel, Ana Lúcia, Ana Maria,

Ana Olívia, Ana Paula, Ana Rita, Andralina, Ane … Anêmona …«

Kurz darauf war Paulo zurück.

»Und?«

»1937 ist keine Geburt einer Anita verzeichnet.«

»Lass mich mal sehen«, bat Paulo und schob das Buch von 1952 zu Eduardo hinüber.

Der Raum roch nach Schimmel und Staub. Offensichtlich war hier schon lange nicht mehr geputzt worden. Die Feuchtigkeit wurde Eduardo allmählich unangenehm. Er spürte, wie ein Niesen in ihm aufstieg, hielt sich mit beiden Händen die Nase zu, hielt den Atem an, sah ins Licht der Straßenlaterne, aber keiner der ihm bekannten Tricks half. Er musste trotzdem niesen. Und noch dazu war er vom starken Licht geblendet. Einen Augenblick lang verschwammen die Seiten vor seinen Augen. Also bat er Paulo: »Sieh doch mal hier nach! Such nach dem Namen des Zahnarztes im Heiratsregister.«

»Ich weiß nicht, wie er heißt. Die Leute nennen ihn immer nur den Zahnarzt.«

»Er heißt Doktor Henrique Irgendwas.«

»Hier ist ein Eribert. Ohne H.«

»Nein. Wenn der Zahnarzt nicht Henrique heißt, dann Ernesto. Oder … Hélio?«

Paulo suchte. Vergeblich. Seite um Seite.

»Ich habe keinen Hélio gefunden. Einen Ernesto auch nicht. Und keinen Henrique. Es gibt einen Umberto. Umberto Moreira.«

»Nein, Umberto war es nicht.«

»Heleno Costa?«

»Nein.«

»Amâncio?«

»Das könnte sein. Mit wem verheiratet?«

»Nanci Andrade.«

»Nein. Gibt es keinen, der mit einer Anita verheiratet ist?«

»Niemanden. Mit dem Buchstaben A gibt es eine Ana Viana, die einen Waldir Haddad geheiratet hat. Ein Djalma Carvalho hat eine Alice Felix geheiratet. Ein Luis Perrone eine Antonina Giuseppe. Es gibt einen Francisco Andrade, der Aparecida dos Santos geheiratet hat. Einen Emanuel Gottschalk mit einer Amélia Lobo. Ari Passos und Áurea Sanchez. Ein Vanderlei Mendes und eine Ana Rita Mendonça. Und ein …«

»Warte!«, bat Eduardo. »Was für einen Namen hast du gerade gesagt?«

»Vanderlei.«

»Vorher! Welchen Namen hast du vorher vorgelesen?«

»Ari Passos.«

»Nein! Einen anderen!«

»Emanuel Gottschalk? Francisco Andrade? Luis Perrone?«

»Andrade! Das ist sein Nachname!«

»Der Name vom Zahnarzt?«

»Ich bin mir ganz sicher! Andrade!«

»Der hier heißt mit vollständigem Namen Francisco Clementino de Andrade Gomes.«

»Doktor Andrade! So heißt der Zahnarzt!«

»Das kann nicht sein«, widersprach Paulo und zeigte Eduardo die Seite. »Sieh doch nur: Dieser Doktor Andrade hat keine Anita geheiratet …«

Sie rannten bis zum Platz, wo der weißhaarige Mann auf einer Bank vor dem Musikpavillon saß und döste. Beide keuchten, sprudelten die Neuigkeiten hervor, verschluckten manche Wörter, voller Stolz, von ihren Entdeckungen berichten zu können, und voller Angst, den Faden zu verlieren.

»Sie hatten Recht«, begann Paulo, der das zusammengerollte Seil über der Schulter trug.

»Sie hatte keinen Vater.«

»Und keine Mutter.«

»Es steht da schwarz auf weiß: Eltern unbekannt.«

»Und der Eintrag war von den Nonnen im Waisenhaus.«

»Aus dem Waisenhaus für Mädchen. Es gibt nämlich auch eines für Jungen hier in der Stadt. Und beide werden von Nonnen geleitet. Aber ich glaube, sie sind von einem anderen Orden als die Nonnen in Ihrem Altersheim. Die Kleidung ist anders. Die Farbe ihrer Kutten …«

»Sie hieß gar nicht Anita!«, unterbrach ihn Paulo.

»Er meint, die Frau, die Doktor Andrade …«

»Der Zahnarzt heißt nämlich Doktor Andrade. Francisco Clementino de Andrade Gomes.«

»… geheiratet hat.«

»Sie hieß Aparecida dos Santos!«

»Maria Aparecida dos Santos!«

»Aparecida wurde 1937 von den Nonnen im Waisenhaus als Kind unbekannter Eltern gemeldet«, fügte Eduardo hinzu.

»Aparecida hat am 6. Juni 1952 Francisco Clementino de Andrade Gomes geheiratet. Maria Aparecida dos Santos. Doktor Andrade.«

»Mit fünfzehn.«

Der Alte zog eine zerknitterte, halb gerauchte Zigarette aus seiner Jacketttasche und steckte sie sich in den Mund. Aus der anderen Tasche fischte er eine Streichholzschachtel hervor. Er zündete die Zigarette an und tat einen Zug. Dann blies er den Rauch in die Luft. Die Jungen würdigte er keines Blickes.

»Fünfzehn«, wiederholte Eduardo. »So alt war Aparecida, als sie den Zahnarzt geheiratet hat. Genau, wie man es Ihnen erzählt hat.«

»Der Zahnarzt hat gar keine Anita geheiratet.«

»Er hat Aparecida geheiratet.«

»Es gibt gar keine Anita.«

»Besser gesagt: Es gibt sie doch …«

»Weil Aparecida nämlich so genannt wurde.«

»Sie wurde Anita genannt.«

»Dona Anita.«

»Die Frau von Doktor Andrade.«

Eduardo wurde das Schweigen des Alten allmählich unheimlich.

»Haben Sie verstanden?«

»Haben Sie gehört?«, fragte Paulo mit erhobener Stimme.

»Hören Sie überhaupt, was wir Ihnen erzählen?«

»Die ermordete Frau hieß ganz anders.«

»Aparecida!«, schrie Eduardo. »Aparecida!«

Ein weiterer Zug an der Zigarette. Dann langsam ausgestoßener Rauch. Ein leerer Blick. Eduardo riss der Geduldsfaden.

»Ich habe mir fast das Bein gebrochen, als wir uns am Seil runtergelassen haben. Ich hätte mir das Bein brechen können! Beide Beine! Ich könnte jetzt ein Krüppel sein!«

»Und ich?« Paulo, der fürchtete, bei den Missgeschicken ins Hintertreffen zu geraten, überlegte. »Ich musste mich mit Ratten rumschlagen, wissen Sie? Mit großen Ratten! Riesigen Biestern!«

Er verstummte, als er den Alten vor sich hin murmeln hörte. Eduardo hatte es auch gehört.

»1952 …«, hörten sie ihn leise sagen. Er sah sie nicht an. »Da muss der Zahnarzt irgendwo in den Vierzigern gewesen sein, Ende vierzig …«

Die Zigarettenglut näherte sich bedrohlich seinen Fingern. Eduardo wollte den Alten gerade darauf hinweisen, da hörte er ihn ein wenig lauter sagen: »Anita … oder Aparecida … war fünfzehn …«

Er drückte die Kippe an der Schuhsohle aus.

»Wie alt seid ihr?«

»Zwölf«, antwortete Paulo prompt.

»Ich werde bald dreizehn«, brüstete sich Eduardo. »In zehn Monaten.«

»Ich schon vorher. Im Januar.«

»Das ist nur ein Monat früher!«

»Achtundvierzig Tage früher!«

Der Alte sah sie an. Oder sah er nur in ihre Richtung? Er sagte: »Das ergibt keinen Sinn.«

»Ich bin kleiner, aber trotzdem älter«, beharrte Paulo. »Und ich wachse noch. Mein Bruder ist fast eins achtzig. Mein Vater auch.«

»Auch wenn diese Nonnen noch so käuflich und bestechlich sind …«, murmelte der weißhaarige Mann weiter, wie zu sich selbst. »Selbst dann ergibt es keinen Sinn.«

»Wovon reden Sie?«, erkundigte sich Eduardo.

Wieder zog der Mann die Streichholzschachtel aus der Tasche, steckte die Zigarette, von der nur noch ein

Stummel übrig war, hinein und verstaute die Schachtel im Jackett.

»Wie konnten die Nonnen des Waisenhauses zulassen, dass ein … dass ein Mädchen von gerade mal fünfzehn Jahren einen fast fünfzigjährigen Mann heiratete? Noch nicht mal in mexikanischen Melodramen habe ich so ein dickes Ding gesehen!«

»Vielleicht war der Zahnarzt ihr Vater?«, mutmaßte Paulo.

»Und er hat den Nonnen sein Geheimnis verraten!«, spann Eduardo die Phantasiegeschichte seines Freundes fort. »Und sie haben geheiratet, damit sie sein Vermögen erben kann.«

Der weißhaarige Mann stand auf und ging zum Musikpavillon hinüber.

»Ein Mann, der bis weit in seine Vierziger hinein Junggeselle war …«, murmelte er, »heiratet ein fünfzehnjähriges Mädchen …«

Die beiden Jungen folgten ihm.

»Doktor Andrade liebte ihre Mutter, und als diese starb …«, sagte Eduardo.

»… er lebt zehn Jahre mit ihr zusammen, wird ständig betrogen, ohne dass es ihm etwas ausmacht …«

»Der Zahnarzt hat ihre Mutter umgebracht!« Jetzt war Paulo an der Reihe. »Nein! Er hat den Vater umgebracht! Und dann hat er aus Reue sie geheiratet!«

»… und es war ihm egal, was in der ganzen Stadt getratscht wurde …«

Paulo hatte eine neue Idee: »Ihr Vater war ein Nazi!«

Eduardo fügte hinzu: »Und ihre Mutter starb in einem Konzentrationslager!«

»… und er hat die giftigen Bemerkungen der alten Betschwestern überhört, wenn er sonntags Arm in Arm mit ihr in die Kirche ging …«

»Sie war das Kind einer Nonne und eines Priesters!«, fiel Paulo ein.

»… er hat so getan, als würde er die abfälligen Blicke nicht bemerken, wenn er mit ihr beim Sonntagsspaziergang über diesen Platz ging …«

»Sie war seine jüngere Schwester!«, schlug Eduardo vor.

»… nachts schlief er allein, im Einzelbett …«

»Die Nonnen! Die Nonnen haben sie umgebracht!«, mutmaßte Paulo.

»…während sie sich mit anderen Männern herumtrieb. Immer mit älteren Männern.«

»Sie war die Geliebte des Priesters, der der Liebhaber der Nonnen war«, spekulierte Eduardo.

Inzwischen waren sie beim Musikpavillon angekommen. Die Jungen umkreisten den Alten, der im Pavillon auf und ab ging. Er blieb stehen, sie gingen weiter im Kreis herum und hörten ihm aufmerksam zu.

»Von einem Priester weiß ich nichts. Aber dass sie etwas mit dem Bürgermeister hatte, das haben mir meine Freunde aus der Bar erzählt. Und mit dem Direktor der Tuchfabrik. Mit den Großgrundbesitzern. Mit allen mächtigen Männern dieser Stadt. Und immer, immer waren sie viel älter als sie. So, als würde sie von einem zum anderen weitergereicht. Habt ihr sämtliche Schubladen im Haus des Zahnarztes durchsucht?«

Eduardo war sich nicht sicher, vermutete aber, dass sie alles gesehen hatten.

»Wart ihr im Dienstmädchenzimmer?«

Paulo berichtete, dass es kein Dienstmädchenzimmer gab, dass das Ehepaar gar kein Hausmädchen beschäftigte.

»Habt ihr etwas mitgehen lassen? Irgendwelchen Schmuck?«

»Wir sind doch keine Diebe!«

»Ich habe kein einziges Schmuckstück gefunden«, fuhr der Alte fort, ohne auf Paulos Protest einzugehen. »Nichts. Keinen Ring, kein Armband, nicht mal ein Medaillon. Meine Freunde haben mir gesagt, dass sie niemals Schmuck trug. Nur den Ehering. Wie erklärt sich, dass die Frau eines so angesehenen Mannes keinen Schmuck trägt? Eine Kette, Ohrringe oder auch nur eine Brosche? Und dass sie kein Dienstmädchen hat?«

»Vielleicht war der Ehemann ein alter Geizkragen?«, fragte Eduardo.

»Ein Knicker«, sagte Paulo.

»Ein Knauser!«

»Vielleicht. Aber trotzdem ...«

Der Alte beendete den Satz nicht. Er ließ den Blick über den stillen Platz schweifen. Die Schatten verschmolzen mit den Umrissen der jahrhundertealten Bäume, bildeten eine dunkle Kuppel, als gäbe es jenseits von ihnen keine Welt. Schließlich fragte er: »Und keiner dieser reichen Männer hat ihr etwas geschenkt?«

Paulo und Eduardo wussten nicht, was sie darauf erwidern sollten. Oder ob der Alte überhaupt eine Antwort von ihnen erwartete. In der Welt von Erniedrigung und Belohnung, von der er sprach, fanden sich nur die Erwachsenen zurecht. Doch dann fiel Paulo etwas ein, und er fragte den weißhaarigen Mann: »Was, wenn sie gar nichts besitzen wollte?«

5

Die Menschen da draußen

Er sah die Umrisse der jungen Brüste, von denen einige gerade erst zu knospen begannen und die, die Büstenhalter füllten. Ein Stück Rücken. Den Umriss von Armen. Nackte Füße, die in weiße Strümpfe und dann in Segeltuchschuhe glitten. Die marineblauen Röcke der Schuluniform wurden von den Hüften gestreift und weiße Gymnastik-Hosenröcke von den Füßen bis zur Taille hochgezogen. Zarte Schenkel, die Haut rosig oder braun, manche sommersprossig.

Aber es war, als sähe er nichts. In diesem Augenblick spürte er noch nicht einmal den Kitzel des Verbotenen. Warum nicht? War das nicht ein Anblick, der den anderen Jungen versagt war? Ein Vergnügen, das Eduardo und er allein teilten, seit sie das Geheimversteck entdeckt hatten? Waren sie nicht im verbotenen Turm? War es ihnen nicht wieder einmal gelungen, sich unentdeckt auf den Dachboden der Schule zu schleichen, wo sie nun zwischen Mäusekot, Staub, zerbrochenen Dachschindeln, Stromkabeln und Bauschutt hockten? Unter ihnen lag der Umkleideraum der Mädchen. Und sie sahen ihnen durch das Lüftungsgitter beim Umziehen zu. Und doch. Und doch. Er war nicht wirklich da. Er sah Mädchen. Jugendliche. Aber er dachte dabei an eine erwachsene Frau. An sie. Anita. Aparecida.

Paulo wandte sich zu seinem Freund um, der still hinunterstarrte. Er wollte sagen, was ihm durch den Kopf ging, aber er wusste nicht, was es eigentlich war. Also schwieg er. Bis er hörte, dass Eduardo ihn rief. Er drehte sich um. Aber Eduardo sah weiterhin in den Umkleideraum hinunter, sodass er glaubte, er habe sich geirrt. Und wieder kam ihm Anita in den Sinn. Aparecida. Dann hörte er wieder Eduardos Stimme. Er fragte etwas, was Paulo nicht verstand.

»Wenn ich was wäre?«

»Arm.«

»Aber ich bin doch arm.«

»Nein. Paulo! Richtig arm, meine ich.« Eduardo sprach, ohne das Geschehen unter ihnen aus den Augen zu lassen. »Kein Dach über dem Kopf. Keinen Vater, keine Mutter, kein Essen, kein …«

»Aber eines Tages werde ich reich sein. Ich werde studieren, an der Uni, und dann werde ich ein berühmter Wissenschaftler. Das hab ich dir ja schon gesagt.«

»Du hast gesagt, du willst Schriftsteller werden.«

»Und Wissenschaftler.«

»Aber wenn du arm wärst, wenn du ein armes Mädchen wärst …«

»Schwarz oder weiß?«

»Was macht das für einen Unterschied? Arm ist arm. Armut ist für alle gleich.«

»Oh nein, Eduardo! Für ein schwarzes Mädchen ist es viel schlimmer. Ein weißes Mädchen kann adoptiert werden, in einer Familie leben, studieren und vieles andere mehr. Ein schwarzes Mädchen stirbt im Waisenhaus.«

»Aber Anita war weiß, und keiner hat sie adoptiert.«

»Schau mal da unten. Siehst du da irgendwo ein schwarzes Mädchen?«

»Nein, aber …«

»Wie viele schwarze Freunde hast du?«

»Du hast doch auch keinen!«

»Mein Vater hat keinen einzigen schwarzen Freund. Hat dein Vater schwarze Freunde? Hat deine Mutter schwarze Kundinnen? Keiner der Freunde meines Bruders ist schwarz. In unserer Klasse gibt es nur ein einziges schwarzes Mädchen.«

»Bist du etwa Rassist?«

»Warum sagst du das?«

»So, wie du redest …«

Die letzten Schülerinnen verließen den Umkleideraum. Eduardo und Paulo stahlen sich aus ihrem Versteck. Lange hielt das Schweigen zwischen ihnen nicht an.

»Aber stimmt es etwa nicht, Eduardo? Die Lehrer sind weiß. Der Schulleiter ist weiß. Der Bürgermeister ist weiß, der Abgeordnete ist weiß, der Pfarrer ist weiß …«

Sie kamen im Flur heraus, der zur Turnhalle führte. Von dort hörten sie Geschrei und die Anweisungen des Turnlehrers. Auf dem Weg zum Umkleideraum der Jungen nahm Paulo schon die Krawatte ab und zog das Hemd aus der Hose, während er mit der anderen Hand den Stapel Hefte und Bücher balancierte.

»Aber wenn du die Ehefrau eines reichen Mannes wärst, hättest du dann nicht gerne Schmuck und …«, setzte Eduardo an.

»Der Zahnarzt ist nicht reich.«

»Arm ist er jedenfalls nicht. Er hat dieses Haus, antike Möbel, antike Heiligenfiguren, Bilder, die Praxis …«

»Aber er hat keine Hausangestellte.«

»Ist das nicht seltsam? Ein Mann in seiner Stellung, ein Zahnarzt, der mit den anderen wichtigen Leuten in dieser Stadt befreundet ist? Da lebt er in diesem großen Haus, das er bestimmt von irgendeinem reichen Urgroßvater geerbt hat und das mit all den Sachen vollsteht, die wir dort gesehen haben, und hat kein Dienstmädchen? Lässt seine eigene Frau kochen, waschen, bügeln …«

»Ich glaube nicht, dass er sie waschen gelassen hat.«

»Hat waschen lassen, Paulo.«

»Ich glaube nicht, dass er sie hat waschen lassen.«

»Na ja, dann hatte sie eben eine Waschfrau, die regelmäßig für sie gewaschen und gebügelt hat. Aber sie musste putzen.«

»Alle Frauen putzen.«

»Alle Frauen haben Putzfrauen, nur die ganz Armen nicht. Meine Mutter hat eine, die kommt zweimal pro Woche.«

»Und kriegt sicher alles mit, was bei euch zu Hause so passiert.«

Eduardo blieb stehen. Er hatte das Gefühl, etwas Wichtiges entdeckt zu haben. Paulo ging ihm voraus in den Umkleideraum, tauchte ein in das Gewühl von zwei Dutzend verschwitzten, aufgeregten Jungen, die gerade vom Fußballspielen kamen und aus voller Kehle Meinungen und Beschimpfungen austauschten. Niemand beachtete den dunkelhäutigen Jungen mit den zerknitterten Kleidern oder den hageren, bleichen Jungen, der kurz nach ihm hereinkam.

»Was haben sie wohl getrieben, dass es nicht einmal ein Dienstmädchen mitbekommen durfte?«, spann Eduardo den Faden fort.

»Macumba. Zauberei mit den Zähnen, die er gezogen hatte.«

»Wenn du reiche Liebhaber hättest ...«, fuhr Eduardo fort, ohne auf Paulos These einzugehen, »würdest du dann nichts von ihnen verlangen?«

»Geld?«

»Kein Geld. Geschenke.«

»Was denn für Geschenke?«

»Der Alte hat was von Schmuck gesagt. Reiche Männer schenken ihren Geliebten Schmuck.«

»Sie hatte aber keinen. Darüber haben wir doch gestern geredet, weißt du nicht mehr?«

Eine weitere Gruppe Jungen drängte sich in den Umkleideraum: ein Volleyballteam. Einige lachten, andere schubsten sich, alle schrien, glücklich über einen soeben errungenen Sieg. Ein großer, kräftiger Kerl versetzte Eduardo, der sich gerade den Turnschuh zuband, einen Stoß, dass er beinahe hingefallen wäre. Er bemerkte es gar nicht.

Eduardo zog die Schulsportuniform an: blaue Hosen und Leinenschuhe, weißes Hemd und weiße Strümpfe. Die abgelegte Kleidung verstaute er in einem der gelben Plastikspinde, die die Wand säumten. Er schloss den Spind ab und band sich das Gummiband mit dem Schlüssel ums Handgelenk. Paulo, der genauso gekleidet war wie er, stopfte seine Sachen in den Schrank darunter. Er machte sich nicht die Mühe abzuschließen. Als er nach draußen gehen wollte, packte Eduardo ihn am Arm.

»Du hast gesagt, du bist arm ...«

»Bin ich auch. Das weißt du doch.«

»Aber du wärst gerne reich ...«

»Du etwa nicht? Das wollen doch alle.«

»Eben! Siehst du? Deshalb verstehen wir Dona Anita nicht.«

»Aparecida.«

»Dona Aparecida. Jeder will reich sein, aber sie ... Sie war nur mit reichen Leuten zusammen, hat sogar ihren Namen geändert, hat ihren Arme-Leute-Namen gegen einen Reiche-Leute-Namen eingetauscht ... Sie wollte doch ganz bestimmt so sein wie sie, glaubst du nicht? Sie wollte Sachen für sich besitzen, schöne Sachen, wie sie alle Frauen haben wollen. Wenn sie wirklich die Geliebte des Textilfabrikanten war und des Bürgermeisters und ...«

»Von den Reichen.«

»Dann wollte sie doch bestimmt ... Sachen haben, oder? Sie wollte ...«

Wieder gelang es ihm nicht, seinen Gedanken zu Ende zu bringen. Wieder einmal stand er vor der unüberwindlichen Mauer der Welt der Erwachsenen, hinter der Regeln galten, die er einfach nicht verstand. Schweigend gingen sie weiter.

»Es gibt Leute, die nichts wollen«, sagte Paulo. »Mein Vater ist so einer. Er hat keine Ziele, keine Wünsche, gar nichts.«

»Aber dein Vater ist auch schon alt, er ist vierzig.«

»Sechsundvierzig.«

»Mit sechsundvierzig hat es keinen Sinn mehr, sich was zu wünschen. In dem Alter kann man nichts mehr erreichen. Aber die Frau des Zahnarztes war vierundzwanzig. Sie war noch nicht alt. Warum also …?«

»Hast du schon gemerkt, dass wir nur Fragen, Fragen und noch mehr Fragen haben?«

Sie waren wieder auf den Gang hinausgetreten, ununterscheidbar in der Menge der anderen Jungen in Sportuniform. An der Turnhalle angekommen, mischten sie sich unter ihre Klassenkameraden. Die Mädchen stellten sich ordentlich in Reih und Glied auf, in Zweier-, Dreier- und Vierergrüppchen. Sie kicherten, tuschelten miteinander, beobachteten aus den Augenwinkeln die Jungen, die sich am anderen Ende der Halle versammelten. Gleich würde der Hilfslehrer kommen und sie der Größe nach in Gruppen einteilen. Das war immer ein ärgerlicher Moment für Paulo, der dann unweigerlich bei den Jüngeren landete.

»Wir könnten an den Tatort zurückkehren und …«, setzte Eduardo an. »Und …«

Mehr fiel ihm nicht ein.

»Noch mal zum See?«

»Dann zum Haus des Zahnarztes?«

»Wieso dorthin?«

»Zum Waisenhaus?«

»Wozu?«

»Um eine Spur zu finden.«

»Was für eine Spur?«

»Sie ist dort aufgewachsen.«

»Da gibt's keine Spur. Dort war sie doch als Kind. Als sie noch Aparecida hieß. Die Blonde mit den reichen Freunden kam erst später auf die Welt. Außerdem würden sie uns dort gar nicht reinlassen.«

»Vielleicht könnten wir zurück zum Stadtarchiv. Wer

weiß, ob es da nicht irgendwelche Geheimdokumente über den Zahnarzt gibt?«

»Wenn sie geheim sind, woher sollen wir dann wissen, ob sie existieren?«

»Wir könnten nach ihnen suchen.«

»In welchem Teil vom Archiv?«

»Im … im …«

»Im was?«

Im Augenblick kam kein Argument gegen die Übellaunigkeit an, mit der Paulo die jüngeren Schüler beobachtete, die sich gerade, wie brave Schafe, in einer Reihe aufstellten.

Am Ende des Korridors war ein untersetzter Erwachsener im Trainingsanzug aufgetaucht, der auf sie zukam. Sofort verstummten alle.

»Und wenn unser Alter …«, hob Eduardo an, als er den Hilfslehrer näher kommen sah. Er musste seine Idee schnell loswerden, bevor sie getrennt wurden. »Warst du schon bei der Erstkommunion?«

Paulo verstand nicht, worauf er hinauswollte.

»Erstkommunion, Katechismusunterricht, Relistunden! Kennst du Pater Basílio, den von der kleinen Kirche gleich bei dir um die Ecke?«

In einer Reihe mit den Kleineren aufgestellt, musste Paulo den Blick nach vorn richten, wie die Schüler vor und hinter ihm. Er war sich nicht sicher, aber er glaubte zu hören, wie Eduardo noch leise etwas über diese sinnlose Sache sagte, über den Katechismusunterricht.

Die Nonne nahm zwei Likörgläser, die neben der Flasche standen, füllte sie mit der goldfarbenen öligen Flüssigkeit und trug sie zu dem Sessel hinüber, in dem der weißhaarige Mann saß.

»Rosenlikör«, sagte sie und hielt ihm ein Glas hin. »Von unseren Schwestern hier im Waisenhaus selbst gemacht.«

Er zögerte. Tranken Pfarrer? Durfte er annehmen?

»Der schmeckt Ihnen bestimmt«, versicherte sie, unschlüssig, wohin sein Silberblick gerichtet war. »Er ist sehr mild.«

Die Soutane war ihm lästig. Der grobe Stoff kratzte, und er schwitzte. Das Zimmer der Leiterin des Waisenhauses Santa Rita de Cássia war fensterlos und spärlich möbliert. Vergilbte Farbe blätterte von den Wänden. Die vier metallenen Büroschränke waren zerbeult und voller Rostflecken.

»Wir sind auf Spenden angewiesen«, sagte die Nonne, als sie sah, wie sein irrender Blick über die Möbel glitt. »Und die sind in letzter Zeit nicht gerade üppig ausgefallen, wie Sie sehen.«

»Ich wollte nicht …«

»Seit dem Bau von Brasília ist alles so teuer geworden. Die Inflation der letzten Jahre hat uns sehr zu schaffen gemacht. Sie macht allen zu schaffen. Und an der Wohltätigkeit wird in Notzeiten zuerst gespart.«

Sie schob das Glas näher an ihn heran.

»Er schmeckt wirklich ausgezeichnet, Hochwürden …«

»Basílio!«, nannte er hastig den Namen des Pfarrers, dem Paulo und Eduardo die Soutane gestohlen hatten.

Er nahm das Glas und trank einen Schluck.

»Pater Basílio da Gama. Wie gesagt, ich war ihr Beichtvater. Dona Anitas Beichtvater.«

Ihre dunkle Haut strahlte die Frische und Gesundheit der Jugend aus, ein Eindruck, der durch die gestärkte weiße Haube, die ihr Gesicht umrahmte, noch bekräftigt wurde. Sie setzte sich nicht.

»Ich habe die Dame nie kennen gelernt. Anita. Oder Aparecida. Bei uns ist sie als Aparecida registriert. Wie Sie vielleicht wissen. Wussten Sie das? Vermutlich. Ich habe sie nie gesehen. Ich kenne nicht viele Leute in der Stadt. Noch nicht. Ich leite das Waisenhaus erst seit fünf Monaten. Ich komme aus Andrelândia. Kennen Sie das? Das liegt etwa dreihundert Kilometer von hier in Minas Gerais. Ich habe hier bisher kaum jemanden kennen gelernt. Ich gehe wenig aus. Wir gehen wenig aus. Wir verrichten unsere Arbeit innerhalb dieser Mauern.«

»Also wissen Sie nichts über sie?«

Der Likör war widerlich süß. Er kippte ihn hinunter: So war es leichter.

»Ganz im Gegenteil. Ich glaube, ich weiß eine ganze Menge über sie. Noch ein Schlückchen Likör?«

Sie griff nach dem Glas, ohne seine Antwort abzuwarten, ging zum Tablett, schenkte nach und reichte es ihm wieder. Ihr eigenes Glas hatte sie noch nicht angerührt.

»Als ihr Beichtvater haben Sie sicher von ihren ... Bei der Beichte hat sie Ihnen doch bestimmt von ihren ... ähem ... wie soll ich sagen ... von den ... körperlichen Aspekten ihres Lebens berichtet, um es mal so zu nennen. Von den fleischlichen Dingen. Ich verurteile sie nicht, Pater Basílio. Nicht, dass Sie das denken. Nein, keineswegs. Das steht mir nicht zu. Ich würde das niemals tun. Nein. Ganz bestimmt nicht. Ich habe sie ja nie zu Gesicht bekommen.«

»Aber Sie sagten doch …«, setzte er an, nachdem er den Likör wieder in einem Zug hinuntergegossen hatte.

»Dass ich vieles über sie weiß. Ja. Mal ganz abgesehen von dem ganzen Gerede, das so ein Mord unweigerlich nach sich zieht. Ja. Ich glaube schon. Noch einen Likör?«

Wieder schenkte sie ihm ein, ohne seine Zustimmung abzuwarten. Sie selbst hatte noch immer nichts getrunken.

»Haben Sie schon einmal mit Waisenkindern gearbeitet?«

»Mit Waisenkindern? Ich wüsste wirklich nicht …«

»Die Mädchen im Waisenhaus lernen nähen, sticken, stopfen, waschen, bügeln, putzen, kochen … Natürlich gehen sie auch zur Schule. Aber vor allem sollen die Mädchen im Waisenhaus lernen, sich nützlich zu machen. Nützlich. Das ist das Wort, das man im Waisenhaus am häufigsten zu hören bekommt. Nützlich. Eine nützliche Erziehung. Die die Mädchen zu nützlichen Frauen machen soll. Sodass sie da draußen in der Welt zurechtkommen, wenn sie uns verlassen müssen.«

Er setzte das Glas an, behielt den Likör einen Moment lang auf der Zunge, bevor er ihn hinunterschluckte. Jetzt erschien er ihm schon weniger widerwärtig.

»Die Welt ist ein beängstigender Ort für ein Mädchen, das hier bei uns aufwächst, Pater Basílio. Ich nehme an, Sie hatten tatsächlich noch nie mit Waisenkindern zu tun, oder doch?«

Weil er nicht wusste, was er antworten sollte, hielt er ihr das leere Glas hin. Sie nahm es, rührte sich aber nicht.

»Für jemanden, der in einem Waisenhaus aufwächst, ist die Welt da draußen …«

Sie drehte sein Glas prüfend zwischen den Händen, wie um es zu taxieren. Dann stellte sie es auf den Tisch neben dem Sessel, holte die Likörflasche und schenkte nach.

»Einem Mädchen aus dem Waisenhaus, Pater Basílio, kommt es vor, als wären die Menschen da draußen reich. Alle Menschen. Gebildet. Gut gekleidet. Alle. Selbstsicher. Sicher, wohin sie gehören. Alle. Besser auf das Leben vorbereitet. Vornehmer. Mehr wert. Hübscher, gesünder, glücklicher. Kurzum, es scheint, als wären sie …«

Die Nonne hielt ihm das Glas hin.

»… besser.«

Sie lächelte freudlos.

»Angesichts der Welt da draußen haben die Mädchen nur zwei Möglichkeiten. Entweder sie gehen weg von uns. Hinaus in diese Welt, die sie verzaubert und erschreckt. An der Hand eines dieser Menschen, die besser sind als sie. Der sie beschützt. Der sie aufnimmt. Der für sie sorgt. Der sie verwandelt. Der ihnen diese Welt voller Freuden und Möglichkeiten eröffnet. Die andere …«

Sie zögerte.

»Die andere …?«

»Die andere ist, nie von hier wegzugehen.«

Sie schwieg, stand reglos vor ihm. Unbehagliche Stille füllte den Raum.

»Und Sie, Schwester …«

»Ich bin in einem Waisenhaus in der Nähe von Belo Horizonte aufgewachsen.«

Sie hob ihr Glas an die Lippen und nippte.

»Ich schäme mich nicht dafür. Ganz im Gegenteil.«

»Vorhin sagten Sie, dass Sie …«

Sie unterbrach ihn.

»Eine seltsame Stadt ist das. Leben Sie schon lange hier?«

»Erst seit kurzem. Im Altersheim von São Simão bin ich seit ...« Er brach ab, als er merkte, dass er sich verplappert hatte.

»Ah, Sie kümmern sich um alte Menschen. Gehören sie zu Ihrer Gemeinde?«

»Gewissermaßen«, antwortete er und rutschte in seinem Sessel hin und her. »Aber Sie sprachen gerade über ...«

»Diese Stadt. Ich weiß nicht, ob Sie verstehen, was ich meine. Die Menschen hier sind ... nicht alle. Es ist nur ein Eindruck. Den ich hatte. Habe. Nicht von allen Leuten. Nein. Die Leute hier sind ein wenig ... Einige von ihnen. Ein wenig ... Wissen Sie, in dieser Gegend ... Bevor die Textilfabrik errichtet wurde. Vorher. Als diese Gegend eines der bedeutendsten Kaffeeanbaugebiete Brasiliens war. Sie wissen ja, dass es hier viele große Kaffeeplantagen gab. Im letzten Jahrhundert. Überall hier in der Gegend. Während des Ersten und des Zweiten Kaiserreichs. Die Kaffeebarone. Gewaltige Vermögen. Riesige Ländereien. Mit vielen ... Sklaven. Sie waren auf sie angewiesen. Auf die Sklaven. Auf die Arbeitskraft der Sklaven. Die ganze Gegend. Sie kauften sie ... Wie nannten sie es doch? In großen Stückzahlen. So nannten die Plantagenbesitzer die Männer und Frauen, die in Afrika gekauft und hierher gebracht wurden. So wie meine Großeltern. Oder meine Urgroßeltern. Stücke. Und nach dem Ende der Sklaverei haben diese Stücke und ihre Besitzer ...«

Worauf wollte sie hinaus? Warum redete sie über dieses

Thema? Und warum sah sie ihn dabei nicht an? Warum verhaspelte sie sich?

»Wer Stücke kauft«, sagte sie und nahm das Glas in die linke Hand, »dem ist wahrscheinlich nicht besonders wohl zumute, wenn er mit ihnen zusammenleben muss. Von Gleich zu Gleich. Nicht hier. In dieser Stadt. Ich glaube, die Leute hier finden das nicht normal. Sie sind es nicht gewöhnt. Das war früher nicht so. Sie mussten nie zuvor … Ein Stück, etwas, was einem gehört, ist kein Mensch. Ein Stück ist nicht das Gleiche wie ein Mensch. Und es wird auch nie als einer betrachtet werden. Denken Sie nicht?«

Sie nahm das Glas wieder in die rechte Hand. Stand stocksteif da, reglos. Nur ihre Schultern schienen sich ein wenig zu heben.

»Sie sind dunkelhäutig, Pater Basílio. Das ist akzeptabel. Ohne dass ich Ihnen zu nahe treten wollte.«

»Ich bin nicht …«

»Dunkelhäutigkeit ist akzeptabel. Es gibt dunkelhäutige Portugiesen, die Nachkommen von Mauren, die ja ebenfalls Afrikaner sind, wie Sie wissen. Aber ihre Nachkommen wurden in Europa geboren. Sie vermischten sich mit den Römern, den Spaniern, den Goten, den Westgoten, was weiß ich. Bei den Stücken ist es anders. Die Leute hier sind es nicht gewohnt, mit Menschen meiner Hautfarbe zusammenzuleben. Mit Menschen meiner Hautfarbe in einer Position wie der meinen. Sie zum Beispiel. Nein, leugnen Sie es nicht. Ihnen ist in meiner Gegenwart sichtlich unwohl. Ich verstehe das. Wie Sie gezögert haben, aus meiner Hand das Glas entgegenzunehmen. Wie Sie im Sessel hin und herrücken. Wie Sie ständig an Ihrem Kragen zupfen. Wie Sie schwitzen.«

»Das hat nichts damit zu tun, Schwester …«

»Diese Reaktion erlebe ich immer wieder. Keine Angst, ich nehme das nicht persönlich. Es gibt andere Reaktionen, die wesentlich … deutlicher sind. Aggressiver. Feindseliger. Von den sogenannten gebildeten Leuten, verstehen Sie, was ich meine? Ich habe den Eindruck, selbst der Bischof … Stehen Sie sich gut mit dem Bischof?«

»Dem Bischof? Er … Wir … Unser Verhältnis ist … wie soll ich sagen … Der Bischof und ich … haben so wenig wie möglich miteinander zu tun.«

»Der Herr Bischof stammt aus einer alteingesessenen Familie dieser Gegend. Er ist sehr klug. Sehr feinsinnig. Er hat einen unbarmherzigen Humor. Hat er noch nie eine Bemerkung über Ihren Dialekt fallen lassen?«

»Meinen Dialekt?«

»Ich nehme an, Sie kommen aus dem Nordosten.«

»Ich bin in Sergipe geboren. Aber ich bin schon früh nach Pernambuco gezogen. Ich habe nie gemerkt, dass mein Dialekt …«

»Ich bin nie aus Minas Gerais herausgekommen, bis ich hierherkam. Ich weiß nicht, ob im Nordosten die Rassenmischung besser angesehen ist als hier. Hier … Denken Sie nur, selbst einige der Waisenmädchen haben sich mir gegenüber anfangs ein wenig feindselig verhalten. Sogar solche, die die gleiche Hautfarbe haben wie ich. Ich bin die erste Schwarze, die sie sehen, die nicht putzt oder Essen kocht. Das verwirrt sie. Wenn dieses Mädchen, diese Dame, Aparecida oder Anita, weiß gewesen wäre, hätte sie es sicher leichter gehabt. Ihr Glas ist leer.«

Sie hob die Likörflasche und schenkte nach.

»Aber war denn Anita nicht …?«

»Weiß? Nein. Im Register des Waisenhauses ist sie als ›farbig‹ verzeichnet«, erklärte die Nonne, ging zu einem der metallenen Aktenschränke, öffnete ihn und nahm eine Aktenmappe voller Zettel und Dokumente heraus.

»Farbig?«

»Farbig. Ein Euphemismus für ein Mischlingskind, wie Sie wissen. Hier ist die Akte. Es ist die erste, die über das Mädchen angelegt wurde, als sie als Baby hierhergebracht wurde. Sehen Sie hier: Sie hatte noch nicht einmal einen Namen.«

»Ich habe meine Brille nicht dabei. Was steht hier in dieser Zeile?«

»Augenfarbe. Grün.«

»Sie war …«

»Farbig mit grünen Augen.«

»Eine hellhäutige Mulattin. Die durchaus als Weiße durchgehen konnte. Mit grünen Augen.«

»Ihr Bruder hingegen …«

»Ihr Bruder?«

»Ja. Renato. Ihre Akten sind im selben Ordner. Renato wurde als Schwarzer registriert. Noch ein Schlückchen Likör?«

Ihr Weg führte sie über die Betonsitzreihen mitten zwischen Fans hindurch, die ihr Team anfeuerten. Auf dem Platz kämpfte eine Mannschaft in blauen Trikots gegen eine andere in gelben Trikots in einem Spiel, das der Alte nicht kannte, das ihm aber brutaler erschien als Fußball. Paulo, der vor Eduardo ging, drehte sich um und sagte irgendetwas über das regionale Halbfinale im Hallenfußball, aber der Alte konnte ihn inmitten der grölenden und Schals und Fahnen schwenkenden Fans nicht verstehen.

Die Jungen sprangen die Stufen hinab, waren schon unten angelangt und sahen dem Spiel zu, als der weißhaarige Mann sich noch mühsam einen Weg zwischen den Zuschauern hindurchbahnte, weil die Stufen so hoch waren und kein Geländer vorhanden war.

Als das Trio wieder beisammen war, gingen sie zur Ersatzbank des blauen Teams. Paulo und Eduardo sprachen mit einem Halbwüchsigen mit militärisch kurzem Haarschnitt. Er beugte sich vor, um sie besser hören zu können, schüttelte dann verneinend den Kopf und zeigte auf die Ersatzbank des gelben Teams auf der anderen Seite, das durch ein Eisengitter von ihnen getrennt war.

Rasch kehrten sie auf die Tribüne zurück und umrundeten im Eiltempo das halbe Feld, wobei sie einigen lauthals schimpfenden Zuschauern auf die Füße traten. Als der Alte sie einholte, hatten sie schon erfahren, was sie wissen wollten. Sie diskutierten angeregt, bis sie an der Tür zu den Umkleidekabinen angekommen waren. Wieder berieten sie sich. Dann betrat der Alte die Umkleideräume allein.

Es stank nach Urin, Feuchtigkeit und Schweiß. Alle Lichter waren ausgeschaltet. In der Helligkeit, die vom Spielfeld hereindrang, erkannte er vage einen Gang. Allmählich gewöhnten sich seine Augen an die Dunkelheit. Der Gang führte in einen langgestreckten, durch Trennwände unterteilten Raum. Geflieste Wände. Kleidungsstücke an Haken. Zwei Holzbänke. Ein Pissoir. Ein Raum mit bis zum Boden reichenden Zwinwänden, hinter denen er Toiletten vermutete. Eine Reihe Duschen. Ein grünlicher, an eine Landkarte erinnernder Wasserfleck an der Decke, von dem dunkle Tropfen fielen und eine langgestreckte Pfütze bildeten, die zu groß war, um sie zu umgehen.

Er durchquerte sie auf Zehenspitzen. Als er schon fast an den Bänken angekommen war, stolperte er über einen Eimer. Das hohle Scheppern hallte von den Wänden wider und verlor sich in der Dunkelheit. Er hielt an. Ihm war, als hätte er Geflüster gehört. Er nahm einen neuen, frischen Geruch in der Luft wahr, den er nicht identifizieren konnte. Einige Sekunden wartete er reglos, hörte aber nur das gleichmäßige Fallen der Tropfen und den gedämpften Lärm des Spiels draußen auf dem Platz.

Er wollte gerade hinausgehen, als er sich plötzlich sicher war, einen menschlichen Laut vernommen zu haben – ein Seufzen, unterdrücktes Keuchen oder ein Flüstern. Er wartete mit angehaltenem Atem. Wieder hörte er nur das tropfende Wasser und den dumpfen Lärm vom Spielfeld. Ohne dass er hätte sagen können, warum, beschloss er, bis zum Ende des Umkleideraums zu gehen. Eine nach der anderen öffnete er die Kabinentüren. Die erste, die nächste, die dritte, die vierte. Bevor er die fünfte öffnen konnte, packte ihn eine kräftige Gestalt am Handgelenk und hielt ihn fest.

»Renato?«, fragte der Alte, als er sich vom Schreck erholt hatte.

Der schwarze Junge antwortete nicht, umklammerte nur weiterhin sein Handgelenk. Er trug nichts weiter als eine Sportunterhose.

»Ich suche Renato.«

Der Junge war groß: Der Alte musste den Kopf heben, um ihm ins Gesicht zu sehen. Ein Teenager. Der markante Kiefer und die hohen Jochbeine bildeten einen Kontrast zu seiner kurzen, feinen Nase mit den schmalen Nasenflügeln. Die eng beieinander stehenden Augen musterten ihn feindselig.

»Renato … bist du das?«

Statt einer Antwort packte der Junge auch sein anderes Handgelenk und trat noch dichter an ihn heran. Der undefinierbare Geruch, den er zuvor schon wahrgenommen hatte, drang ihm wieder in die Nase, nun vermischt mit dem Schweißgeruch des Jungen.

»Bist du Renato?«

»Ist was?«, fragte der Junge provozierend zurück.

»Renato dos Santos?«

»Was wollen Sie?«

Nun war er sich sicher: Der Duft hing an dem Jungen. Ging von ihm aus. Zusammen mit dem Schweißgeruch. Er roch nach Parfüm und Schweiß.

»Ich muss mit dir reden.«

»Jetzt geht's grade nicht.«

»Nur ganz kurz.«

»Ein anderes Mal.«

»Es dauert nicht lang.«

»Kommen Sie später noch mal wieder.«

»Es geht wirklich ganz schnell.«

»Später.«

»Es geht um deine Schwester.«

»Ich habe keine Schwester.«

»Es geht um Anita.«

Der Alte war sich nicht sicher, ob sich am Blick des

Jungen oder am Druck auf seine Handgelenke etwas änderte. Er wiederholte: »Es geht um deine Schwester. Ich brauche ein paar Informationen.«

Der Junge rührte sich nicht.

»Informationen. Über ein paar Dinge, die nicht zusammenpassen. Über Anita.«

Er spürte, wie der Druck an seinen Handgelenken stärker wurde.

»Über Aparecida.«

Der Junge rückte ein Stückchen von ihm ab.

»Ich war heute Nachmittag im Waisenhaus.«

Der Atem des kräftigen Jungen schien schneller zu gehen.

»Im Waisenhaus.«

Er konnte ihn ein- und ausatmen hören.

»Ich habe die Akte gesehen.«

Der Junge wandte den Blick ab.

»Ich habe die Akten gesehen, Renato. Deine und ihre.«

Ohne die Handgelenke des weißhaarigen Mannes loszulassen, ohne eine Miene zu verziehen, ohne sich von der Stelle zu rühren, sagte der Junge mit lauter Stimme: »Du gehst jetzt besser.«

Die Tür zur Umkleidekabine ging auf. Der Alte nahm den Duft wahr, noch bevor er sie sah. Lavendel. Es war sie, die ihn verströmte.

Sie kam mit gesenktem Kopf heraus, schob den Träger ihres BHs hoch und knöpfte die aus dem Faltenrock hängende Bluse zu.

Während sie ihr blondes Haar zu einem Pferdeschwanz zusammenband, warf sie dem Alten einen raschen Blick zu. Sie war kaum älter als fünfzehn.

Dann hörte er ihre Schritte im Korridor, den Lärm vom Spielfeld, als sie die Tür öffnete, die in die Pfütze fallenden Tropfen, nachdem sie verschwunden war.

»Wer sind Sie?«, fragte der Junge und ließ ihn los.

»Ich will bloß helfen ...«, begann der Alte und rieb sich die schmerzenden Handgelenke.

»Wobei helfen? Wem helfen?«

»Dabei helfen herauszufinden ...«

»Was herauszufinden?«

»Wer für den Tod deiner Schwester verantwortlich ist.«

»Ich habe keine Schwester«, unterbrach ihn der Junge, zog seine Unterhose aus und ging zu den Duschen hinüber. Er drehte den Wasserhahn auf. Rauschend schoss ein kräftiger Strahl aus der Dusche.

»Ich war heute Nachmittag im Waisenhaus, Renato.«

Der Junge seifte sich ein.

»Wo deine Schwester aufgewachsen ist.«

Das Rauschen des Wassers zwang den Alten, die Stimme zu erheben.

»Bis sie zu Anita wurde.«

Renato hielt sein Gesicht unter den Wasserstrahl. Er schloss die Augen und sagte etwas, was der Alte nicht verstand.

»Deine Schwester Anita de Andrade Gomes«, sagte er und trat auf den Jungen zu.

Das Wasser spritzte auf seine Schuhe und seinen Hosensaum.

»Ist dir Dona Anitas Tod denn gleichgültig?«

Die Lippen des Jungen bewegten sich, aber der Alte hörte nicht, was er sagte.

»Ist es dir egal, dass deine Schwester ermordet wurde?«

»Meine Schwester ist gestorben, als ich zehn war.«

»Habt ihr euch nie getroffen? Hat sie dir nie gesagt, dass sie Angst vor jemandem hat?«

Der Junge drehte die Dusche neben sich auf. Das Rauschen wurde stärker.

»Hattet ihr keinen Kontakt?«

Er wandte dem Alten den Rücken zu und öffnete den nächsten Wasserhahn. Dann alle anderen. Schließlich sah er den Alten wieder an.

»Hat sie nicht nach dir gesucht?«

Das Rauschen der aufgedrehten Duschen zwang den Alten zu schreien. Seine Schuhe und Strümpfe waren völlig durchnässt.

»Was hast du gesagt, Renato? Deine Schwester starb, als du zehn warst? Hast du das gesagt?«

Der Junge begann, mit obszönen Bewegungen sein Geschlechtsteil einzuseifen.

»Aparecida ist mit fünfzehn gestorben, nicht wahr, Renato? Als sie ein junges Mädchen war. Mit fünfzehn. Ein halbes Kind. Also ist die Person, von der ich spreche, jemand anders. Es muss jemand anderes sein. Du bist schwarz. Sie war blond. Eine Weiße. Hast du vor, dir hier weiter vor mir einen runterzuholen? Schüttelst du dir für mich einen von der Palme? Willst du mich einschüchtern? Damit ich verschwinde? Ist das deine Absicht? Anita muss vielen Männern dabei zugesehen haben, wie sie das taten. Wie sie masturbierten. Ihretwegen. Auf sie. In sie hinein.«

Der Junge ging zur letzten Dusche. Der Alte folgte ihm.

»Die Frau, die ermordet wurde, kann nicht die Schwester eines Schwarzen gewesen sein. Sie war blond. Eine blonde Schönheit. Sinnlich. Blonder als das Mädchen, das gerade hier hinausgegangen ist. Groß und schön wie eine Filmschauspielerin. Sie war vierundzwanzig. Sie kann nicht deine Schwester gewesen sein. Aparecida ist mit fünfzehn gestorben, nicht wahr, Renato? Die ermordete Frau hieß Anita. Ein Reiche-Leute-Name. Ein Weißen-Name. Sie war bekannt in dieser Stadt. Sehr bekannt. Jeder Mann wusste, wer diese Anita war. Und sie kannte viele Männer. Einer dieser Männer hat sie gehasst. Vielleicht hatte sie ihn gedemütigt. Im Bett, wer weiß? Und da hat er es ihr heimgezahlt. Er hat sie mit zwölf Messerstichen getötet. Oder mehr. Vielleicht waren es auch fünfzehn. Sechzehn? Achtzehn? Und dann hat er ihr noch eine Brust abgeschnitten. Eine ihrer schönen Brüste. Als Trophäe. Ein echtes Gemetzel. Ein abscheuliches Verbrechen. Widerwärtig. Aber dir ist das egal, was, Renato? Allen ist es egal. Und weißt du auch warum, Renato? Weil alle sie für ein Flittchen gehalten haben. Jedermanns Nutte. Und sie ist gestorben, wie ein Flittchen es verdient. Vor allem ein schwarzes Flittchen, das tut, als wäre es weiß, das sich an der Seite von …«

Der Junge sprang ihn an, packte ihn am Jackettkragen und schleuderte ihn gegen die Wand. Der Aufprall ließ den Alten aufstöhnen. Der Junge packte seinen Kopf und hielt ihn unter die Dusche. Das Wasser vernebelte seine Sicht, drang ihm in die Nase, sodass er den Mund aufreißen musste, um Luft zu bekommen, und drang ihm blubbernd in die Kehle. Er hustete, wobei er noch mehr Wasser schluckte. Er versuchte, den Griff des Jungen zu lösen, doch der hielt ihn fest. Der Alte schwankte. Seine Kehle schmerzte, ihm war, als würden seine Wangen zusammengepresst. Bei jedem Versuch, Luft zu holen, drang ihm erneut Wasser in Nase und Rachen, zwang ihn zu husten, wobei noch mehr Wasser in seine Luftröhre gelangte. Er zappelte und strampelte mit den Beinen, verlor einen seiner Schuhe, glitt auf den Bodenfliesen aus. Ihm wurde schwindelig, er versuchte, die Augen offen zu halten, aber die Wassertropfen taten ihm weh, und er konnte nichts mehr sehen. Langsam wurde ihm schwarz vor Augen. Er merkte, dass er kurz davor war, ohnmächtig zu werden. Er musste würgen, hustete, schnappte nach Luft, hustete. Ein bitterer Geschmack mischte sich ins Wasser. Der Griff seiner Hände, die die Hände des Jungen umklammert hielten, lockerte sich. Er versuchte noch, mit der Spitze des schuhlosen Fußes den Boden zu berühren, aber unter ihm schien nichts mehr zu sein. Seine Kräfte verließen ihn. Er hörte auf, sich zu wehren. Um ihn herum wurde es dunkel.

Als er wieder zu sich kam, lag er auf dem nassen Boden. Die Duschen waren abgedreht. Der Junge stand über ihn gebeugt. In Erwartung eines Schlags hob der Alte abwehrend die Arme. Der Junge fasste ihn unter dem Rücken und den Beinen, hob ihn mühelos auf und trug ihn zu einer Bank, wo er ihn absetzte. Dann verschwand er und kam mit einem Handtuch wieder. Zitternd wickelte sich der Alte hinein. Renato stand vor ihm, schweigend und nackt. Dann setzte er sich und fragte: »Was wollen Sie von mir wissen?«

6

(Der Duft nach) Lavendel

Als er aus der Umkleidekabine herauskam, war er bleich. Er suchte nach einer Zigarette, aber der gesamte Inhalt seiner Taschen war durchweicht. Eduardo und Paulo verfolgten gebannt einen Streit zwischen dem Torhüter des blauen Teams und einem Angreifer der Gelben. Trainer und Spieler beider Mannschaften versuchten den Streit zu schlichten, was die Aggressionen auf beiden Seiten aber nur erhöhte. Die Rangeleien und Beschimpfungen wurden heftiger. Von den Tribünen kamen Fans herunter, um sich ins Handgemenge zu mischen.

Der Alte verließ das Stadion allein.

Eine halbe Stunde später hatte er die Adresse gefunden, die er suchte. Das imposante zweistöckige Herrenhaus stand, wie die Nonne gesagt hatte, inmitten von nichtssagenden Neubauten, die auf dem Grundstück errichtet worden waren, das vor über hundert Jahren zu dem Landsitz gehört hatte.

Das eiserne Portal war nicht verschlossen. Er öffnete es und ging hinein, die gepflasterte Auffahrt hinauf, die so breit war, dass die Kutschen und Kaleschen der Senatoren und Barone, die sich zu Zeiten des Kaisers Dom Pedro II. hier zu Festen und Intrigen versammelten, auf ihr bequem Platz gefunden hatten.

Unter einer von Bougainvillea überwucherten Pergola glänzte eines jener schwarzen Autos, die er nur aus Zeitschriften kannte, das Luxusmodell eines europäischen Herstellers, das seit neuestem auch in Brasilien gebaut wurde. Die hohen, spitzen Heckflossen liefen in große, senkrechte Rücklichter aus. Der Stil, futuristisch wie eine Zeichnung aus einem Comicstrip, versuchte an die Pracht vergangener Tage anzuknüpfen: Die silbernen Felgen bestanden aus dünnen Stäben wie bei den Reifen eines Cabriolets.

Prüfend legte er die Hände neben dem silbernen, reliefartigen Schriftzug »Simca Chambord« auf die Kühlerhaube. Sie war kalt.

Er ging weiter bis zu der von Säulen umgebenen Veranda. Nirgendwo brannte Licht. Er stieg die fünf Stufen zu der Tür hoch, die ihm der Haupteingang zu sein schien, und suchte nach der Klingel. Vergebens. Er klopfte, doch niemand kam. Auch ein zweiter Versuch blieb erfolglos. Gerade wollte er ein drittes Mal klopfen, da öffnete sich links von ihm eine Tür. Lichtschein fiel ihm in den Rücken. Noch bevor er sich umdrehte, roch er den Lavendelduft.

Das Mädchen zuckte leicht, fast unmerklich zusammen. Sie trug eine andere Bluse und einen anderen Rock, und ihr Haar war offen. Dennoch und obwohl er sie nur ganz kurz gesehen hatte, erkannte er sie sofort wieder. In der Umkleide hatte er nicht gesehen, dass sie größer war als er. Und ihre weiblichen Rundungen hatte er auch nicht bemerkt.

»Ich hätte gerne den Bürgermeister gesprochen.«

Ihre vollen Lippen öffneten sich leicht. Sie warf einen

raschen Blick zurück ins Zimmer, dann waren ihre eng beieinander stehenden, dunklen Augen wieder auf ihn gerichtet.

»Mein Vater ist nicht zu Hause.«

»Sein Wagen steht da unten.«

Sie wich zurück und legte die Hand auf den Türknauf.

»Mein Vater ist beschäftigt.«

»Ich muss ihn sprechen.«

»Ich weiß nicht, ob er Sie empfangen kann.«

»Bitte melden Sie Doutor Torres, dass ich da bin.«

»Mein Vater hat keine …«

Das Licht über der Tür ging an. Er blinzelte geblendet. Dann bemerkte er hinter dem Mädchen eine Frau mit hochgestecktem Haar und strenger Miene.

»Was gibt es, Herzchen?«

Ihr Tonfall klang gebieterisch.

»Hier ist ein Herr …«, das Mädchen nahm die Hand vom Türknauf, um auf ihn zu zeigen, und ließ die Mutter vorbei, »der Papa sprechen will.«

Die Frau trat näher an ihn heran. Sie war unscheinbar, aber makellos gekleidet, und ihr zartes Gesicht war ungeschminkt. Sie musste um die vierzig sein.

»Guten Abend. Kann ich Ihnen behilflich sein?«

Rund um ihre Augen entdeckte er kleine Fältchen. Sie lächelte mit kaum gehobenen Mundwinkeln, ein Lächeln, wie es Politikergattinnen auf Zuschauertribünen einstudieren und bei Einweihungen, Ehrungen und Besuchen sozialer Einrichtungen aufsetzen.

»Ich muss den Bürgermeister sprechen.«

»Ich bin Isabel Marques Torres, seine Frau, Sie können mit mir sprechen. Ich leite es dann weiter.«

Mit einer sachten Bewegung legte sie eine Hand über die andere.

»Es handelt sich um eine persönliche Angelegenheit.«

»Mein Mann war müde, als er nach Hause kam. Er hat sich schon hingelegt.«

»Es ist ziemlich dringend.«

»Bedauere, heute Abend geht es nicht.«

»Ich muss ihn wirklich sprechen.«

»Es ist besser, Sie kommen morgen wieder.«

»Es geht um … Ich bin der Anwalt von …« Verzweifelt überlegte er, welchen Namen er anführen könnte. »Ich wurde beauftragt …«

»Morgen können Sie …«

»Ich muss mit ihm über den Mord an der Frau des Zahnarztes sprechen.«

Ihr Lächeln erstarb.

»Cecília«, sagte sie, ohne den Alten aus den Augen zu lassen. »Geh ins Haus.«

»Möchtest du … soll ich Papa holen?«

»Das ist nicht nötig. Geh auf dein Zimmer. Es ist schon spät.«

Isabel Marques Torres wartete, bis ihre Tochter verschwunden war.

»Cecília ist zutiefst schockiert über das, was geschehen ist. Wir alle sind es. Es ist eine unangenehme Geschichte, eine Angelegenheit …«

»Ein Mord«, verbesserte er.

»Ja, in der Tat! Und dass das ausgerechnet im Amtsbereich meines Mannes geschehen muss! Das macht ihm sehr zu schaffen. Ich bin mir sicher, es ist besser, wenn Sie zu einem späteren Zeitpunkt wiederkommen.«

»Ich muss aber unbedingt jetzt mit Doutor Torres sprechen.«

»Marques Torres. Unser vollständiger Familienname ist Marques Torres. Zum Glück hat die örtliche Polizei die Angelegenheit ja schon geregelt, ganz allein, ohne die Polizei aus der Hauptstadt zu Hilfe rufen zu müssen. Der Fall ist abgeschlossen.«

»Das ist er nicht.«

»Wie bitte?«

»Ich komme im Auftrag der Familie der Ermordeten«, erklärte er geistesgegenwärtig, sofort angetan von dieser Ausrede, die die Frau zu überraschen schien. »Von Angehörigen aus Rio de Janeiro, von wo ich heute angereist bin. Ich benötige Informationen. Die Familie benötigt sie. Sie möchte einige dunkle Punkte aufklären. Sie wollen – wir wollen – vermeiden, dass die Geschichte an die Boulevardpresse gelangt.«

Er wartete. Sie antwortete nicht gleich.

»Vielleicht kommen Sie besser herein«, sagte sie schließlich.

»Ich warte lieber draußen.«

»Wie Sie wünschen.«

Sie wandte sich ab. Er sah ihr nach, wie sie im Haus verschwand. Wenige Minuten später hörte er schwere Schritte die Treppe herunterpoltern.

Der Mann, der auf ihn zukam, nahm einen Gutteil der Türöffnung ein.

»Sie wollten mich sprechen?«

Weiße Bartstoppeln sprossen in seinem rötlichen Gesicht. Das enganliegende Hemd, das offenbar aus schlankeren Tagen stammte, spannte sich über dem

Oberkörper, der im Verhältnis zu den kurzen, krummen Beinen zu mächtig wirkte. Er trug Stiefel.

»Doutor Torres?«

»Marques Torres. Sie wollten mich sprechen?«

»Ich muss Sie sprechen. Ich bin der Anwalt der …«

»Sprechen Sie ruhig. Aber dieser Mord ist Sache des Untersuchungsrichters.«

»Ich wollte nicht über Dona Anitas Tod mit Ihnen reden. Sondern über früher. Über Aparecida.«

Der Bürgermeister tat einen Schritt nach vorn und zog die Tür hinter sich zu. Dem Alten fiel auf, dass er große, plumpe Hände hatte. Die Nägel waren jedoch manikürt.

»Was für eine Aparecida?«

Er sprach wie jemand, der von klein auf Gehorsam gewöhnt ist. Sein voller Mund mit den breiten Lippen ähnelte dem seiner Tochter. Auch die kleinen Augen hatte Cecília von ihm geerbt.

»Die Leiterin des Waisenhauses hat mir geraten, mich an Sie zu wenden.«

»Ach, die Schwarze. Die hat Sie zu mir geschickt? Wozu?«

»Es scheint, dass Ihr Vater …«

»Mein Vater?«

»Ihr Vater, der Senator Marques Torres … Er war 1952 Parlamentsabgeordneter, nicht wahr?«

»Ja. Wieso?«

»Es scheint, dass der Senator damals ein junges Mädchen adoptieren wollte.«

»Adoptieren?«

»Ein junges Mädchen namens Aparecida. Tochter einer Landarbeiterin auf seinem Gut.«

»Davon weiß ich nichts. Ich war zu dieser Zeit schon verheiratet und hatte mein eigenes Leben, meine Familie. Mein Vater war damals öfter in der Hauptstadt, im Parlament, als hier.«

»Haben Sie Adoptivgeschwister?«

»Nein.«

»Und trotzdem gab es da dieses Mädchen, diese Aparecida …«

»1952? In dem Jahr hat mein Vater hier die städtische Schule gegründet. Das ist meine stärkste Erinnerung an diese Zeit: das Engagement, mit dem mein Vater sich für eine kostenlose weiterführende Schule eingesetzt hat. Er hat sehr darum kämpfen müssen, bei der Bundesregierung die entsprechenden Gelder bewilligt zu bekommen.«

»Das war das Jahr, in dem Aparecida geheiratet hat. Ihre Mutter, Elza …«

»Vierhundertzwanzig Kinder, die umsonst zur Schule gehen können. Vom ersten Gymnasialjahr bis zum dritten Jahr der Oberstufe. Die Straße von hier zur Hauptstadt wurde damals auch asphaltiert. Aufgrund seiner persönlichen Bemühungen. Mit den von ihm aufgetriebenen Geldern.«

»1952 …«

»Doutor Getúlio hat ihn sehr geschätzt …«

»Ihr Vater war ein Freund des Diktators?«

»1952 war Doutor Getúlio gewählter Präsident. Mein Vater sprach über ihn wie über einen Freund, nicht wie über den brasilianischen Präsidenten Vargas.«

»Hat Ihr Vater diese Sache Ihnen gegenüber nie erwähnt? Die Adoption des Mädchens? Oder ihre Mutter Elza?«

»Wir sahen uns damals kaum, ich lebte auf der Fazenda, er in der Hauptstadt. In Rio de Janeiro, meine ich. Das war vor der Gründung von Brasília. Vor Doutor Getúlios Selbstmord.«

»Aparecida wurde auf Ihrer Fazenda geboren, nicht wahr?«

»Wir besitzen keine Fazenda mehr.«

»Aber sie gehörte Ihnen, als Aparecida geboren wurde?«

»Jetzt gehört sie Doutor Geraldo.«

»Elza, ihre Mutter, arbeitete auf der Fazenda, stimmt's?«

»Doutor Geraldo Bastos. Der Besitzer der Textilfabrik. Als mein Vater starb, verkauften wir die Fazenda an ihn. Das war 1955. Ein Jahr nach Vargas' Tod.«

»Hat Ihr Vater, wie Vargas, ebenfalls …«

»Doutor Getúlios Tod hat meinen Vater schwer getroffen.«

»Wusste er, dass Sie Dona Anita kannten? Aparecida?«

»Dona Anitas Ehemann und ich sind alte Bekannte. Wir haben zusammen studiert.«

»Sie sind auch Zahnarzt?«

»Ingenieur. Agronom. Wir haben uns im Seminar in Valença kennen gelernt.«

»Das ist weit weg von hier.«

»Der Unterricht dort war gut. Wir haben Disziplin gelernt. Das war meinem Vater wichtig.«

Er wandte sich zur Tür, drehte den Knauf, räusperte sich. Sein Rücken war beeindruckend breit.

»Sollten Sie weitere Informationen benötigen, wenden Sie sich an die Polizei. Und sagen Sie dieser Schwarzen … dieser Nonne, sie soll das Gleiche tun.«

Er schloss die Tür. Das Licht auf der Veranda erlosch.

»Da, wo meine Großmutter herkam, sah es so aus wie hier«, sagte Paulo.

Sie schoben ihre Räder am Straßenrand entlang. Vor ihnen erstreckte sich kilometerweit das Tal bis hin zu den schwarz schimmernden Bergen. Weiden, Wälder, eine Kaffeeplantage: langgestreckte Streifen in den unterschiedlichsten Grüntönen leuchteten in der Nachmittagssonne. Vom Wipfel eines Tibouchinabaums stieg ein Straßenfalke auf, schlug kräftig mit den Flügeln, bis er einen Luftstrom gefunden hatte, auf dem er sich über den Bach hinwegtragen ließ, der sich unter ihm dahinschlängelte. Am sandigen Ufer graste eine Ziege mit ihren Jungen.

Eduardo sah dem Falken nach, bis dieser zwischen zwei Hügeln verschwunden war, auf denen die wenigen Bäume, die die offenbar zahlreichen Waldbrände überlebt hatten, in den Himmel ragten. Dann sah er in die entgegengesetzte Richtung. Eine Steinbrücke spannte sich in einem eleganten Bogen über die engste Stelle des Baches. Von ihr aus führte ein von prächtigen Palmen gesäumter Kiesweg bis zu einer efeubewachsenen Mauer, hinter der sich ein Garten den Hügel hinauf zog. An der höchsten Stelle thronte ein dreistöckiges, weiß gekalktes Herrenhaus. Das Erdgeschoss war ein großer, offener Raum, in dem zwei Karren standen; Sättel und Reitzeug lagen neben aufgestapelten Säcken. Eine Frau fegte die Treppe, die zum ersten Stock hinaufführte. Die Fenster des obersten Stockwerks – blaue Läden und gelbe Fensterrahmen – waren geschlossen. Es waren viele. Eduardo begann zu zählen: zwei, drei, fünf, acht …

»Ich habe noch nie ein Haus mit so vielen Fenstern gesehen«, sagte er, nachdem er das Zählen aufgegeben hatte. »Wie viele Zimmer sind das wohl? Wer wohnt da? Ist deine Großmutter dort geboren?«

»Da wohnt niemand mehr. Das war die Fazenda der Familie Marques Torres.«

»Du hast gesagt, deine Großmutter …«

»Meine Großmutter war Landarbeiterin.«

»Landarbeiterin?«

»Wäscherin. Nennt man das in São Paulo nicht so?«

»Das weiß ich nicht mehr.«

»Sie war Landarbeiterin. Bevor sie vom Land weggezogen ist, um in der Textilfabrik zu arbeiten.«

»Ich dachte, deine Mutter wäre diejenige gewesen, die in der Textilfabrik gearbeitet hat.«

»Die auch. Bevor sie geheiratet hat. Bevor meine Großmutter gestorben ist.«

»Und deine Verwandten? Wo leben die?«

»Ich weiß es nicht. Mein Vater redet nicht darüber.«

»Deinem Bruder erzählt er es sicher.«

»Ich weiß nicht mal, ob ich überhaupt Verwandte habe. Ich weiß nur das von meiner Großmutter.«

»Jeder hat Verwandte. Einen Cousin, einen Onkel … Irgendjemanden.«

»Ich habe nie jemanden gesehen. Gehen wir!«

Paulo bestieg sein Fahrrad und trat in die Pedale, ließ sich aber kurz darauf den Pfad zur Brücke hinunterrollen. Eduardo folgte ihm.

Als sie am Herrenhaus ankamen, hielt die Frau mit Fegen inne, um sich ihre Fragen anzuhören. Dann zeigte sie über den Bach auf eine Stelle jenseits der Kaffeeplantage.

Sie durchquerten die Pflanzung zwischen zwei Reihen

Kaffeebäumen. Eduardo, der die Pflanzen nur von Fotos kannte, staunte, wie hoch sie waren.

Schließlich kamen sie auf einem Pfad heraus. Ochsenkarren hatten tiefe Furchen in den harten Lehm gegraben. Spuren von Autoreifen waren nicht zu sehen. Während der Regenzeit, die im Juni begann, im darauffolgenden Monat von einer Dürre abgelöst wurde und im August wiederkehrte, kam hier nicht einmal ein Jeep durch.

Sie folgten dem Pfad, schoben die Räder den Hang hinauf und fuhren auf der anderen Seite, durch Schlaglöcher rumpelnd, wieder hinunter, quer über eine Weide voll regloser Kühe. Sie schienen die beiden einzigen menschlichen Wesen weit und breit zu sein. Die untergehende Sonne tauchte alles in ein orangefarbenes melancholisches Licht. Eduardo, das Stadtkind, konnte sich nicht vorstellen, wie man inmitten von so viel Stille leben konnte. Mehr um das Schweigen zu durchbrechen, als aus wirklicher Neugier, fragte er: »Kam sie von dieser Fazenda?«

»Wer?«

»Deine Großmutter.«

»Nein.«

»Woher denn dann?«

»Irgendwo hier aus der Nähe.«

»Woher denn genau?«

»Weiß nicht.«

»Ist sie als Einzige weggegangen? Sind ihre Geschwister geblieben? Und ihre Eltern?«

»Ich weiß nicht, ob sie Geschwister hatte.«

»Und dein Großvater?«

»Ich weiß nicht, woher der kam. Er ist vor meiner Großmutter gestorben. Ich habe ihn nicht kennen gelernt.«

»Also war deine Mutter eine Halbwaise?«

»Das muss das Haus sein«, sagte Paulo und deutete auf einen fernen Punkt mitten in der Einöde.

Sie fuhren schneller. Auf dem holperigen Pfad brauchten sie länger als erwartet, um die Lehmhütte zu erreichen. Ein schwarzer Junge, jünger als sie, stocherte mit einem Bambusstab in einem Zug Ameisen, der über die rote Erde lief.

»Ist das das Haus von Dona Madalena?«, fragte Paulo.

Der Junge nickte.

»Ist sie da? Wir wollen mit ihr reden.«

Der Junge ließ die Ameisen in Ruhe, ging, den Stock in der Hand, zur Tür und bedeutete ihnen einzutreten.

Es gab nur einen Raum. Winzig. Dunkel. Die Wände rußgeschwärzt. Kein Stuhl und kein Tisch. Auch kein Schrank. Auf der erloschenen Feuerstelle stand ein Tontopf. Was da wohl drin war? Was essen diese Leute? Was haben sie überhaupt zu essen?, fragte sich Eduardo, der nie zuvor in einer so ärmlichen Behausung gewesen war.

Das spärliche Spätnachmittagslicht drang durch das einzige Fenster herein, dessen eine Hälfte mit einem Stück Pappkarton abgedunkelt war. Nur mit Mühe konnte man in einer Ecke eine Pritsche erkennen, auf der eine ausgemergelte Frau lag.

»Dona Madalena?«

Beim Klang von Paulos Stimme öffnete sie die Augen. Sie brauchte einen Augenblick, bis sie ihren Blick auf die Jungen fokussiert hatte, schien sie aber nicht zu sehen. Sie gab keinen Laut von sich, rührte sich nicht. Auch die beiden Jungen hielten ganz still, für ein paar Sekunden bloß, aber Eduardo war unwohl zumute. Er wollte nur weg von hier, ohne dass er hätte sagen können, warum. Dann fiel ihm ein, wo er einmal vor vielen Jahren eine ähnliche Stille erlebt und einen ähnlichen Blick auf sich gerichtet gefühlt hatte: bei seinem Großvater, dem *Nonno*, im Krankenhaus, kurz bevor der gestorben war.

»Dona Madalena?«, wiederholte Paulo, trat an die Pritsche und kauerte sich neben sie.

Eduardo folgte ihm, blieb aber stehen. Seine Beklommenheit wuchs.

»Dona Madalena ...«, sagte Paulo so sanft, wie Eduardo ihn nie zuvor erlebt hatte. »Ihr Enkel hat gesagt, wir sollen zu Ihnen kommen.«

Der Junge mit den Ameisen ging leise hinaus.

Paulo wartete. Nichts geschah. Er sagte: »Renato.«

»Ihr Enkel Renato«, fügte Eduardo hinzu.

Sah sie sie wirklich an? Nahm sie sie überhaupt wahr? Verstand sie, was sie sagten?

»Renato«, wiederholte Paulo. »Der Sohn Ihrer Tochter Elza.«

Eine schwache Kopfbewegung, die Paulo als Zustimmung nahm.

»Renato hat gesagt, Sie könnten es wissen.«

Eduardo riss der Geduldsfaden. Er wollte, dass Paulo endlich die Fragen stellte, die der Alte ihnen eingeschärft hatte. Er wollte so schnell wie möglich von hier verschwinden. Also schaltete er sich ein:

»Ihre Tochter Elza hatte vor Renato schon ein Mädchen, nicht wahr? Fünf Jahre vorher? Frag sie, Paulo!«

Paulo holte tief Luft.

»Ihr Enkel. Renato. Er hat gesagt, wir sollen zu Ihnen kommen«, begann er wieder von vorne, die richtigen

Worte suchend. »Ihre Tochter Elza hatte vor Renato schon ein Mädchen.«

»1937«, warf Eduardo ein.

»Erinnern Sie sich, Dona Madalena? Ein Mädchen. Hellhäutig. Sehr hellhäutig.«

»Am 15. Mai 1937. Sie wurde unter dem Namen Aparecida registriert. Dos Santos. Sag's ihr, Paulo.«

»Aparecida dos Santos, erinnern Sie sich?«

Eduardo glaubte zu sehen, dass die Frau versuchte, verneinend den Kopf zu schütteln. Es gelang ihr nicht. Er beharrte:

»Aparecida. Die Tochter Ihrer Tochter.«

»Die Mutter des Mädchens ... Ihre Tochter Elza ... Die war damals zwölf. Aparecidas Mutter. Sie war zwölf, als ...«

Madalenas Miene war ausdruckslos.

»Ihre Enkelin wurde gleich nach der Geburt ins Waisenhaus gebracht«, fiel Eduardo seinem Freund ins Wort.

»Ihre Enkelin Aparecida.«

»Erinnern Sie sich? Erinnern Sie sich?«

Paulo näherte sich Madalenas Gesicht. Er flüsterte ihr ins Ohr:

»Ihre Tochter Elza. Elza war zwölf, als ... als sie ... das Kind bekam. Das Kind wurde fortgebracht. Ihre Enkelin. Aparecida. Aparecida wurde ins Waisenhaus gebracht. Ihr Enkel ... Elzas anderes Kind ... Ihr Enkel Renato hat gesagt, dass Sie die Einzige sind, die das weiß. Sie sind die Einzige, die etwas darüber berichten kann. Die Einzige, die Bescheid weiß. Sie wissen, was mit Aparecida geschehen ist. Was man mit Elzas Tochter angestellt hat.

Nur Sie allein können uns alles über Aparecida erzählen. Alles. Alles, was ... Was ...«

Eduardo ertrug Madalenas Schweigen nicht länger. Er fragte:

»War Aparecidas Vater der Großgrundbesitzer? War es Senator Marques Torres?«

Paulo warf ihm einen tadelnden Blick zu. Madalena rührte sich noch immer nicht. Der Junge mit den Ameisen brachte eine brennende Kerosinlampe herein, stellte sie auf der Feuerstelle ab und ging wieder hinaus.

»Sie erinnert sich nicht, Paulo. Das bringt nichts. Lass uns gehen.«

Paulo antwortete nicht. Er beugte sich über die Pritsche, noch näher an Madalena heran, und legte seinen Arm um ihren Kopf. Im Dämmerlicht konnte Eduardo sein Gesicht nicht erkennen, doch Paulo schien das Gesicht der Alten fast zu berühren. Nein, nicht fast: Er berührte es. Die Geste überraschte ihn ebenso sehr wie die Sanftheit, mit der sein Freund zu der Frau sprach. Dann fiel es ihm ein: Die Frau, die da vor ihm lag, ohne Bettdecke, so dürr, dass sich die Knochen unter ihren Kleidern abzeichneten, hätte Paulos Großmutter sein können, wenn diese nicht vor dem Landleben geflohen wäre und Arbeit in einer Weberei in der Stadt gefunden hätte. Und Paulo, dieser Junge, der neben der alten, schwarzen, hilflosen, sterbenden Frau in einer Hütte mitten im Nirgendwo kniete, hätte vielleicht, ganz vielleicht, Madalenas Enkel sein können, wenn sie irgendwann einmal den Mut, die Entschlossenheit oder das Glück gehabt hätte, ihre Lebensumstände zu ändern.

Paulo sprach jetzt so leise, dass Eduardo selbst auf

dem beengten Raum Mühe hatte, ihn zu verstehen. Er klang nicht wie der Junge, den er kannte. Er wirkte ... wie ein anderer Mensch. Fast wie ein ... Erwachsener. Sie erinnern sich doch, Dona Madalena, wiederholte er unablässig, nicht wahr, Sie erinnern sich? Ich weiß, dass Sie sich erinnern, sagte er. Ich weiß nicht, warum Sie nicht darüber reden wollen, aber ich bin sicher, dass Sie sich erinnern, sagte er, als würde er sie schon lange kennen. Er sagte zu der Frau: Sie haben Aparecida mitgenommen, Ihre Enkelin, sie haben sie mitgenommen, und Sie konnten nichts dagegen tun. Sie war sehr hellhäutig, zu hellhäutig, hellhäutig wie ihr Vater, glaubte Eduardo Paulo flüstern zu hören. Sie mussten zulassen, dass sie sie mitnahmen. Sie konnte nicht hierbleiben. Das Mädchen. Es durfte nicht. Sie haben es nicht erlaubt. Sie haben sie mitgenommen, sagte er. Als Ihre Tochter Elza zwölf war. So alt wie ich. Und dann hat Elza noch ein Kind bekommen. Einen Jungen. Renato. Erinnern Sie sich?, fragte er, erinnern Sie sich? Einen Jungen. Dunkler als Aparecida. Den haben sie auch weggebracht. Und dann ist Ihre Tochter Elza, die Mutter der Kinder, sagte Paulo, nun immer zögerlicher, auch weggegangen. Wollte sie fortgehen, Dona Madalena? Oder haben sie sie fortgeschickt? Ist sie weggelaufen? Verschwunden? Und Sie haben nie wieder von ihr gehört? Was haben sie mit ihr gemacht, Dona Madalena? Wissen Sie es? Wissen Sie es, Dona Madalena? Was haben sie mit Elza gemacht, wissen Sie das? Erinnern Sie sich? Erinnern Sie sich?

Eduardo sah etwas in Madalenas Augen aufblitzen. Es sah aus wie eine Träne. Aber er war sich nicht sicher. Inzwischen war draußen die Nacht hereingebrochen. Um sie herum zuckten Schatten im flackernden Schein der Lampe über die Wände.

Madalena hob mühsam die Hand zu Paulos Gesicht. Sie schien ihn streicheln zu wollen. Aber sie berührte ihn nicht. Einen Moment lang hielt sie die Hand leicht zitternd in der Luft, dann ließ sie sie fallen und drehte das Gesicht zur Wand.

Paulo stand auf. Er wandte Eduardo den Rücken zu. Mit gesenktem Kopf ging er an ihm vorbei zur Tür und sagte: »Gehen wir.«

Einen Augenblick lang mischte sich Donner unter das Sirenengeheul. Dann tauchte in der Ferne, über den Bergen, ein neuer Blitz die Nacht in weißes Licht, sodass man die dicken Regenwolken sehen konnte, die rasch auf die Stadt zurollten. Der Donner klang näher, und andere folgten ihm, näher und näher, während das Heulen der Sirene den Arbeitern der Textilfabrik União & Progresso das Schichtende verkündete. Ein Wind, der aus allen Richtungen zugleich zu kommen schien, wirbelte den Staub auf, riss auf seinem Weg die Blätter von den Bäumen und ließ sie durch die Luft tanzen, rüttelte an dem Schild »Eröffnet 1890«, wenn er sich im Schnabel des bemalten Zementadlers verfing. Die großen eisernen Doppeltüren unter dem Adler schwangen auf.

Als Erster kam ein Mann in einem grauen Overall und Holzpantinen heraus. Er schob ein Fahrrad. An der Straße angekommen, stieg er auf und radelte davon. Ihm folgten, Schub um Schub, Gruppen von Männern und Frauen, alle in der gleichen Arbeitskleidung und den gleichen Pantinen, mit den gleichen erschöpften Gesichtern. Sie hätten den Sonntag zu Hause verbringen können, doch sie hatten ihre Wochenendruhe lieber gegen eine Sonderzahlung eingetauscht, gegen Überstunden, einen zusätzlichen Arbeitstag: Kilometerlange Jeansstoffbahnen waren vonnöten, um die Arbeitskleidung für die Millionen Brasilianer fertigen zu können, die die Felder und Savannen im Nordosten verließen und in die Fabriken strömten, die überall im Südosten aus dem Boden schossen.

Wer ein Fahrrad dabeihatte, radelte nicht etwa direkt aus der Fabrik heraus, sondern stieg erst hinter dem Tor auf, auf dem Kopfsteinpflaster außerhalb des Fabrikgeländes, wie von der Direktion angeordnet. Alle schienen es eilig zu haben wegzukommen, und mit jedem Donnerschlag radelten sie schneller. Als die Sirene verstummte und die Fabriktore sich schlossen, war kaum noch einer von ihnen zu sehen.

Der Alte wartete weiter.

Jetzt war die Straße menschenleer. Der Wind wurde kälter und kam in unregelmäßigen Böen. Einige Papierfetzen tanzten vor ihm in einem Staubwirbel und wurden dann mit anderem Schmutz, Steinchen und Blättern davongetragen. Die dicken Regenwolken hingen immer tiefer und kamen immer näher.

Dann schwangen die Torflügel wieder auf. Das Licht zweier Scheinwerfer traf seine Augen, und einen Moment lang war er geblendet. Er hörte das Brummen eines Motors und konnte nur mit Mühe einen schwarzen, kantigen Wagen erkennen, der die Fabrik bereits verlassen hatte und nun langsam davonfahren wollte.

Er trat ihm in den Weg, stolperte, wurde wieder von den Scheinwerfern geblendet, als Bremsenquietschen ihm zeigte, dass der Wagen jäh gestoppt hatte. Auch als er seine Augen mit der Hand abschirmte, konnte er kaum etwas sehen. Am Kotflügel entlang tastete er sich zu dem Mann hinter dem Lenkrad vor.

»Doutor Geraldo?«

Er sah nur eine Silhouette auf dem Fahrersitz.

»Doutor Geraldo Bastos?«

Die massig wirkende Silhouette nickte.

»Ich bin Basílio Gomes. Rechtsanwalt. Könnte ich Sie einen Augenblick sprechen?«

Ein großer Mann. Mit Brille, Arbeitskittel und Krawatte.

»Ich wollte Sie nicht in der Fabrik behelligen.«

Ein weißer gestärkter Kittel mit auf die Brusttasche gestickten Initialen, darunter ein weißes Hemd mit ebenfalls gestärktem Kragen, an der Krawatte die goldene Anstecknadel irgendeines nordamerikanischen Clubs: Jetzt sah er alles deutlich.

»Ich hielt es nicht für angemessen, die Angelegenheit vor Ihren Arbeitern zu besprechen.«

Der Motor dröhnte lauter. Der Mann trat mehrmals hintereinander aufs Gaspedal, ohne loszufahren.

»Es geht um Anita.«

Die blauen Augen hinter der ovalen Brille mit Goldrand glitten über die leere Straße und richteten sich schließlich auf den Alten.

»Ich bin auf dem Weg nach Hause«, sagte der Mann gereizt. »Es ist schon spät. Meine Familie erwartet mich zum Abendessen.«

»Wir können uns während der Fahrt unterhalten. Ich gehe dann zu Fuß zurück.«

»Ich wohne weit weg von hier. Wir können ein anderes Mal miteinander sprechen.«

»Wenn Sie möchten«, antwortete der Alte so ruhig, wie er konnte, »komme ich morgen zu Ihnen nach Hause und warte dort auf Sie.«

Geraldo Bastos zögerte. Er sah zur Fabrik zurück. Dann griff er nach der Aktentasche, die neben ihm lag, und verstaute sie auf der Rückbank. Ohne den weißhaarigen Mann anzusehen, beugte er sich nach rechts und öffnete die Tür.

Der Alte ging um den Wagen herum, stieg ein und setzte sich. Der Wagen fuhr los.

Der Mann fuhr langsam, ohne nach rechts oder links zu sehen, um die Praça Tenente Valladares herum. Ein klapperdürrer Straßenköter trottete zum Musikpavillon hinüber. Der Wind und der drohende Regen hatten die Straßen leergefegt.

Im Auto musterte der Alte das moderne Armaturenbrett und atmete, gegen seinen Willen entzückt, den Duft nach neuem Leder ein.

»Hübscher Wagen«, sagte er in aufrichtiger Bewunderung.

»Aero-Willys. Brasilianisches Produkt«, erklärte Geraldo Bastos kurz angebunden.

»Ich habe am Fabriktor auf Sie gewartet, um …«

»Eine Schrottmühle. Zieht nicht an, unkomfortabel, mies verarbeitet.«

»Doutor Geraldo, als Anwalt der Familie von …«

»Unbequem. Wie alle in Brasilien gebauten Wagen.«

»Ich hatte nie ein Auto. Aber wie ich bereits sagte …«

»Veraltet.«

»Die Angelegenheit, die ich mit Ihnen zu besprechen habe, betrifft …«

»Ich habe einen Oldsmobile und einen Mercury in der Garage stehen. Seit dieser Demagoge Juscelino Kubitschek 1958 den Import ausländischer Wagen verboten hat, kriegt man keine Ersatzteile mehr.«

»Das Verbot sollte die einheimische Industrie schützen. Aber der Grund, warum ich Sie aufgesucht habe, ist …«

»Ich wurde gezwungen, diesen Mist zu kaufen. Wem nützt dieser Protektionismus?«

»Die Produktion von Autos in Brasilien hat Tausende Arbeitsplätze geschaffen. Doutor Geraldo, ich würde gerne mit Ihnen über …«

»Welcher vernünftige Mensch würde wohl eine Fabrik von Renault, Volkswagen, Alfa-Romeo, Mercedes-Benz oder Ford als einheimisch bezeichnen?«

»Zahllose Menschen aus dem Nordosten haben auf der Flucht vor der Armut …«

»Arbeit gefunden? Um noch elender in den Randgebieten der Städte dahinzuvegetieren? Um immer neue, immer größere Favelas zu errichten? Und wozu das Ganze? Damit hier Automodelle gebaut werden, die im Ausland längst veraltet sind. Der Import guter Wagen wurde eingetauscht gegen den Import überholter Technologie.«

»Die Textilfabriken profitieren ebenfalls vom Protektionismus.«

»Das macht keinen Unterschied. Wir brauchen ihn nicht.«

»Alle Industrien armer Länder sind auf Protektionismus angewiesen. Wir können den Dumpingpreisen der kapitalistischen Staaten nur etwas entgegensetzen, wenn wir ...«

»Ich verkaufe Jeansstoff in alle Welt, auch in die Vereinigten Staaten. Meine Fabrik wurde im letzten Jahrhundert erbaut. Die ersten Webstühle haben wir aus England importiert. Mit unserem Geld. Brasilianischem Geld. Wir haben aus Sklaven, die weder lesen noch schreiben konnten, die von ihren Herren verlassen worden waren, Facharbeiter mit Lohn und festem Arbeitsvertrag gemacht. Wir haben sie ausgebildet, zahlen ihnen Urlaub, den Zahnarzt, den Arzt. Wir haben Menschen im Landesinneren gehalten, die ansonsten die Elendsgebiete der Küstenstädte vergrößern würden. Das ist etwas völlig anderes, als sich vollständig von ausländischem Kapital abhängig zu machen. Sie sind nicht von hier.«

»Wie bitte?«

»Man hört, dass Sie aus dem Nordosten kommen. Vermutlich aus Pernambuco oder so. Wenn Sie von hier wären, wüssten Sie, wie das in dieser Stadt läuft, dann müssten Sie nicht zu mir kommen. Jeder weiß, was dieses Flittchen getrieben hat.«

»Sie haben ...« Der Alte suchte nach den richtigen Worten, um seinen Köder auszuwerfen. »Anscheinend waren Sie ... waren Sie mit Dona Anita ein wenig näher bekannt als die anderen.«

»Wer diese Frau nicht kannte, war selber schuld.«

»Offenbar hatte sie eine Vorliebe für ...«

»Sie hatte keine Vorlieben. Sie war für jedermann jederzeit zu haben.«

Der Alte spürte, wie ihm übel wurde.

»Hat ihr Ehemann sie deshalb getötet?«, fragte er und versuchte, seine Übelkeit zu unterdrücken.

»Francisco Andrade?« Die Stimme des Mannes klang abfällig. »Francisco Andrade soll diese Frau getötet haben? Erstochen?«

»Das glaubt zumindest die Polizei: Er ist ...«

»Er hat gestanden, da mussten sie ihn verhaften. Jeder Rechtsanwalt wird ihn da wieder rausholen, wann immer er will. Er ist ein Angeklagter erster Klasse. Es handelt sich um einen Ehrenmord. Der Mann verkehrt in den besten Kreisen. Ist mildtätig. Jeder arme Teufel, dem Doktor Andrade kostenlos einen Zahn gezogen oder dem er ein Gebiss spendiert hat, wird zu seinen Gunsten aussagen. Ein guter Mensch, ein Opfer der Umstände. Und einer Frau, die keinen Funken Anstand besaß. Jedes Geschworenengericht wird ihn freisprechen.«

»Die unglaubliche Brutalität, mit der diese Frau ...«

»Ich bitte Sie! Irgendein Irrer hat dieses Flittchen umgebracht und ist dann verschwunden. Ein Fremder. Ob mit Geständnis oder ohne, die ganze Stadt weiß, dass Doktor Andrade sie ganz bestimmt nicht getötet hat. Er wird schon bald wieder nach Hause gehen können. Und noch dazu ist seine Ehre reingewaschen. Durch die Tat eines anderen.«

Der Alte wandte das Gesicht ab. Erst jetzt bemerkte er, dass es regnete. Die Scheibenwischer fegten dicke Tropfen von den Scheiben. Man konnte kaum etwas sehen. Sie fuhren einen Hügel hinauf, den er nicht erkannte.

»Glauben Sie, der Ehemann hat jemanden beauftragt?«

»Das habe ich nicht gesagt.«

»Sagten Sie nicht, seine Ehre sei durch die Tat eines anderen reingewaschen worden?«

»Ich sagte, dass Doktor Andrade das Verbrechen benutzt hat, um so zu tun, als hätte er seinen Ruf als Hahnrei der Stadt endgültig loswerden wollen.«

»Und warum sollte ein Fremder sie töten?«

»Sie wurde tot in einem Gestrüpp gefunden, abgestochen wie ein Schwein. Was macht es da schon, ob es ein Irrer, ein Bettler, ein durchreisender Vertreter oder ein Psychopath war?«

»Es gibt einen Verbrecher, der frei herumläuft.«

»Diese Frau war eine Schlampe. Eine Hure. Kalt, verdorben, ohne Kinderstube, ohne moralische Werte. Bei diesem Lebenswandel musste sie ja so enden. Sagen Sie mal ehrlich: Welchen Unterschied macht es für die Stadt, dass es diese Frau nicht mehr gibt?«

»Dona Anita …«

»Keinen. Sie fehlt niemandem. Im Gegenteil: Die Gesellschaft ist ohne sie sogar besser dran.«

»Sie wurde brutal abgeschlachtet.«

»Es ist eine Läuterung.«

»Verstümmelt.«

»Sind Sie religiös?«

»Ob ich was bin?«

»Dunkelheit oder Licht. Wir müssen wählen. Das zeigen uns alle Religionen. Der freie Wille. Mit ihm wurden wir erschaffen. Arm oder Reich, Schwarz oder Weiß, Mann oder Frau. Jedes menschliche Wesen hat die Wahl. Es gibt Frauen, die wählen die Hingabe an die Familie, die Treue zu dem Mann, der sie beschützt und ihnen Kinder schenkt, der ihnen ein Heim und seinen Namen gibt.

Diese Frauen schaffen eine bessere Welt. Sie sind eine Zierde der Gesellschaft. Und es gibt andere. Frauen wie Anita.«

»Sie haben mehrere Frauen von ihrer Sorte kennen gelernt.«

»Wie jeder Mann. Dazu sind Frauen wie sie da.«

Die Übelkeit wurde stärker, stieg ihm als ätzende Flüssigkeit die Kehle hoch.

»Könnten Sie bitte hier anhalten?«

»Und Sie? Wollen Sie etwa behaupten, Sie hätten nie mit Abschaum wie ihr verkehrt?«

»Ich muss aussteigen. Bitte halten Sie an.«

»Haben Sie Frauen wie Anita nicht benutzt?«

»Ich will raus.«

»Würden Sie Anita nicht benutzen, wenn Sie nicht zu alt dazu wären?«

»Halten Sie hier. Halten Sie!«

Der Wagen war noch nicht vollständig zum Stillstand gekommen, als er die Tür aufriss und hinaussprang. Der Strahl von Erbrochenem platschte auf das Pflaster und mischte sich mit dem Regen im Rinnstein.

Er stand auf der menschenleeren Straße, mitten im Regen, und sah zu, wie der schwarze Wagen davonfuhr, bis er hinter dem dichten Wasservorhang verschwunden war. Er konnte sich nicht rühren. Die eisigen Tropfen liefen ihm in den Kragen und ließen ihn frösteln.

Ein Blitz zerriss den Himmel, gefolgt von einem gewaltigen Donnerschlag. Er versuchte, seine Knie unter Kontrolle zu bekommen, sie zitterten, vielleicht vor Kälte, vielleicht vor Wut. Schließlich hob er ein Bein, dann das andere, und trottete mit hängendem Kopf davon.

Er hatte nicht die leiseste Ahnung, wo er war.

7

Aus wie vielen Madalenas besteht die Welt?

Einen Fuß vor den anderen setzend, maß Eduardo das Zimmer aus und versuchte dabei, sich zu erinnern, wie groß das Haus von Dona Madalena gewesen war. Er hatte sich nur kurz dort aufgehalten, noch dazu im Dunkeln, aber seine Erinnerung bestätigte ihm: Sein Zimmer war größer als die ganze Hütte. Wirklich? Ja. Nein. Das konnte nicht sein.

Er erstellte ein Inventar der Möbel um ihn herum. Bett, Nachttisch, Schrank, Garderobe, Schreibtisch, Regal, Stuhl. Mehr als dreimal so viele Möbel wie dort. Und das, ohne die Gebrauchsgegenstände mitzurechnen. Bleistift, Füllfederhalter, Hefte, Tintenfass, Radiergummi, Lineal. Das Glas, in dem Füller und Bleistifte standen. Klebstofftube, Bücher, ein Bild mit einem Schutzengel, die Urkunde seiner Erstkommunion. Kruzifix. Teppich. Bettlaken, Kissenbezug, Matratze, Decke. Kopfkissen. Nachttischlampe.

In ihrem Haus konnte er sich nur an den Topf auf der Feuerstelle erinnern. Mehr hatte er nicht gesehen. Natürlich hatte es dort mehr gegeben. Es musste mehr gegeben haben. Es konnte ja gar nicht sein, dass jemand mit so wenig lebte. Und der Junge? Wo schlief der, wenn es nur das eine Bett gab, in dem Dona Madalena lag? Schliefen sie zusammen? Oder hatte er eine mit getrockneten Bananenblättern gefüllte Matratze, die man auf dem Boden auslegen konnte? Auf dem Lehmboden. So ein Lehmboden ist kalt. Vielleicht gab es noch eine Matratze. Wirklich? Und ein Kopfkissen? Ob es ein Kopfkissen für den Jungen gab? Eine Decke? Dona Madalena hatte keine Decke gehabt. Doch. Eine schmutzige, graue, alte Decke, aber sie hatte eine gehabt. Sie hatte bei ihren Füßen gelegen. Wie konnten sie in diesem Elend hausen, wo doch ihre Enkelin, Anita, oder besser gesagt Aparecida, mit einem Zahnarzt verheiratet gewesen war? Die hätte doch irgendwas für ihre Großmutter tun können, oder? Sie hätte ihr ein wenig Geld geben können. Ein zweites Bett. Eine zweite Matratze. Ein Laken, einen Kissenbezug, eine Decke. Etwas. Irgendetwas. Ganz egal, was. Sie hätte ihrer Großmutter helfen können, nicht wahr? Sie hätte ihr …

Wieder blitzte es draußen. Der gleich darauf folgende Donner ließ die Fensterscheibe erzittern. Das unablässige Rauschen des Regens beherrschte die Nacht.

Vielleicht hatte Anita nicht helfen können. Aparecida. Sie hatte nichts besessen. Nicht einmal einen Ring. Vielleicht hatte der Zahnarzt nicht erlaubt, dass Anita – Aparecida – ihrer Großmutter half. Vielleicht hatte Aparecida nicht helfen wollen. Vielleicht war sie wütend auf ihre Großmutter gewesen oder so.

Nein. Niemand kann einer schwachen Großmutter böse sein. Einer kranken, bettlägerigen Großmutter. Oder doch? Weil sie nicht verhindert hatte, dass das Kind ins Waisenhaus gekommen war? Weil sie nichts unternommen hatte, als der Senator Elza geschwängert hatte? Oder war Anita wütend gewesen, weil Madalena schwarz war und Anita so getan hatte, als wäre sie weiß? Hatte Anita so getan, oder hatten die anderen entschieden, dass aus der Mulattin Aparecida die Weiße Anita werden sollte? Welche anderen? Hatten sie ihr verboten, ihre Großmutter zu sehen? Und den Bruder? Hatte sie sich für sie geschämt? Oder für sich selbst? Dafür, dass sie zur Stadthure geworden war? Hatte Aparecida überhaupt gewusst, dass sie eine Großmutter und einen Bruder hatte? Von ihrem Bruder hatte sie wissen müssen. Denn wenn Renato von ihr wusste, wenn er wusste, dass Anita seine Schwester war, nein, dass Aparecida seine Schwester war, dann musste auch Anita, nein, Aparecida wissen, dass sie einen Bruder hatte. Und eine Großmutter. Oder nicht?

Verdammt! Er hatte sich verzählt. Jetzt musste er wieder ganz von vorne anfangen. Ein Fuß, zwei, drei ...

Paulo sah seinem Bruder zu, der vor dem Spiegel stand und sich zum x-ten Mal die Haare kämmte. Er hatte kräftig Brillantine hineingerieben und versuchte nun vergebens, sie zu glätten. Ein Wirbel am Hinterkopf widersetzte sich hartnäckig der Zähmung.

»Gehst du aus, Antonio?«

»Ja.«

»Bei diesem Regen?«

»Der hört bald auf. Mauro, Zé Paulo und ich nehmen uns Mauros Dienstmädchen vor.«

»Das Dienstmädchen?«

»Mauro hat sie schon gefickt. Und er hat ihr gesagt, wenn sie es nicht auch mit uns macht, erzählt er ihren Eltern, dass sie eine Schlampe ist.«

»Wie viel nimmt sie denn?«

»Gar nichts nimmt sie, Schwarzer! Sie haben sie vom Land geholt, damit sie bei ihnen arbeitet. Sie kann nirgendwo anders hin. Ich werde ihr Hinterteil bearbeiten. Bis es zerreißt.«

»Wie alt ist sie?«

»Vierzehn oder fünfzehn. Sie ist noch Jungfrau, lässt sich bloß in den Hintern ficken.«

Endlich hatte der Wirbel nachgegeben. Jetzt legte Antonio sorgfältig eine Tolle und ließ sie in die Stirn fallen, um wie James Dean auszusehen, wie ein Rebell, dem sein Äußeres völlig gleichgültig war.

»Und wenn sie nicht will?«

Antonio steckte den Kamm in die hintere Hosentasche und bedachte sein Spiegelbild mit einem langen, zufriedenen Blick.

»He, Antonio! Was ist, wenn sie nicht will?«

»Ich habe dir doch schon gesagt, sie ist das Dienstmädchen.«

»Aber vielleicht will sie nicht.«

»Dann nehmen wir sie mit Gewalt und schlagen sie windelweich.«

Er rollte die Hemdärmel so weit auf, dass die vom Hanteltraining geschwollenen Bizepse zur Geltung kamen. Dann drehte er sich zur Seite, um sein Profil betrachten zu können, und rückte mit gewölbter Hand seinen Hosenlatz zurecht.

Die Welt sollte sehen, was sich Gewaltiges darin verbarg.

»Er steht mir schon fast«, verkündete er voller Vorfreude.

Unablässig prasselte der Regen gegen die Fensterscheiben und übertönte das Schnarchen, Husten und Stöhnen der anderen alten Männer.

Obwohl er erschöpft war, fand er keinen Schlaf. Er wälzte sich unter der Decke hin und her. Seine Augen brannten. Seine Gelenke, Muskeln, Krampfadern schmerzten. In seinem Kopf hämmerte es. Der ätzende Geschmack hielt sich hartnäckig in seinem Mund, obwohl er schon unzählige Male ins Bad gegangen war und gegurgelt hatte.

Er wollte schlafen. Er musste schlafen. Er musste die Erinnerungen vergessen, die Bilderflut, die über ihn hereinbrach, sobald er die Augen schloss. Er sah Lippen, Zungen, Münder, Arme, Nacken, Brüste, Hüften, Hintern, Bäuche, Schamhügel. Seinen Penis, wie er hinein und hinaus glitt. Hinein und hinaus. Hinein und hinaus, in die anonymen Körperteile von Gestalten, die kein Gesicht, keinen Namen und keine Stimme hatten, die nur stöhnen konnten und manchmal protestierten, nein, das nicht, nicht von hinten, und er war gewaltsam in sie eingedrungen, hatte willenloses, unpersönliches Fleisch zerrissen, das nichts weiter war als Schamhügel und Bäuche und Hüften und Hintern und Lippen und Brüste und Öffnungen, in die er einzig und allein eindrang, um sich zu rächen. So wie die Polizisten in Helena eingedrungen waren, wie es die Folterknechte des Diktators Vargas mit Helena getan hatten, vor seinen Augen, mit ihren Penissen, ihren Knüppeln und Schlagstöcken, während er in der Papageienschaukel hing, so wie sie es in seiner Anwesenheit doppelt genossen hatten, sie wieder und wieder zu vergewaltigen, wie sie ihren Körper benutzt hatten, ihre Brüste, ihre Hände, ihr Gesicht, ihren Mund, während er gefesselt hatte zusehen müssen.

Er schlug die Augen auf.

Die anderen Alten um ihn herum schliefen friedlich, ihrem Röcheln, ihrem Asthma und ihrer Bronchitis zum Trotz. Eine Sekunde lang erhellte ein Blitz ihre Gesichter und ließ sie gespenstisch blass erscheinen wie in einer Leichenhalle vergessene Tote. Im plötzlichen Licht sah er seine Hände, ebenso bleich wie ihre Gesichter. Und sein Gesicht, das sich in einer nahen Fensterscheibe spiegelte. Es unterschied sich nicht von Geraldo Bastos' Gesicht.

Dreizehn Schritte lang, neunzehn Schritte breit. Mal siebenundzwanzig Zentimeter, der Länge seines Fußes: Eduardo stellte fest, dass er Herr über zwei Meter siebzig mal gute drei, fast vier Meter war. Ein ganz normales Zimmer. Und doch groß genug, um Dona Madalenas ganze Hütte aufzunehmen.

Er löschte das Licht und ging zu Bett.

Der Tag war ein Reinfall gewesen, dachte er, als er ihn Revue passieren ließ. Den Besuch auf der Fazenda hätten sie sich sparen können. Sie hatten den weiten Weg völlig umsonst auf sich genommen, hatten nichts erfahren, was sie nicht schon vorher gewusst oder vermutet hatten, keinerlei Fortschritt gemacht. Je mehr Leute sie kennen lernten, die etwas mit Anitas Leben – Aparecidas Leben – zu tun hatten, desto weniger wussten sie über sie.

Er drehte sich zur Wand, um besser einschlafen zu können.

Der Donner klang ab, zog mit dem von Minute zu Minute schwächer werdenden Regen davon.

Wie es wohl bei Regen dort in dem Haus ist?, dachte er. Ob es hereinregnet? Kalt ist? Zieht? Sicher dringt der

Wind durch den Spalt zwischen den Wänden und dem ungedämmten Dach herein. Wie wärmen sie sich in einer Nacht wie dieser? Reicht die schäbige Decke aus? Ist es die einzige, die sie haben? Bestimmt hatten sie vor dem Schlafengehen keine Nudelsuppe mit Fleisch, Kohl und Bohnen zu essen wie die, die ihm seine Mutter gekocht hatte. Und auch keine Wollstrümpfe wie die, die er trug. Und keinen Flanellschlafanzug.

Er seufzte. Als er sich die dicke Wolldecke um die Füße wickelte, hörte er ein Stöhnen, achtete aber nicht darauf, in Gedanken noch ganz bei der Hütte, die er am Nachmittag besucht hatte. Wie schrecklich es ist, arm zu sein, dachte er, wie schrecklich. Wieder hörte er ein Stöhnen. Er horchte auf, doch nun blieb es still.

Wie viele Menschen wie Dona Madalena und den Jungen mit den Ameisen mochte es geben? Ganz in seiner Nähe? In der Stadt? Im Land? In anderen Ländern? Gehen sie zum Arzt, wenn sie krank sind? Zum Zahnarzt? Nehmen sie Medizin, wenn sie welche brauchen? Haben sie Geld, um sie zu kaufen? Wer kümmert sich um den Jungen, wenn Dona Madalena stirbt? Oder kümmert er sich um sie? Wer ist dieser Junge? Warum ist er dort? Was hat er zu uns gesagt? Hat er uns gesagt, wie er heißt? Haben wir ihn gefragt, wie er heißt?

Er hörte Matratzenfedern quietschen. Das Geräusch kam aus dem Schlafzimmer der Eltern. Dann hörte er es wieder. Und wieder, in regelmäßigem Rhythmus. Er hörte die Stimme des Vaters, aber keine Wörter: ein Ächzen. Gleichmäßig. Getuschel. Dann ein unterdrücktes Keuchen, kurz, schnell, immer schneller. Und dazu das Stöhnen.

Er stand auf.

Schritt um Schritt ging er zu der Wand, die die beiden Zimmer voneinander trennte, und legte das Ohr daran.

Es war seine Mutter, die stöhnte.

»Unser Land hat siebzig Millionen Einwohner, von denen siebzig Prozent auf dem Land leben …«, diktierte der junge Lehrer Wilson Pinto langsam. Er trug eine dicke Brille, und sein Gesicht war von Aknenarben übersät. »Obwohl im Bildungsbereich große Fortschritte zu verzeichnen sind, seit die Regierung Getúlio Vargas' in den vierziger Jahren Maßnahmen zur Bekämpfung des Analphabetismus ergriffen hat, können viele Brasilianer noch immer nicht lesen und schreiben: laut der Volksbefragung im vergangenen Jahr fast die Hälfte der Bevölkerung, genauer gesagt, sechsundvierzig Komma sieben Prozent. Schreibt ihr mit? Spreche ich zu schnell? Sechsundvierzig Komma sieben Prozent, ja.«

Paulo versuchte vergebens, die Aufmerksamkeit Eduardos zu erlangen, der mit gesenktem Kopf mitschrieb, ohne nach rechts oder links zu sehen. Seit Schulbeginn hatte er kein Wort mit ihm gewechselt.

»Zum ersten Mal in der wechselvollen Geschichte unserer Demokratie«, fuhr der Staatskundelehrer fort, »hat eine zivile, direkt gewählte Regierung eine andere, ebenfalls in allgemeinen Wahlen gewählte Regierung abgelöst.«

Alle schrieben Wort für Wort mit. In der Klassenarbeit würden die Prozentzahlen und Daten genau so abgefragt werden. Paulo beschloss für sich, dass allgemeine und direkte Wahlen wohl ein und dasselbe waren.

»Bemerkenswert ist weiterhin, dass seit der Ausrufung der Republik im Jahre ... Wann? Genau, Senhorita Maria da Conceição Petagna: 1889. Dass also in zweiundsiebzig Jahren Republik ebenfalls zum ersten Mal in unserer Geschichte in direkter Wahl ein Kandidat der Opposition an die Macht gekommen ist ...«

Das plötzliche Unterbrechen des Diktats, um eine Frage zu stellen, war einer der Tricks des jungen Lehrers, um die Schüler bei der Stange zu halten. Eigentlich fand Paulo das Thema interessant, aber die endlose Folge von Zahlen langweilte und verwirrte ihn. Er musste sich zusammenreißen, um dem eintönigen Singsang zu folgen.

»5.636.623 Wähler haben an den Urnen für den ehrenwerten Senhor Jânio da Silva Quadros gestimmt und ihm damit zum Sieg verholfen, einem Lehrer aus Mato Grosso, der zuvor Gouverneur ... welches Staates war? Wer weiß es? Ganz genau, Senhor Mauro Dolinsky: Jânio Quadros war Gouverneur des Staates São Paulo. Er gewann mit einer überwältigenden Mehrheit eine historische Wahl, die ...«

Jemand klopfte. Lehrer Wilson diktierte weiter, während er zur Tür ging.

»... ihm einen Vorsprung von mehr als zwei Millionen Stimmen gegenüber dem Kandidaten mit den zweitmeisten Stimmen verschaffte, dem Marschall Henrique Duffles Teixeira Lott, und damit den größtem Sieg, der jemals ...«

Er brach ab, als er die Sekretärin des Schuldirektors vor sich sah. Sie hielt ihm einen zusammengefalteten Zettel hin, den er gleichgültig entgegennahm. Die Frau wartete. Er faltete den Zettel auseinander und las.

»Eduardo José Massaíni!«, rief er dann und ließ den Blick suchend über die Dutzende von Köpfen vor ihm schweifen. »Bist du da?«

»Massaranni, Herr Lehrer«, korrigierte Eduardo, stand auf und hob die Hand. »Das bin ich. Eduardo Massaranni.«

»Und wer ist Paulo Roberto Antunes?«, fragte der Lehrer, nachdem er wieder auf den Zettel in seinen Händen geblickt hatte.

Paulo erhob sich.

Jaime Leonel Miranda de Macedo, Rektor des Colégio Municipal Maria Beatriz Marques Torres, winkte sie herein, ohne den Blick von den Papieren zu heben, die er gerade unterschrieb.

»Wärt ihr bitte so freundlich, die Tür zu schließen?«

Die Stimme kam Eduardo vage bekannt vor. An wessen Stimme erinnerte sie ihn? Und wo hatte er sie schon einmal gehört? Paulo betrachtete die beiden gerahmten Porträts an der Wand hinter dem Tisch des Rektors. Er erkannte sie: Das eine war ein stark retuschiertes Foto von Senator Marques Torres mit gewichtiger Miene, dasselbe, das in der Bahnhofshalle und an dem Obelisken hing, der den Kilometer eins der neuen Landstraße in die Hauptstadt markierte. Der kurzsichtige Mann auf dem rechten Foto, mit der Präsidentenschärpe, war Jânio Quadros.

»Kommt her. Näher ran.«

Es war nicht die Stimme, die Eduardo vertraut war. Es war der Tonfall. Die Art und Weise, wie er mit ihnen sprach. Warm. Freundlich. Aber distanziert. Das erinnerte ihn an jemanden. Oder an eine Situation. Der Widerhall eines Ortes, wie ein Echo. Kalt.

»Noch näher, meine jungen Freunde.«

Der Rektor sprach mit ihnen wie jemand, der …

»Nun denn …«, sagte er und hob endlich die müden Augen hinter der Lesebrille. »Wie läuft die Schule?«

Es klang wie die Stimme von …

»Nun?«

In der Messe! Das war's: wie der Pater bei der Messe! Eine leiernde Stimme, die zwischen den Marmorwänden der Kathedrale hin und her huschte wie die Windstöße, die die weiße Spitze der leinenen Altartücher anhoben.

»Gut«, antwortete Paulo knapp.

»Alles bestens, Herr Direktor.«

»Seid so freundlich und nennt mich nicht Herr Direktor. Das ist nicht nötig. Ich leite diese Erziehungsanstalt nur für eine begrenzte Zeit, sozusagen vorübergehend, und bin der Ehre dieses Amtes, offen gesagt, gar nicht würdig. Und doch erfülle ich meine Pflicht wie ein Soldat, der für ein Ideal in den Kampf zieht, das ihm Kraft verleiht. Mein Ideal ist es, Kultur zu säen. Das Licht des Wissens. Die Saat der Zukunft. Direktor? Nein, nein. Herr Lehrer. Nennt mich einfach nur Herr Lehrer. Oder Professor Macedo. Wie es euch beliebt.«

Er nahm die Brille von der Nasenspitze und legte sie auf den Tisch.

»Und als euer Lehrer habe ich euch rufen lassen.«

Er rückte die vor ihm liegenden Papiere zurecht.

»Weil sich die Aufgaben eines Lehrers nicht auf den Klassenraum beschränken.«

Er schraubte den vergoldeten Deckel auf den grünen Füllfederhalter, ein amerikanisches Importprodukt.

»Ein Lehrer muss den Schülern auch den Weg weisen,

ihr Tutor sein, ein zweiter Vater. *Quod habeo tibi do.* ›Was ich besitze, gebe ich dir.‹ Ich möchte …«

»Falls es wegen dem Schmuddelheft ist …«, fiel ihm Paulo ins Wort, »das ist meine Schuld.«

»Nein, meine«, mischte sich Eduardo ein. »Ich habe es mit ins Klassenzimmer gebracht!«

Macedo schwang sich in seinem Drehstuhl nach links, nach rechts, nach links, hielt an, sah an die Decke und dann wieder die beiden Jungen an. Er stützte die Ellbogen auf den Tisch, faltete die Hände, legte sein Kinn darauf und wandte sich direkt an Eduardo.

»Deine Portugiesischlehrerin hat deine Aufsätze sehr gelobt. Dona Odete Silveira hat mir gesagt, dass du sehr gut schreibst …«, er schielte auf den Karteikarten, die er zuvor herausgesucht hatte, nach dem Namen des langen, dünnen Schülers, »… Eduardo.«

Dann sah er Paulo an, als müsste er überlegen, was er ihm sagen könne.

»Auch deine …«, wieder konsultierte er die beiden Karteikarten, um die Namen nicht zu verwechseln, »… deine Aufsätze, Paulo … Paulo Roberto. Deine auch, Paulo Roberto. Dona Odete findet deine Aufsätze erfrischend. Voller grammatikalischer Fehler, das ja. Aber die Portugiesischlehrerin sagte, sie seien erfrischend. Originell, so hat Dona Odete Silveira deine Aufsätze erst kürzlich hier in diesem Büro genannt. Der Mathematiklehrer sieht keinen Grund zur Klage. Der Englischlehrer auch nicht. Und *Mademoiselle* Célia hat sogar deine Aussprache beim Vorlesen französischer Sätze gelobt …«, wieder konsultierte er die Karteikarte, »… Eduardo. Andererseits haben sich manche Lehrer über eure Unaufmerksamkeit beklagt, über eine gewisse Aufsässigkeit, besonders bei dir ...«, ein erneuter Blick in die Karteikarte, »... Paulo Roberto. Aber alle sind sich darin einig, dass du ... und du ... dass ihr gute Voraussetzungen mitbringt. Ihr müsstet nur fleißiger sein, euch mehr anstrengen. Euch zum Beispiel mehr für Grammatik interessieren, bei der Wort- und Satzanalyse größere Mühe geben.«

»Ja, Herr Direktor.«

»Herr Lehrer.«

»Herr Lehrer«, korrigierte sich Paulo zögernd.

Der Mann zog die Hände unter dem Kinn hervor, entfaltete sie und lehnte sich leicht in seinem Stuhl zurück.

»Seht ihr? Ich bin über eure schulische Entwicklung bestens informiert. Ich interessiere mich für jeden einzelnen meiner vierhundertsechsundzwanzig Schüler. Ich beobachte ihre Fortschritte. Ich bin im Bilde über ihre Schwierigkeiten. Ich kenne ihre Namen. Ich kenne ihre Eltern. Ich weiß, wo sie wohnen. Ich weiß, was sie tun. Dein Vater heißt Roberto Mazaíni, nicht wahr, Eduardo?«

»Massaranni, Herr Lehrer. Mit Doppel-S und Doppel-N. Das ist ein italienischer Familienname.«

»Ein Kind von Einwanderern. Ich weiß. Sie wurden ins Land geholt, um nach der Abschaffung der Sklaverei auf den Kaffeeplantagen zu arbeiten. Dann sind sie in die Städte abgewandert, wo das Leben leichter ist. Dein Vater arbeitet bei der Bahn, nicht wahr? Beamter bei der Zentralbrasilianischen Eisenbahngesellschaft.«

»Ja, Herr Lehrer.«

»Und deine Mutter, Dona Rosangela, ist Schneiderin.«

»Ja, Herr Lehrer.«

»Dein Vater, Paulo Roberto, ist Besitzer eines Schlachthofs.«

»Ja.«

»Du hast schon früh deine Mutter verloren. Sie ist gestorben, als du vier warst. Ihr Name war Maria José, nicht wahr? Bevor sie krank wurde, hat sie als Weberin in der Textilfabrik gearbeitet.«

Es war das erste Mal, dass Eduardo den Namen der Mutter seines Freundes hörte. Als wäre sie eine lebende Person. Maria José. Er fügte den Namen zu seiner Vorstellung von dem kleinen Schwarz-Weiß-Foto der mageren dunkelhäutigen Frau mit den leicht vorstehenden Zähnen hinzu, das er nie gesehen hatte, weil es in der Brieftasche eines Mannes steckte, der seinen Sohn nie beim Namen nannte.

»Denkt nur! Ein Schlachter. Ein Bahnbeamter. Eine Schneiderin. Und eine Arbeiterin in einer Textilfabrik ... Wie stolz müssen eure Eltern auf euch sein! Wie stolz wäre deine Mutter, Dona Maria José, wenn sie noch lebte, Paulo Roberto! Dass ihre Kinder in die Schule gehen, dass sie lernen wie ... wie die Kinder von studierten Leuten. Als eure Eltern in eurem Alter waren, war das undenkbar. Leute wie ihr, mit eurer Herkunft, gehen aufs Gymnasium, euch steht alles offen, eine ganze Bandbreite von Möglichkeiten, die dein Vater, der Schlachter, niemals hatte, Paulo Roberto. Und auch dein Vater, der Eisenbahner, nicht, Eduardo.«

»Wenn Sie das sagen, weil ich im Lateinunterricht eingeschlafen bin ...«, setzte Paulo an.

»*Quaerentibus bona vix obveniunt; mala autem etiam non quaerentibus.* ›Das Gute widerfährt nur selten dem, der es sucht; das Schlechte aber widerfährt selbst denen, die es meiden.‹ Irren ist menschlich, Paulo Roberto. Aber indem wir unsere Irrtümer erkennen, lernen wir, sie nicht zu wiederholen, nicht wahr?«

»Ja.«

»Da haben Sie Recht.«

»Als eure Eltern so alt waren wie ihr, mussten sie schon arbeiten und hatten kaum lesen gelernt. Heute bringen sie gewaltige Opfer, sparen das wenige Geld, das sie verdienen, verzichten auf neue Schuhe und Kleidung für sich selbst, setzen Himmel und Hölle in Bewegung, damit ihr studieren könnt und eines Tages möglicherweise zur Elite unseres Landes gehört, nicht wahr? Und das alles ist nur deshalb möglich, weil es diese Schule gibt, die ihr besuchen dürft. Gratis. Eine öffentliche Schule. Die einzige weiterführende Schule weit und breit, die nichts kostet. Und die Verwirklichung dieser großartigen Idee haben wir allein der Weitsicht und demokratischen Gesinnung unseres Gründers Doutor Diógenes de Almeida Marques Torres zu verdanken.«

Wieder drehte sich der Stuhl: links, rechts, links. Hielt an. Der Rektor beugte den Oberkörper über den Tisch, die Hände unter dem Kinn gekreuzt. Lächelte leicht. Hob kaum merklich die salbungsvolle Stimme.

»Versteht ihr, dass eure Eltern auf die besten Dinge des Lebens verzichten, um euch einmal zu wohlhabenden Männern zu machen? Euch eine bessere Zukunft zu ermöglichen? Ein besseres Leben, als sie es je hatten? Ja oder nein?«

»Ja. Ich denke schon, Herr Direktor«, stimmte Eduardo aus ganzem Herzen zu.

»Herr Lehrer, nenn mich Herr Lehrer. Glaubst du nicht auch, Paulo?«

»Doch.«

»Ihr seid zwei ... talentierte Jungen ... junge Männer. Wer weiß, ob ihr nicht eines Tages ... Was möchtest du einmal werden, Eduardo?«

»Ingenieur.«

»Und du, Paulo Roberto?«

»Wissenschaftler.«

Beinahe lächelte er. Seine Stimme klang, als öffneten sich ihnen die Pforten des Paradieses.

»1961! Wir sind in der zweiten Hälfte eines außergewöhnlichen Jahrhunderts angelangt! Wir haben zwei große Kriege überstanden! In beiden hat die Demokratie gesiegt! Die Werte des Humanismus haben gesiegt! Die Wissenschaft macht beständig Fortschritte! Unser Land brodelt geradezu vor Fortschritt und Freiheit! Diese zweite Hälfte unseres Jahrhunderts erweist sich als die beste Zeit, die die Menschheit im Laufe ihrer Geschichte erlebt hat! Wir leben in einer Zeit des Friedens, des Fortschritts, des gesellschaftlichen Aufstiegs. Ihr lebt in einer wunderbaren Zeit! Großartig! Einfach großartig. Sehr schön. Sehr schön. Ein Wissenschaftler und ein Ingenieur also. Sehr schön. Ein zukünftiger Oswaldo Cruz und ein zukünftiger Paulo de Frontin! Bestens. Ausgezeichnet.«

Er breitete die Arme aus und zeigte auf die Wände um sie herum.

»Denkt nur, welche Möglichkeiten euch offenstehen! Das wäre vor nicht allzu langer Zeit noch unvorstellbar gewesen. Unmöglich ohne eine Schule wie diese, die für alle Kinder da ist. Für die Kinder von Schlachtern, Eisenbahnern, Schneiderinnen, Arbeitern, Friseuren, Dienstmädchen, für Kinder … aller sozialen Schichten, nicht wahr?«

Er stand auf, zog seinen Kittel gerade und ging ans Fenster, wo er stocksteif stehen blieb, den Jungen den Rücken zugewandt.

»Es wäre doch ein Jammer, wenn all dies verloren ginge.«

Er machte eine lange Pause, bevor er den nächsten Satz fallen ließ.

»Zu schade, wenn ich euch der Schule verweisen müsste.«

»Verweisen …!«

»Der Schule verweisen?«, wiederholte die Kinderstimme, in die sich schon tiefere Töne mischten.

»Wie verweisen? Warum verweisen?«

Der Direktor ließ einige Sekunden verstreichen, bevor er in ernstem Ton wiederholte: »Zu schade.«

Er wartete, bis die beiden Jungen aufhörten zu tuscheln.

»Ihr wart gestern auf der Fazenda von Doutor Geraldo Bastos, nicht wahr?«

Keine Antwort. Vielleicht hatten sie ihn nicht verstanden.

»Auf der Fazenda, die unserem Gründer gehörte. Ihr habt der Fazenda, die früher im Besitz des Senators Marques Torres war, unerlaubterweise einen Besuch abgestattet.«

»Aber …«

»Wir haben nicht geschwänzt, um da hinzugehen!«

»Es war Sonntag!«

»Ihr habt eine alte schwarze Arbeiterin besucht, nicht wahr? Eine gewisse Madalena.«

»Ja, aber … Sie wollen uns von der Schule werfen, weil wir Dona Madalena besucht haben?«

»Es war Sonntag!«, wiederholte Paulo. »Wir haben nicht geschwänzt und auch sonst nichts getan!«

»Die Frau ist heute Nacht gestorben.«

Er brauchte sie nicht anzusehen, um zu wissen, welchen Eindruck seine Worte machten. Er hörte sie keuchen.

»*Abundans cautela non nocet.* Der heilige Augustinus. ›Vorsicht, selbst übertriebene, schadet nicht.‹ Ihr könnt wieder zurück in euer Klassenzimmer.«

Er trat weg vom Fenster und setzte sich wieder, während Paulo und Eduardo wie betäubt zur Tür gingen.

»Und noch etwas!«

Die Jungen drehten sich um, um zu hören, was er sagte.

»Hütet euch vor schlechter Gesellschaft. Kennt ihr das Wort pädophil? Schlagt es im Wörterbuch nach. Es ist gefährlich, sich mit einem ehemaligen Koch herumzutreiben, einem aktenkundigen Kommunisten, der sich als Pfarrer ausgegeben hat, um ein Waisenhaus für junge Mädchen aufzusuchen. Ihr könnt gehen.«

Die Nonne ging langsam über den Hof des Altersheims, ohne auf die schlammigen Pfützen zu achten, die vom nächtlichen Regen übrig geblieben waren und den Saum ihrer braunen Kutte beschmutzten. Stattdessen musterte sie jedes einzelne Gesicht.

Sie suchte jemanden.

Die Luft war kalt. Einige der Alten hatten sich in Decken gehüllt, andere hatten sie um ihre Köpfe gewickelt: Sie wären lieber drinnen geblieben, aber das Sonnenbad war Pflicht.

Endlich fand sie den Mann, den sie suchte, in einer Ecke, das Gesicht mit geschlossenen Augen der Sonne zugewandt.

Er war unrasiert, und seine weißen Haare fielen ihm wirr in die Stirn. Auf dem Tisch vor ihm stand ein Schachbrett. Er schien zu schlafen.

Sie baute sich so vor ihm auf, dass sie ihm die Sonne verdeckte. Keine Reaktion. Sie räusperte sich. Er rührte sich nicht.

»Sie spielen Schach!«, sagte sie mit lauter Stimme.

Sofort schlug der Alte die Augen auf. Er betrachtete sie, ohne zu verstehen, was die Frau von ihm wollte.

»Schach.« Sie zeigte auf das Brett. »Das wollte ich schon immer mal lernen.«

Verlegen rückte er auf seinem Stuhl hin und her, schloss den obersten Knopf seines Schlafanzugs.

»Sie …?«, stammelte er, als er die Direktorin des Waisenhauses Santa Rita de Cássia erkannte.

»Sie gestatten?«, fragte sie, zog sich einen Stuhl heran und nahm ihm gegenüber Platz. Sie blickte ihn offen an. »Spielen Sie oft? Haben Sie hier gute Gegner?«

»Hier kann keiner spielen«, brachte er nach einem kurzen Moment hervor. »Und es will auch keiner lernen.«

»Wie bedauerlich. Dann spielen Sie also gar nicht?«

»Doch. Ich meine, ich spiele allein. Aber das ist stinklangweilig und … Verzeihen Sie meine Ausdrucksweise«, entschuldigte er sich, »das ist mir so herausgerutscht.«

»Keine Sorge, heutzutage weiß sowieso kaum noch jemand, dass dies ein ungebührlicher Ausdruck ist. Was wollten Sie sagen?«

»Es ist ein wenig langweilig. Immer alleine spielen

ist langweilig. Das endet dann, wie Sie gerade gesehen haben, damit, dass ich vor den Figuren wegdöse.«

»Und trotzdem nehmen Sie das Schachbrett immer wieder mit in den Hof.«

»Ja. Die Macht der Gewohnheit.«

»Hatten Sie da, wo Sie vorher gewohnt haben, Gegner?«

»Manchmal.«

»War das auch ein Altersheim?«

»Eine Schule.«

»Waren Sie dort Lehrer?«

Er antwortete nicht.

»Zum Spielen braucht man einen Gegenspieler, finden Sie nicht? Wie zu so vielem im Leben.«

Der Alte tastete nach seinen Zigaretten, fand aber keine in der Tasche seines Pyjamaoberteils. Dann fiel ihm ein, dass sie bei seinem Gang durch den Regen unbrauchbar geworden waren und er am Sonntag keinen Fuß vor die Tür gesetzt hatte.

»Aber ein Gegenspieler erfordert gegenseitiges Vertrauen. Oder zumindest, dass eine Seite die andere Seite für einigermaßen intelligent hält.«

»Schwester, als ich ins Waisenhaus kam, hatte ich nicht die Absicht …«

»Waisenhäuser und Altersheime haben vieles gemeinsam. Natürlich gibt es Unterschiede, angefangen beim unterschiedlichen Alter ihrer Bewohner. Aber das Grundprinzip ist bei Altersheimen und Waisenhäusern das gleiche, verstehen Sie?«

»Wie meinen Sie das?«

»Beide sind dazu da, diejenigen wegzusperren, für die

die Gesellschaft keinen Platz oder keine Verwendung mehr hat. Oder noch keine Verwendung.«

Sie schwiegen. Die Nonne saß kerzengerade vor ihm. Dann sagten beide fast gleichzeitig:

»Sie …«

»Sie …«

»Ja …?«

»Als ich Sie im Waisenhaus besucht habe, wollte ich …«

»Warum leben Sie nicht bei Ihren Verwandten?«

Ihre Neugier war direkt wie die eines Kindes. Er antwortete, ohne nachzudenken, als spräche er tatsächlich mit einem Kind: »Ich habe keine.«

»Kinder?«

»Nein. Helena ist gestorben, bevor wir welche kriegen konnten.«

»Sie sind Witwer?«

»Wir sind nicht dazu gekommen zu heiraten.«

»Sie gehören nicht zur gleichen Gesellschaftsschicht wie die übrigen Heimbewohner.«

»Da täuschen Sie sich.«

»Ihre Ausdrucksweise, Ihre Manieren, Ihr Vokabular, Ihre Erziehung …«

»Schwester, ich heiße nicht …«

»Basílio. Natürlich nicht. Ich habe niemals Eça de Queiroz gelesen. Natürlich weiß ich, wer er ist. Aber ich habe niemals auch nur ein Exemplar seines Romans *Der Vetter Basílio* zu Gesicht bekommen. Die Heilige Mutter Kirche missbilligt das Bild, das Eça de Queiroz von Patern und Vettern zeichnet. Die antiklerikale Ironie Ihrer Namenswahl war mir vollkommen entgangen.«

»Das war keine Ironie, glauben Sie mir. Und auch kein Spott. Dieser Basílio …«

»Sie wollen mir also weismachen, dass Sie den Namen zufällig gewählt haben.«

»Mein Talar gehörte in Wirklichkeit einem Pater Basílio, den die Jungen …«

»Woher genau aus dem Nordosten kommen Sie?«

»Ich bin in Sergipe geboren.«

»Ich war noch nie in Sergipe.«

»Aber ich bin schon als junger Mann nach Recife gezogen.«

»Das kenne ich auch nicht. Ich bin in meinem Leben wenig gereist. Sie hingegen sind sicher viel herumgekommen und haben viel gesehen. Viel von Brasilien. Den Nordosten zum Beispiel kenne ich gar nicht und werde ihn vielleicht nie kennen lernen. Es ist nicht sehr wahrscheinlich, dass ich jemals hier rauskomme. Und wenn doch, dann nur, um an einem anderen Ort hinter anderen Mauern und Wänden zu sitzen. Sie wirken heute so verdrossen.«

Sie musterte ihn so aufmerksam, dass er verlegen den Blick senkte.

»Sie haben Ringe unter den Augen, sind blass und unrasiert, Sie haben sich nicht … Ich bin überrascht, Sie hier im Pyjama anzutreffen wie die anderen alten Männer. Ich habe Sie für mehr … Wie soll ich sagen …«

»Normalerweise bin ich nicht … Normalerweise ziehe ich mich gleich morgens an. Wie ich es mein Lebtag getan habe. Nur weil ich hier bin, werde ich mich nicht … Werde ich nicht aufhören … darauf zu achten, ob noch Nacht oder schon Morgen ist, noch Morgen oder schon

Nachmittag, noch Nachmittag oder schon Abend. Nicht, dass die Zeit verstreicht, macht mir Angst: Ich will nicht, dass sie mir wie aus einem Block vorkommt. Nur heute, da … da fühle ich mich so … müde. Bitte entschuldigen Sie, dass ich mich in diesem Aufzug unter den Leuten zeige.«

»Ist etwas passiert seit Ihrem Besuch im Waisenhaus?«

Wieder wich er ihrem Blick aus.

»Ich wollte mich nicht über Sie lustig machen. Die Verkleidung war lächerlich, aber ich hatte nicht die Absicht … Ich wollte nur … etwas in Erfahrung bringen … etwas … ich … Entschuldigen Sie, aber …«

»Sie scheinen wirklich verdrossen zu sein. Meine Fragen bringen Sie in Verlegenheit.«

»Nein. Doch. Ein wenig. Nein. Das ist es nicht. Es ist nur so, dass ..«

»Ich bin nicht hier, um Sie zu verpetzen, wenn es das ist, was Sie …«

»Das habe ich nicht gedacht. Das ist es nicht, was mir Kummer macht.«

»Was ist es dann?«

»Mir ist in letzter Zeit alles Mögliche wieder eingefallen … über mich.«

»Alles Mögliche?«

»Dinge, die ich getan habe.«

»Die Sie getan haben?«

»Früher. Dinge, die ich getan habe und die … die sich in nichts … von den Taten anderer unterscheiden. Anderer Männer. Zahlloser anderer Männer. Erinnerungen. Nicht nur quälende Erinnerungen, und ein Schmerz, der nie vergehen wird. Sondern auch die Erinnerung an vergangene

Taten. Die bewirkt, dass ich mich vor mir selber schäme. Bis heute. Wie brutal ich oft war. Viel zu oft. Und feige. Und ich kann es nicht mehr ungeschehen machen. Weil ich es getan habe, weil ich diese Taten begangen habe. Ich wollte es nicht. Aber ich habe es getan. Sagen das nicht alle Verbrecher?«

Ihre Antwort kam so prompt, dass er merkte, dass ihr das Thema Reue nicht unbekannt war.

»Ich finde, man sollte nur an die Vergangenheit denken, wenn es einem hilft, es in der Gegenwart besser zu machen. Alles andere ist pure Nostalgie.«

»Ich empfinde keine Nostalgie. Ich empfinde Scham. Mein Leben lang habe ich … habe ich mich für einen, wie es bei uns hieß, unermüdlichen Freiheitskämpfer gehalten. Ein Kämpfer für das Proletariat, die Elenden, die Hungernden, die Frauen, die Analphabeten … Die Unterdrückten. Alle Unterdrückten. Aber das war ich nicht. Ich habe eine Rolle gespielt. Sogar vor mir selbst. Besonders vor mir selbst. Dabei bin ich kein Freiheitskämpfer. Bin nie einer gewesen. Es gibt keine wirkliche Freiheit, wenn man die Freiheit und den Willen des anderen missachtet. Ich habe nie den Willen einer Frau geachtet. Ich wusste gar nicht, was das ist. Nicht einmal bei Helena. Ich habe sie nie respektiert. Es ist mir nie in den Sinn gekommen, dass es das überhaupt gibt: den Willen einer Frau. Ich habe sie benutzt. Bitte entschuldigen Sie, dass ich mich Ihnen gegenüber so ausdrücke, Schwester, so … grob. Aber genau das habe ich immer getan. Ich habe sie benutzt. Ihre Körper. Wann und wie ich wollte. So wie es unzählige Männer mit … mit diesem Mädchen getan haben, das … Anita. Aparecida. Die so viele benutzt haben und die ermordet und verstümmelt wurde, ohne dass ... ohne dass ... irgendjemand sich darüber aufgeregt hätte. Ohne dass es jemanden empört hätte. Bis ich erkannt habe, was die Männer mit Anita gemacht haben ... mit Aparecida ... dachte ich ... hatte ich mir nie überlegt, dass ich auch so ein ... Es ist niederschmetternd, sich eingestehen zu müssen, dass man sein Leben lang eine Schmierenkomödie gespielt hat. Gestern ist mir das bewusst geworden. In meinem Alter. Ich habe erkannt, dass ich nicht viel anders bin als all die Schweinehunde, die ich immer verachtet und bekämpft habe.«

Er senkte den Kopf. Sah seine eigenen Füße in Pantoffeln. Nicht einmal Schuhe hatte er heute Morgen angezogen.

»Welche Figur ist das?« Die Nonne zeigte auf das Brett.

»Ein Bauer.«

»Und diese hier?«

»Die Königin.«

»Und die dort drüben?«

»Der Läufer?«

»Wie interessant: Königin, Läufer, Bauer ... Was für Geschichten so ein Schachspiel erzählt.«

»Ich würde es nicht Geschichten nennen.«

»Das war nur so ein Gedankengang. Ich wollte schon immer Schachspielen lernen. Vielleicht können Sie es mir beibringen.«

»Bestimmt.«

»Aber nicht jetzt. Nicht hier. Vielleicht könnten Sie heute Nachmittag ins Waisenhaus kommen?«

»Heute Nachmittag?«

»Ja. Da können wir in Ruhe üben und plaudern. Sogar über jemanden, der mir heute einen Besuch abgestattet hat. Und der mir einiges über Sie berichtet hat.«

»Jemand hat Sie besucht und Ihnen etwas über mich erzählt?«

»Sie dürfen doch nachmittags hier heraus oder nicht?«

»Ja. Aber um neun Uhr abends schließen die Nonnen die Eingangstür ab.«

»Das ist mehr als genug Zeit«, sagte sie und stand auf.

Er erhob sich ebenfalls.

»Sie haben gesagt, jemand hätte Sie besucht …«

»Darüber werden wir ganz bestimmt noch sprechen. Also bis bald, Senhor … Basílio.«

»Bis bald.«

Die Nonne suchte sich ihren Weg zwischen den alten Männern hindurch, als er rief: »Schwester!«

Sie drehte sich um.

»Ich weiß gar nicht, wie Sie heißen.«

»Maria Rosa. Schwester Maria Rosa.«

»Ein hübscher Name.«

»Das ist natürlich nicht mein Taufname. Sie wissen, dass wir einen Namen wählen können, wenn wir unser Gelübde ablegen, nicht wahr?«

Er nickte.

»Ich habe Rosa gewählt, weil die Rose die Blume der heiligen Teresinha ist. Und Maria ist natürlich der Name der Mutter Gottes.«

»Der Mutter Jesu«, rutschte ihm heraus, noch bevor er es bemerkte.

»Der Mutter Jesu«, bestätigte sie. »Und somit der Mutter Gottes.«

Diesmal hielt er sich zurück. Schwester Maria Rosa setzte sich wieder in Bewegung.

»Warten Sie!«

Die Nonne hielt an.

»Mein Name …«

Sie betrachtete ihn neugierig.

»Ich heiße Ubiratan.«

»Ich weiß. Bis bald, Senhor Ubiratan.«

»Bis bald, Schwester Maria Rosa.«

»Ach, und noch etwas.« Anscheinend war ihr noch etwas eingefallen. »Sie brauchen nicht in Soutane zu kommen.«

8

Mater et Magistra

Die Glocke läutete, die Stunde war vorbei. Die Französischlehrerin, die darauf bestand, *Mademoiselle* Célia genannt zu werden, ignorierte das schrille Geläut und die lärmende Unruhe der Schüler, die hastig Bücher, Hefte, Stifte, Radiergummis und Füllfederhalter zusammenrafften und in Ranzen und Taschen stopften, erpicht darauf, den Raum so schnell wie möglich zu verlassen. Ihre jungen Zuhörer mochten der Musikalität von Corneilles Versen gegenüber unempfänglich sein, doch *Mademoiselle* hatte nicht die Absicht, das Vorlesen von *El Cid* vorzeitig abzubrechen. Sie war bei Szene VIII des zweiten Akts angelangt, die sie immer wieder aufs Neue rührte: Soeben war der Vater Chimènes von Don Rodrigues getötet worden, dem Mann, den sie liebte. Mit ausgestrecktem Arm auf die Schüler weisend, so wie sie sich Don Gómez' Tochter vor dem spanischen König vorstellte, fuhr sie fort: »… *Je l'ai trouvé sans vie. Excusez ma douleur, Sire, la voix me manque à ce récit funeste.*«

Sie schlug das dünne, blau eingebundene Buch zu, schloss die Augen und wischte sich eine Träne ab, bevor diese ihre Wange hinabrollen konnte.

»›*Mes pleurs et mes soupirs vous diront mieux le reste.*‹«

Sie öffnete die Augen wieder und drückte das Buch an ihre magere Brust.

»In der nächsten Stunde«, kündigte sie an, »werden wir folgende Szene durchnehmen: ›*Comment Chimène et Don Diégue cherchent d'abord à émouvoir le roi avant de présenter des arguments*‹. Und als Hausaufgabe verlange ich eine ordentliche Übersetzung dessen, was wir heute gelesen haben.«

Diejenigen Schüler, die Mäppchen aus echtem Leder besaßen – seltenes und untrügliches Kennzeichen der Kaufkraft der bessergestellten Kinder an dieser staatlichen Schule –, legten sie ostentativ auf ihre Pulte.

»*Très bien,* ihr könnt gehen«, sagte *Mademoiselle,* wandte ihnen den Rücken zu, nahm ihre Tasche, ihre Bücher und das Klassenbuch vom Tisch und ging ebenfalls hinaus.

Eduardo blieb mit gesenktem Kopf sitzen. Das Klassenzimmer leerte sich. Es dauerte nicht lange, da kam Paulo zurückgelaufen.

»Gehst du nicht nach Hause? Was ist los mit dir?«

Ohne den Kopf zu heben, setzte Eduardo zu einer Antwort an. Er wollte seinem Freund gerne sagen, wie sehr ihn die vielen unkontrollierbaren Ereignisse verwirrten, wollte ihn bitten, ihm zu helfen, die tote Dona Madalena und die Drohung des Schuldirektors zu verstehen, sie rauszuwerfen und damit ihre Zukunft zu gefährden, das Stöhnen der Mutter und das Keuchen des Vaters in der Nacht zuvor, sein Entsetzen über eine Armut, die unendlich viel schlimmer war als alles, was er sich bisher hatte vorstellen können oder in Büchern gelesen hatte. Aber er brachte nur heraus:

»Wir sitzen ganz schön in der Tinte.«

Er hob das Gesicht. Paulo sah nicht besorgter aus, als wenn ihr Team ein Tor kassiert hätte und noch dreißig Minuten zu spielen wären.

»Das kriegen wir schon hin«, sagte er.

»Du verstehst das nicht, Paulo! Die wollen uns fertigmachen!«

»Wer … die?«

»Na, eben sie, Paulo! Sie. Der Schuldirektor, der Fabrikbesitzer, der Bürgermeister, der … Sie! Sie!«

»Welche sie, Eduardo? Es war nur der Direktor, der uns angedroht hat, uns von der Schule zu werfen. Wir haben nichts Schlimmes getan. Wir haben uns nur mit Aparecidas Großmutter unterhalten.«

Noch einmal versuchte Eduardo mehr zu erklären, brachte aber nur heraus:

»Gehen wir. Meine Mutter wartet mit dem Mittagessen auf mich.«

Sie begrüßten einander freundlich, aber steif, redeten sich zwar mit Namen an, setzten jedoch »Senhor« und »Schwester« davor. Beide wären gerne ungezwungener miteinander umgegangen, aber es gelang ihnen nicht. Weil sie schüchtern waren, weil sie es nicht gewohnt waren, mit jemandem vom anderen Geschlecht allein im gleichen Raum zu sein, weil sie wussten, dass dies viel mehr war als ein reiner Höflichkeitsbesuch, weil sie spürten, dass jeder mehr über den anderen wusste, als er zugab, und sie mit dieser unfreiwilligen Vertrautheit nicht umgehen konnten.

Sie deutete auf einen Sessel, er nahm Platz. Sie ging zu

der Likörflasche, holte zwei Gläser, gab ihm eines davon, stellte ihr Glas auf den kleinen Tisch und setzte sich ihm gegenüber. Aber gleich darauf stand sie wieder auf, holte die Flasche und stellte sie neben sein Glas, neben dem ein Stapel Papiere lag.

»Bedienen Sie sich, wann immer Sie möchten, Senhor Ubiratan.«

Er nickte dankend.

»Wir hatten heute Besuch von unserem Oberhirten, Senhor Ubiratan.«

»Ubiratan. Das ›Senhor‹ können Sie weglassen.«

Sie tat, als hätte sie seine Bitte nach mehr Ungezwungenheit überhört.

»Der Herr Bischof hat uns heute sehr früh mit einem Besuch beehrt, Senhor Ubiratan.«

»Sie müssen mich nicht …«

»Wir waren mit unseren Waisenmädchen«, fuhr Schwester Maria Rosa fort, »gerade auf dem Weg zum Frühstück ins Refektorium, als uns gemeldet wurde, dass uns der Herr Bischof erwartet.«

»Heute früh?«

»Gleich am Morgen. Direkt nach dem ersten Gebet in der Kapelle. Hier in diesem Raum hat Dom Tadeu auf mich gewartet, in Begleitung eines Jungen. Eines Neffen. Ich glaube, der blonde Knabe, der ihn immer begleitet und ihn durch die Gegend kutschiert, ist sein Neffe.«

Ihr Tonfall war frei von jeglicher Gehässigkeit, aber Ubiratan spürte, dass sie die Information über den ständigen Begleiter der Bischofs aus irgendeinem Grund besonders betonte. Warum, wusste er nicht.

»Sobald ich hereinkam, hat der Junge den Raum verlassen. Ohne ein Wort.«

Ubiratan trank und schenkte sich nach, während er darauf wartete, dass Schwester Maria Rosa weitersprach.

»Abgesehen von der außerordentlichen Ehre eines Besuchs zu so früher Stunde, war der Bischof auch gekommen, um mir diese Papiere zu überreichen.« Sie zeigte auf den Stapel Matritzenabzüge neben der Likörflasche. »Möchten Sie mal einen Blick darauf werfen?«

»*Mater* …«, versuchte er zu entziffern, was auf dem Deckblatt stand.

» … *et Magistra. Mater et Magistra.* ›Mutter und Lehrmeisterin‹«, erklärte sie, während sie den Stapel suchend durchblätterte. »Mutter und Lehrmeisterin, das ist es, was die katholische Kirche unter unserem Heiligen Vater Johannes XXIII. sein sollte. Sie nimmt uns auf, beschützt uns und zeigt uns den Weg. Ich nehme an, Sie sind vertraut mit den von Johannes XXIII. vorgeschlagenen Ideen und Veränderungen.«

»Nehmen Sie es mir nicht übel, aber ich habe nicht das geringste Interesse an dem, was der Vatikan hervorbringt. Mich empört bis heute, dass Pius XII. der Vernichtung der Juden, Zigeuner und Homosexuellen im Dritten Reich tatenlos zugesehen hat. Ich halte das für ebenso verbrecherisch wie …«

»Ich rede nicht von Pius XII.«, unterbrach sie ihn, »sondern von seinem Nachfolger, Johannes XXIII.« Wieder überflog sie prüfend die Papiere. »Der neue Papst ist der Sohn armer Landarbeiter, also ganz anderer Herkunft als sein Vorgänger. Auch seine Ideen unterscheiden sich radikal von denen Pius' XII. Die neue Enzyklika, *Mater et Magistra*, wurde vom neuen Papst herausgegeben und zeigt den Unterschied überdeutlich. Das heißt, sie wird vom neuen Papst herausgegeben werden und wird den Unterschied zeigen. Sie ist nämlich bisher ausschließlich in Kirchenkreisen bekannt. Ah, hier ist es ja! Darf ich Ihnen diesen Absatz vorlesen?«, fragte sie und fuhr dann fort, ohne seine Antwort abzuwarten: »Hier steht Folgendes: ›In einigen von diesen Ländern steht jedoch zu diesem Zustand äußersten Elends der Mehrzahl der Überfluss und hemmungslose Luxus weniger Reicher in schreiendem und beleidigendem Gegensatz.‹«

Sie hob den Blick und sah Ubiratan an.

»Kennen Sie unseren Bischof? Er stammt aus einer Familie von Großgrundbesitzern. Einer seiner Onkel war unter Getúlio Vargas Abgeordneter für diesen Bundesstaat und hat die Karriere von Doutor Diógenes entscheidend befördert.«

»Doutor wer?«

»Diógenes. Der Vater des derzeitigen Bürgermeisters unserer Stadt.«

»Also ist die Verbindung zwischen den Familien …«

»Der Bischof und der Bürgermeister haben gemeinsam am Priesterseminar studiert.« Sie senkte den Blick, blätterte wieder in den Papieren, die jetzt auf ihrem Schoß lagen, und fischte eines heraus. »Lassen Sie mich Ihnen einen anderen Absatz vorlesen. ›Zweifellos bringt der so verstandene Vergesellschaftungsprozess mancherlei Vorteile. So kann zahlreichen Rechtsansprüchen der Person Genüge geschehen, insbesondere solchen wirtschaftlicher und gesellschaftlicher Natur.‹«

Sie hielt inne.

»Sie scheinen verwundert.«

»Predigt Ihr Papst etwa die Errungenschaften des Sozialismus? Spricht er von Menschenrechten? Verstehe ich das richtig, Schwester? Wie war dieser Absatz über den Luxus, den Sie zuvor gelesen haben, Schwester?«

»›In einigen von diesen Ländern steht jedoch zu diesem Zustand äußersten Elends der Mehrzahl der Überfluss und hemmungslose Luxus weniger Reicher in schreiendem und beleidigendem Gegensatz.‹«

»Der Vatikan erkennt an, dass es der Mehrheit schlecht geht? Er kritisiert den Luxus und den Überfluss einiger weniger? Es fällt mir schwer zu glauben, dass so etwas aus der Feder eines Kirchenfürsten stammen soll.«

»Mehr als ein Kirchenfürst. Der Papst. Johannes XXIII. Angelo Roncalli. Ein Mann aus einfachen Verhältnissen. Extrem einfachen Verhältnissen.«

»Und warum hat der Bischof ...?«

»Der Herr Bischof gehört zum ... sagen wir, konservativsten Flügel der Heiligen Mutter Kirche.«

»Und da kam er hierher, um Ihnen ...«

»Der Herr Bischof hat uns die neue, noch nicht veröffentlichte päpstliche Enzyklika gebracht, und Sie fragen sich, was ihn dazu bewogen hat.«

»Ja, denn immerhin scheint er nicht zu den ...«

»... fortschrittlichen Kräften der Kirche zu gehören?«

»Genau.«

Schwester Maria Rosa hob die nun ungeordneten Blätter ein wenig an. Einige flatterten zu Boden. Ubiratan machte Anstalten aufzustehen und sie einzusammeln, doch sie hielt ihn mit einer Handbewegung zurück.

»Diese Seiten, Senhor Ubiratan, dienen dazu, mich an

die Güte und Gnade zu erinnern, die die Kirche und die so genannte katholische Elite stets ausgezeichnet haben. Die das Überleben und die Ausbildung verlassener Kinder ermöglicht hat. Von Kindern wie mir. Wie Aparecida. Sie wissen doch, dass dieses Waisenhaus vom Großvater unseres Bürgermeisters gegründet wurde, nicht wahr? Das Waisenhaus für Jungen, in dem Renato aufwuchs, wurde ebenfalls durch Spenden dieses Großvaters ermöglicht. Ein frommer Mann, der die heilige Rita de Cássia verehrte, wie mir unser Herr Bischof erklärte. Er pflegte enge Beziehungen zu einem weiteren guten Katholiken, Kaiser Pedro II., und später zu den Militärs, die die Republik ausriefen. Dank seiner Freundschaft zum Präsidenten Afonso Pena war er einer der ersten Senatoren dieser sogenannten ›Milchkaffeerepublik‹. Sein Sohn Diógenes trat in seine Fußstapfen und wurde ebenfalls Senator. Und ein enger Mitarbeiter von Getúlio Vargas, wie Sie ja bereits wissen.«

»Wenn das stimmt, was Sie sagen, stand die Familie Marques Torres schon lange im Zentrum der Macht.«

»Seit dem Zweiten Kaiserreich. Sogar vorher schon. Ja. Und später dann besonders während des Estado Novo. Ach, und noch etwas: Die weiterführende Schule dieser Stadt wurde von Senator Marques Torres noch zu Getúlios Lebzeiten Anfang der fünfziger Jahre gegründet. Ebenso wie die zur selben Zeit angelegte asphaltierte Landstraße in die Hauptstadt. Der Gemeinsinn der Familie reicht weit zurück, bis hin zum Bau des ersten Stromkraftwerks hier durch den Großvater unseres Bürgermeisters, der sich so gut mit dem Kaiser verstand. Dank dieses Kraftwerks konnten sich die Textilfabrik, eine Spitzenfabrik und eine Schraubenfabrik in dieser Gegend ansiedeln, was wiederum Hunderte von direkten und im Laufe der Zeit Tausende von indirekten Arbeitsplätzen geschaffen hat. Industrie und Arbeiter ihrerseits beförderten die lange politische Karriere von Senator Marques Torres und seine Unterstützung für Getúlio Vargas.«

Ubiratan zog aus seiner Jacketttasche eine Streichholzschachtel und daraus eine zerdrückte Zigarette hervor. Er zeigte sie der Nonne, wie um Erlaubnis bittend, rauchen zu dürfen. Sie ging zum Tisch, nahm einen Aschenbecher aus einer Schublade, gab ihn Ubiratan und setzte sich wieder.

»Die Geschichte des Fortschritts dieser Region ist aufs Engste mit der Geschichte der Familie Marques Torres verknüpft. Sogar die Ankunft der ersten italienischen Landarbeiter in Brasilien rührt daher. Die Frau des Kaisers, Dona Teresa Cristina, war Neapolitanerin und brachte die Einwanderer, von denen viele aus Sizilien, dem Königreich ihres Vaters, stammten, hierher, auf die Kaffeeplantagen des Freundes ihres Mannes und der Freunde dieses Freundes.«

»Und das alles hat Ihnen der Bischof erzählt«, schloss Ubiratan, eine Rauchwolke ausstoßend.

»Ja.«

»Um deutlich zu machen, dass …«

»Kurz gesagt, Senhor Ubiratan, die Familie Marques Torres hat seit sehr langer Zeit so viele und so viele verschiedene barmherzige Werke zum Nutzen der Bevölkerung getan, ganz besonders für die Ärmsten, dass der Herr Bischof findet … Er glaubt, dass gewisse Angelegenheiten, in die einige unserer bedeutendsten Gemeindemitglieder verstrickt sind, also der Herr Bischof glaubt – und so hat er es mir auch gesagt –, dass man gewisse Angelegenheiten den dafür zuständigen Stellen überlassen sollte.«

»Das heißt?«

»Verbrechen sind Sache der Polizei, und die allein sollte sich darum kümmern.«

Ubiratan stieß unwillkürlich einen Seufzer der Enttäuschung aus.

»Der Herr Bischof hat auch einen alten Mann erwähnt, der die Soutane des Pfarrers von São Joaquim entwendet und sie benutzt hat, um sich hier einzuschleichen und sich mit mir zu unterhalten. Er sagte, dieser alte Mann behaupte, früher Lehrer gewesen zu sein, in Wirklichkeit sei er aber Koch an einer Schule in Recife gewesen. Er sei als Kommunist aktenkundig und schon mehrmals in dunklen Straßen unserer Stadt in der Gesellschaft minderjähriger Jungen gesehen worden. Ich werde den Ausdruck nicht wiederholen, mit dem der Herr Bischof die Beziehung des Alten zu den Jungen bezeichnete.«

Ubiratan hielt mitten im Zug inne.

»Es sei daher für mich als Leiterin dieses Waisenhauses, als Verantwortliche für die moralische Erziehung minderjähriger Mädchen gänzlich unangemessen, nicht akzeptabel, mich noch mal auf ein Gespräch mit Ihnen einzulassen, Ihnen Informationen zu übermitteln oder den Kontakt zwischen Ihnen und den Nonnen zu ermöglichen, die hier seit der Zeit sind, in der Aparecida in dieser Einrichtung lebte.«

»Das verstehe ich nicht.«

»Das sind die Anweisungen des Herrn Bischof.«

»Aber Sie haben mich doch hergebeten.«

»Ich möchte wirklich gerne Schach lernen, das sagte ich Ihnen ja bereits.«

Wieder blätterte sie in den Papieren.

»Gestatten Sie mir, Ihnen einen weiteren Absatz aus *Mater et Magistra* vorzulesen, Senhor Ubiratan: ›Wer daher von diesen göttlichen Gesetzen abweicht, beleidigt nicht die Majestät Gottes, sondern entwürdigt sich selbst und das Menschengeschlecht und schwächt die innersten Kräfte seines Volkes.‹«

Sie legte die Blätter wieder auf den Tisch, setzte ihre Brille ab, hielt sie in den Händen und knetete die Bügel in ihren Händen. Sie wollte nicht, dass Ubiratan sah, wie sie zitterte.

»Sie haben Aparecida hier weggeholt, als sie noch ein Kind war. Sie haben Aparecida erniedrigt wie … Nicht einmal ein Tier behandelt man so, wie sie sie behandelt haben. Sie haben dieses Mädchen kaputt gemacht. Sie haben aus ihr eine …«

Sie stand auf, ging an ein Regal und begann, mit dem Rücken zu Ubiratan, an den Büchern herumzurücken. Nicht aus Interesse an ihnen, sondern um sich den verwerflichen Zorn, der sie gepackt hatte, nicht anmerken zu lassen. Erst als sie spürte, dass er verraucht war, wandte sie sich wieder zu Ubiratan um.

»Sie haben ja Ihr Schachbrett gar nicht dabei. Schade. Während Sie mich unterrichten, könnten wir über das reden, was mir die älteren Nonnen über die Zeit erzählt haben, als Aparecida hier lebte. Zu schade. Aber ich kann es ja ein anderes Mal lernen. Was ich erfahren habe, sage ich Ihnen aber besser jetzt gleich.«

Auf dem gusseisernen Balkon im zweiten Stock, von dem aus in früheren Zeiten alte Damen und junge Mädchen Blütenblätter auf die Prozessionen gestreut hatten, die in Richtung Kathedrale die Straße hinaufzogen, trocknete eine Prostituierte ihr soeben rot gefärbtes langes Haar in der Nachmittagssonne. In die Lektüre einer Zeitschrift vertieft, kümmerte sie sich nicht darum, wer den Hang heraufkam, und wurde ihrerseits von den wenigen Passanten, die die Straßenseite wechselten, ostentativ ignoriert.

Ein weißhaariger Mann kam um die Ecke und bezog im Schatten einer Akazie einen Beobachtungsposten. Reglos behielt er das Haus im Blick.

Im Inneren des Hotels Wizoreck war keinerlei Bewegung auszumachen. Die anderen Frauen spielten wahrscheinlich Karten, tratschten oder bedienten die wenigen nachmittäglichen Freier.

Er vernahm ein kratzendes Geräusch, das er im ersten Augenblick nicht einordnen konnte, und gleich darauf die Stimme einer Frau. Sie sang. Jemand hatte eine Platte auf einen Plattenteller gelegt. Sie klang zerkratzt. Und sie kam aus dem Herrenhaus, in dem im neunzehnten Jahrhundert ein portugiesischer Einwanderer, der durch den Import und Verkauf angolanischer Sklaven reich geworden war, mit seiner Familie gelebt hatte. Der Gesang schwoll an.

Vissi d'arte, vissi d'amore,
Non feci mai male ad anima viva …!
Con man furtiva …

Jetzt konnte er es deutlicher hören. Er erkannte die Arie einer Oper wieder, die irgendwo unter seinen Erinnerungen begraben lag. Der Gesang war von Geigen, Harfe und anderen Instrumenten begleitet, die er nicht identifizieren konnte.

Sempre con fè sincera.
La mia preghiera
Ai santi tabernacoli salì …

Er überquerte die Straße und stellte sich keine hundert Meter von dem Haus entfernt wieder hin. Die Fenster im Erdgeschoss waren geschlossen, die Scheiben schmutzig mit Ausnahme von zwei Fenstern neben der Eingangstür. Sie waren die einzigen, die Vorhänge hatten. Und von hierher kam die Musik.

Perchè, Signore, perchè
Me ne rimuneri così?

Er hatte diese Arie schon einmal gehört. Vielleicht im Radio der Schule. Vielleicht auf einer Schallplatte. Nicht im Theater. Er war nie in der Oper gewesen. Zwar hatte er ein paar Opernaufnahmen besessen, aber er hatte nie eine gesehen. Helena hatte Opern geliebt. Durch sie hatte er sie kennen gelernt. Sie hatten Pläne gemacht, eines Tages gemeinsam nach Rio de Janeiro zu fahren und den Gefangenenchor von *Nabucco* auf der Bühne zu sehen und zu hören. Helena liebte Verdi. Er lernte, ihn zu lieben. »Va pensiero« war so etwas wie eine Hymne für ihn geworden. Sie waren nie nach Rio de Janeiro gefahren. Er hatte nie einen Fuß ins Theatro Municipal gesetzt. Er hatte auch ein Album mit *O Guarani* und eines mit

Mozartarien besessen, gesungen von Bidu Sayão, Helenas Lieblingsplatte, dazu eine andere Mozartplatte von einer deutschen Sopranistin, deren Nachnamen er sich nie hatte merken können, und noch zwei, drei andere, an die er sich nicht mehr genau erinnerte. Bei seinem Umzug ins Altersheim hatte er sie, wie so viele andere Dinge und Erinnerungsstücke, alle zurückgelassen.

Er überlegte, wie riskant es war, sich dem Bordell noch mehr zu nähern. Der Hang war verlassen. Nur weiter vorne in der Straße, nicht weit von ihm, stand ein schwarzer Wagen, in dem vielleicht jemand saß.

Diedì gioielli
Della Madonna al manto …

Das war keine Arie von Donizetti, dachte er. Auch keine von Verdi: Ihr fehlt der Pomp, die Großspurigkeit, die Verdis tragische Heldinnen stets umweht. Rossini war es auch nicht. Die Noten ließen die Leichtigkeit vermissen, die er mit Rossini verband. Hier wurde ein tiefer innerer Schmerz besungen, schloss er. Ein durchdringender und zugleich zarter Gesang. Weder Verdi noch Donizetti und auch nicht Rossini. Vielleicht Bellini? Die Arie hatte die tragische Wucht der Arien von Bellinifiguren. Aber nein. Sie war nicht so ernst. Weniger karg.

Nell'ora del dolore,
Perchè, perchè Signore,
Perchè me ne rimuneri cosí?

Jetzt stand er unter dem Fenster des Hotels. Hinter den

Vorhängen konnte er einen mit weinrotem Samt verkleideten Salon erkennen. In einer Ecke stand eine einsame, blondgelockte Frau an einem tragbaren Plattenspieler. Ihre matronenhafte Gestalt war in einen Morgenrock gehüllt. Sie wandte sich um und verdrehte die Augen, die sich, stark geschminkt wie die einer Stummfilmdiva, von ihrem bleichen Gesicht abhoben. Die dunkel bemalten Lippen bewegten sich zu der Stimme, die die Nadel der schwarzen 33er-Schallplatte entlockte. Sie streckte die Arme aus. Die Stimme flehte vom Plattenspieler her:

Vedi,
Ecco, vedi,
Le man giunte io stendo a te!

Tosca! Natürlich: Es war *Tosca*, fiel ihm ein. Kein anderer als Puccini. Floria Tosca, die, bedrängt vom schurkischen Scarpia, den Himmel anfleht. Natürlich. Der Augenblick, in dem Floria Tosca entscheiden muss, ob sie der Wollust des Barons Scarpia nachgibt und so um den Preis ihrer Ehre den geliebten Cavaradossi rettet oder ob sie ihre Ehre bewahrt und damit Mario zum Tod durch Erschießen verdammt. Rettende Sünde oder tödliche Tugend. Handeln wie eine Prostituierte, doch getrieben von der reinsten Liebe.

Die bleiche Frau breitete die molligen Arme aus und schüttelte ihre Locken, an denen der weiße Haaransatz sichtbar war. Der Morgenrock klaffte auseinander und gab den Blick auf die üppigen, in ein Spitzenhemd gezwängten Fleischmassen der polnischen Puffmutter frei. Aber es war nicht die alte Puffmutter, die da stand.

Es war wieder die junge Prostituierte Hanna Wizoreck, die Anfang der zwanziger Jahre auf der Flucht vor dem Krieg, der Europa heimgesucht, ihr Dorf zerstört und ihre Familie ausgelöscht hatte, im Hafen von Rio de Janeiro gelandet war. Allein, mit einem gefälschten Pass in einem fremden Land, dessen Sprache sie nicht sprach und in dem es niemanden gab, an den sie sich hätte wenden können. Sie flehte um Mitleid und Erbarmen.

E merce d'un tuo detto
Vinta, aspetto …

Verzweifelt ließ sie die Arme sinken und wartete auf die zynische Entgegnung des Barons Scarpia, als eine breitschultrige Gestalt den Raum betrat, zum Plattenspieler ging und den Arm von der Platte hob. Die Musik brach ab.

Die Frau drehte sich um und schloss den Morgenrock. Sie betrachtete den Mann, sagte irgendetwas zu ihm, ging dann zu einem Kanapee und ließ sich darauf nieder. Auf einem Tisch neben dem Sofa lag eine silberne Zigarettenschachtel. Sie griff danach, nahm ein Mundstück aus Perlmutt und eine Zigarette heraus und zündete sie an.

Ubiratan sah noch eine Weile zu, wie Hanna Wizoreck und Bürgermeister Marques Torres heftig stritten. Dann ging er eilig hangabwärts davon.

Zuerst war das Pfeifen zu hören: eins-zwei, eins-zwei, eins-zwei. Dann stiegen hinter dem Hügel im Takt des immer schneller arbeitenden Dampfkessels weiße Rauchschwaden auf. Endlich sah man den Schornstein der alten

Lok, die die vom jahrelangen Ruß geschwärzten, spärlich besetzten Waggons zog. Nur noch wenige Reisende nahmen für die Fahrt von Rio de Janeiro das Gerüttel auf Holzbänken in Kauf, seit sich zweimal täglich von einem modernen Busbahnhof aus Busse mit weichen Kippsitzen auf den Weg machten.

Auf der Landstraße, die neben den Gleisen herlief, traten zwei Jungen schweigend in die Pedale. Einer von ihnen lauschte auf das Schnaufen der Lokomotive, während seine Gedanken Funken sprühten: Irgendwann steige ich ein, irgendwann steige ich morgens früh in diesen Zug, aber in den, der in die entgegengesetzte Richtung fährt, und komme nie wieder zurück. Ich fahre da hin, wo auch Onkel Nelson hingefahren ist. Ich finde raus, wo er steckt, bitte ihn um Hilfe, und dann schickt er mir Geld für die Fahrkarte. Dann packe ich meine Koffer, ich hab ja nicht viel, das packe ich und haue ab. Verschwinde. Weit weg von den engen Straßen und den dunklen Bergen, von meinem Vater, meinem Bruder, dem Nebel und der Kälte. Ich fahre dahin, wo es warm ist, in die Stadt mit den Hochhäusern und den breiten Boulevards, die am Atlantik enden und nicht am Rio São Francisco oder am Amazonas. Ich hab's satt, hier zu sein. Ich will nicht mein Leben lang Friseur oder Ladenbesitzer sein. Oder Weber. Oder Schweißer, Vorarbeiter, Arbeiter auf der Kautschukplantage, Mechaniker, Sekretär, Bäcker, Elektriker … oder Schlachter wie mein Vater. Ich studiere, und dann werde ich … Chemiker? Diplomat? Militär? Astronaut? Kernphysiker? Städteplaner? Archäologe? Onkel Nelson wird mir helfen, mich zurechtzufinden. Er hat mich zwar nie gesehen, aber er wird mich mögen. Ich sehe ihm ähnlich, behauptet mein Vater. Struppiges Haar, breite Nase, Segelohren. Und dunkle Haut. Wie Onkel Nelson und meine Großmutter.

Vor ihnen ballten sich dicke bleigraue Wolken. Vom Wind, der sie wie eine düstere Herde zusammentrieb, war am Boden noch nichts zu spüren. Nun begannen die schweren Herbsttage. Der scheinbar endlose Sommer war vorbei.

An den Ruinen des Landhauses der Fazenda Mello Freire angekommen, legte Paulo eine Pinkelpause ein. Er erinnerte sich, dass das Herrenhaus mit seinen dicken Holzsäulen selbst verlassen noch einen eindrucksvollen Anblick geboten hatte, bis es vor wenigen Jahren eingestürzt war. Einst stolzes Wahrzeichen für den Reichtum der einzigen Familie weit und breit, die es an Macht und Einfluss mit den Marques Torres hatte aufnehmen können, war dem Haus das gleiche Schicksal beschieden gewesen wie allen während der Glanzzeit der Kaffeeplantagen angehäuften Vermögen. Die Nachkommen der Mello Freires, heute Bankangestellte und kleine Beamte, hatten zusehen müssen, wie sich das Haus in einen Haufen bröckelnder Wände, modriger Balken, eingestürzter Dächer, Glasscherben und eine Heimstatt für Ratten verwandelte. Eine von ihnen, ein fettes Exemplar mit staubigem Fell, kam über eine zerborstene Eingangstür gekrabbelt und musterte den pinkelnden Jungen angriffslustig, huschte aber davon, als Paulo einen Stein nach ihr warf, der ihren spitzen Kopf nur um Haaresbreite verfehlte.

Eduardo war weitergefahren, aber Paulo hatte ihn bald eingeholt. Keiner von beiden bemerkte, wie still es zwischen ihnen war, denn jeder hing seinen eigenen Gedanken nach.

Eduardos Gedanken kreisten um eine neu entdeckte Furcht: Was, wenn er keine Zukunft hatte? Die Zukunft, die ihm bis zum heutigen Gespräch im Zimmer des Schuldirektors sicher erschienen war? Was, so dachte er, wenn es in Brasilien, diesem neuen Brasilien mit seinen frischgeschaffenen Fabriken, Straßen und Arbeitsplätzen, in diesem neuen demokratischen Brasilien, von dem ihre Lehrer ihnen immer erzählten, in dem wir, das Volk, in freien Wahlen entscheiden, wer uns regieren soll, wenn es nun also in diesem Brasilien Mächte gab, Kräfte, von denen er nicht wusste, wer oder was sie waren noch wo sie sich verbargen, wenn es diese Kräfte gab, diese Macht, die über sein Schicksal verfügen könnte, ohne dass er etwas dagegen unternehmen konnte? Die unwiderruflich über sein Leben entschied? Wie an dem Tag, an dem sie Aparecida aus dem Waisenhaus geholt und mit dem Zahnarzt verheiratet hatten?

Nun waren sie auf dem Pfad und mussten noch fast zehn Minuten weiterradeln, bis sie die Absperrung sahen. Voller Vorfreude auf den See traten sie in die Pedale, mussten aber plötzlich anhalten. Der Waldweg, auf dem sie sonst immer zum See hinuntergelangt waren, war durch neu gezogene Reihen Stacheldraht versperrt, an dem ein handgeschriebenes Schild hing: Privatbesitz. Betreten verboten.

Paulo zog sein Hemd aus, band damit zwei Drähte zusammen, bückte sich und kroch durch die so entstandene Lücke. Eduardo schob die Räder unter dem Draht durch, dann hielt Paulo ihm die Drähte auseinander, und schon waren sie im Schatten der Bäume. Die Reifen ihrer Räder machten auf dem trockenen Laub und den fauligen grauen Mangos ein dumpfes Geräusch. Sie wechselten kein Wort, bis ein sengender Geruch an Eduardos Nase drang.

»Riechst du das?«, fragte er beunruhigt.

»Was?«

»Es stinkt. Riechst du das nicht?«

Sie kamen in den Bambushain. Normalerweise war es in dem grünen Tunnel angenehm kühl, doch nun lag ein beißender Gestank in der Luft. Ascheflocken umwehten sie und wurden immer mehr, je weiter sie kamen. Dann erkannten sie den Geruch. Sie ließen die Räder fallen und rannten auf das Ende des Tunnels zu, wo das blaue Glitzern, das sie sonst erwartete, nicht zu sehen war.

Im Freien angekommen, hielten sie entsetzt an.

Rund um den See, vom Bambushain bis zur Zuckerrohrplantage, vom Dickicht zu ihrer Rechten bis zum Mangohain, der sich links erstreckte, war von dem, was einmal ein grünes Gewirr aus Gras, Büschen, Sprösslingen und Wildblumen gewesen war, nur noch ein rauchender, schwarzer, zerstörter Kreis übrig.

Ein Feuer hatte das Paradies, das sie gekannt hatten, zerstört.

Der Polizist stellte den schweren Vergrößerungsapparat auf die Ladefläche des Jeeps, neben die Schalen mit dem Entwickler, und setzte sich hinter das Steuer. Aus der Eingangstür des Zahnarzthauses kam ein weiterer Polizist heraus, der sich mit einer riesigen Truhe abmühte, die zu groß für seine kurzen Arme war. Als er sie schwungvoll auf die Ladefläche hieven wollte, geriet er ins Schwanken, die Holztruhe rutschte ab, fiel herunter, und ein Teil ihres Inhalts ergoss sich aus dem aufgeklappten Deckel über den Bürgersteig und die Straße. Der andere Polizist sprang sofort aus dem Wagen und half seinem Kollegen, Papiere, Fotos und Röntgenaufnahmen einzusammeln. Einer der beiden fluchte. Nachdem sie die Truhe wieder geschlossen und auf dem Wagen verladen hatten, wischten sie sich die Hände an einem Tuch ab, stiegen ein und fuhren davon. Kurz darauf gaben die Nachbarn ihre Beobachtungsposten an Türen und Fenstern auf und kehrten zu den Alltagsgeschäften des Nachmittags zurück.

Erst jetzt trat Ubiratan näher. Eigentlich hatte er vorgehabt, das Haus noch einmal zu durchsuchen, aber als er schon fast an der Tür war, bemerkte er, dass ein dritter Polizist als Wachmann zurückgeblieben war. Also ging er weiter. Dann würde er eben den Friedhof aufsuchen und die Spur weiterverfolgen, auf die Schwester Maria Rosa ihn gebracht hatte. Er musste nur noch herausfinden, wo der Friedhof lag.

Sein Blick fiel auf eine Pfütze, aus der soeben etwas auftauchte, was aussah wie die Ecke eines Stücks Papier. Nun trieb es auf der Oberfläche. Er bückte sich und hob es auf. Es war ein Rechteck von der Größe einer Heftseite. Als das schmutzige Wasser allmählich ablief, erkannte er Dutzende kleiner Bilder. Es war ein Kontaktabzug. Er zeigte verschiedene Aufnahmen einer jungen blonden Frau, umringt von Männern, die ihr die verschiedensten Gegenstände in Vagina und Anus schoben.

Die Jungen radelten, so schnell sie konnten, ohne von der Mitte der asphaltierten Straße abzukommen, deren Rand der Regen in eine Schlammpiste verwandelt hatte. Sie wechselten kein Wort.

Mehr als einmal war Eduardo drauf und dran, Paulo zu fragen, ob er auch diesen Druck in der Brust spürte, ob er auch das Gefühl hatte, als wären seine Innereien ein einziger riesiger Klumpen, ob das Blut auch so heftig in seinen Schläfen pochte, dass sie zu zerspringen drohten. Er wollte reden, aber nicht nur sein trockener Mund hinderte ihn daran. Die Worte, die er suchte, flogen zu schnell vorbei, als dass er sie hätte einfangen können, trieben ziellos hin und her wie Ballons im wilden Wind.

Auch Paulo konnte sich nicht erklären, was er fühlte. Zusammenhanglose Bilder und Geräusche wirbelten durch seine Erinnerung: die Reispfanne auf der Feuerstelle und die Stimme des Schulleiters, du dreckiger Kaffer, bist schlimmer als dein Onkel, die abgeschnittene Brust, Regentropfen auf dem Dach, die Hitze, die die Hand seines Vaters in seinem Gesicht hinterließ, der Staub unter dem Tisch, Schwarzer, du hast ja keine Ahnung, Salami, Blut, Brot, Wiese, Asche, Chimène, El Cid, Tarzan, ich habe Angst, ich habe keine Angst, nein, ich habe keine Angst …

Atemlos, ungeachtet ihrer Erschöpfung, strampelten sie schwitzend mit aller Kraft. Sie wollten zurück in die Stadt. Sie brauchten Hilfe, um die vielen Ereignisse zu ordnen, die auf sie einstürmten und sie schwindlig machten. Vielleicht bemerkten sie deshalb das näherkommende Auto nicht. Oder jedenfalls nicht, bis es zu dicht herangekommen war. Eduardo wusste hinterher nicht mehr, ob er zuerst das Brummen des Motors gehört oder das schwarzglänzende Metall gesehen hatte, das auf sie zuschoss, ob er oder Paulo den Warnruf ausgestoßen hatte, und auch nicht mehr, wie es ihm gelungen war, das Fahrrad an den Straßenrand zu lenken. Aber er erinnerte sich sehr wohl daran, wie er über das Fahrrad flog und durch den Schlamm rollte, während er voller Entsetzen das Geräusch von Reifen hörte, die Metall auf dem Asphalt zerquetschten, und wie er dachte: Oh nein, Paulo, nicht Paulo, nein, nicht Paulo!

Der Friedhof erstreckte sich hangabwärts. Eine links vom Eingang verlaufende Steinmauer teilte ihn in zwei gleich große Hälften. Das ganze Gelände war von einem Zaun aus schwarzen, in vergoldete Spitzen auslaufenden Eisenstäben umgeben, und über dem bogenförmigen Eingang hing ein Bildnis der Jungfrau Maria, die, von Cherubimköpfen umrahmt, eine Schlange zertrat.

Rechts der Mauer lagen hinter einem Steinkreuz, das von den Wachsresten zerlaufener Kerzen umgeben war, rechteckige Erdgräber. Manche waren mit Zementplatten bedeckt oder mit Fliesen eingefasst, andere waren nichts weiter als mit Unkraut überwucherte Erdhügel. Das, was er suchte, dachte Ubiratan, befand sich ganz gewiss nicht auf dieser Seite.

Er musste nach links, zur anderen Seite hinüber, wo über die Mauer hinweg ein steinerner Engel zu sehen war, der zwischen zwei Metalltürmchen eine Grabstätte krönte, mit der Rechten ein Schwert zum Himmel reckend, während er mit der Linken den Mast einer zerfetzten Seidenfahne umarmte.

Das war sein Ziel.

Die Gräber auf dieser Seite waren größer, mit Marmor verkleidet, mit Büsten und Skulpturen, Inschriften in eisernen Lettern, Fotos, Vasen und Blumen geschmückt. Hier ruhten die sterblichen Überreste der Honoratioren der Stadt, die sich nicht einmal im Tod unter das gemeine Volk mischten.

Er ging direkt auf das Mausoleum mit dem Engel zu, das größte des ganzen Friedhofs, in der Gewissheit, dass er dort finden würde, was er suchte. Verwundert bemerkte er, dass die Fugen der schmutzigen Marmorplatten voller Schlamm waren und Unkraut in den Ritzen wucherte. Ganz offensichtlich hatte schon lange niemand mehr dieses neogotische Monument des Hochmuts besucht oder gar gereinigt.

In der Inschrift an einer Seitenwand suchte er nach einem Hinweis. Dort stand: *Gloria Virtutem Tamquam Umbra Sequitur.* Und darunter: *In Honoris* Amarílio Rodrigues de Mello Freire. Er hatte sich geirrt: Es war nicht hier. Dies war nicht das richtige Grab.

Suchend blickte er sich um. Nur ein einziges Grab am Ende des Mittelgangs konnte es an Größe mit dem Grab mit dem bewaffneten Engel aufnehmen.

Er ging dorthin.

Verglichen mit dem Grab der Familie Mello Freire wirkte dieses Grab in Form einer Kolonialkapelle beinahe schlicht: weiß gekalkt, ohne Statuen, Bilder oder Plaketten. An der Vorderseite befand sich zwischen zwei ovalen, bunt verglasten Fenstern ein Gittertor, in dessen Mitte ein sechseckiger Schild mit zwei gekreuzten Kaffeezweigen über einem offenen Buch und den Buchstaben M und T prangte.

Er drückte gegen das Tor. Vergebens. Dann drückte er noch einmal, diesmal stärker. Das Tor war verriegelt.

Er ging zurück in den rechten Teil des Friedhofs, direkt zu den verlassenen Grabhügeln. Die Nummernschilder waren mit Draht an den Kreuzen befestigt. Er suchte den aus, der ihm am leichtesten zu entfernen schien.

Dann kehrte er zum Mausoleum der Marques Torres zurück.

Besorgt rappelte er sich auf, schlammbedeckt und halb betäubt. Das Erste, was er sah, als der schwarze Fleck vor seinen Augen endlich Form annahm, war das zerbeulte Fahrrad auf dem Asphalt. Das in der Luft hängende Hinterrad drehte sich noch. Auf der anderen Straßenseite lag Paulo, zusammengekrümmt, reglos, das Gesicht in einer lehmbraunen Pfütze.

Er rannte zu ihm, kniete neben ihm nieder, hob sein Gesicht an. Paulos Augen waren geschlossen. Er drehte ihn um und schüttelte ihn, rief seinen Namen. Die Straße lag verlassen, niemand kam vorbei, den er um Hilfe hätte bitten können.

Paulo hustete. Immer noch von Eduardo gehalten, spuckte er ein-, zweimal aus, dann richtete er sich langsam, auf beide Hände gestützt, auf. Nun war er auf allen vieren. Er hustete. Spuckte noch einmal. Schließlich setzte er sich auf seine Hacken und bemühte sich vergeblich, sein Gesicht mit den Händen sauber zu wischen. Eduardo suchte in seiner hinteren Hosentasche nach dem Taschentuch, das er immer dabeihatte, brachte aber nur einen schmutzigen, tropfenden Lappen zutage und steckte ihn wieder ein. Paulo rieb sich die Augen und zwinkerte ein paar Mal. Er sah nichts. Er versuchte aufzustehen, verlor das Gleichgewicht, plumpste auf den Hintern.

»Tut dir was weh? Hast du dir was gebrochen?«

Paulo schüttelte verneinend, aber nicht besonders überzeugt den Kopf. Seine ganze rechte Seite, mit der er zuerst aufgeprallt war, schmerzte. Nichts Ernsthaftes, vermutete er aus Erfahrung; schließlich hatte er sich schon einmal den linken Arm und einmal den Knöchel gebrochen. Immer noch benommen, sah er Eduardo ins Gesicht. Es war voller Schlamm. Er sah aus wie ein Buschmann von einem mit Tarzan verfeindeten Stamm. Paulo musste lachen. Aber als er sah, was hinter seinem Freund lag, stöhnte er auf.

»Was ist, Paulo? Wo tut's weh?«

Verzweifelt zeigte Paulo auf das zerbeulte Fahrrad.

»Heute schlägt mein Vater mich tot.«

Ein dumpfes Klicken bewies ihm, dass er das Schloss geknackt hatte. Er steckte den Draht in die Jackentasche, schob die Gittertür auf und betrat das große Grabmal der Familie Marques Torres.

Die tiefstehende Nachmittagssonne schien durch die farbigen Glasscheiben, malte bunte Flecke auf Schubfächer und Nischen, von denen einige offen waren, und ließ die Bronzebuchstaben an der hinteren Wand aufleuchten, der einzigen, die mit Marmor verkleidet war. Ganz oben standen in gotischer Schrift zwei Sätze: »Hier ruhen in Gottes Hand der Auferstehung entgegen Baron Olivério Santanna Marques Torres, seine geliebte Gattin Maria Beatriz de Castro Marques Torres und alle ihre Nachkommen« und der lateinische Satz »*Os ex ossibus meus et caro carne mea*«. Knochen von meinen Knochen, Fleisch von meinem Fleisch.

Dann folgte eine lange Liste von Namen und Daten, die im Jahr 1811 begann; viele der Vornamen klangen archaisch, und die meisten der Titel waren mit dem brasilianischen Kaiserreich untergegangen. Er überflog die Liste, bis er bei Diógenes Marques Torres angekommen war. Am Anfang Name und Titel des Senators in Großbuchstaben; darunter die Daten 1882–1955. Nach ihm kam nichts mehr. Darüber sah er zwei dicht nebeneinander stehende Namen: Vicente Luiz Marques Torres – 1947 und André Luiz Marques Torres – 1947–1949. Zu seiner Verwunderung war nach 1940 kein weiblicher Name mehr verzeichnet.

Ratlos wanderte er in der Krypta auf und ab. Auf beiden Deckplatten der Grabnischen für Vicente und André fand sich der gleiche Satz: »In ewiger Trauer, deine Eltern Adriano und Isabel.« Die Zwillinge waren also die Söhne von Bürgermeister Marques Torres gewesen. Der eine war bei der Geburt gestorben, der andere im Alter von zwei Jahren. Mit ihnen war der Familienname erloschen.

Unter der Nische der Zwillinge gähnte eine rechteckige Höhlung. Er bückte sich und sah hinein. Es war eine weitere Nische. Von ein paar Marmor- und Zementbrocken abgesehen, war sie leer.

Die linke Hand auf die Deckplatte des größten Grabes gestützt, richtete er sich auf. Er spürte einen Stich im Lendenwirbel, ein Anzeichen dafür, dass die Rückenschmerzen wieder begannen. Er reckte sich, hob die Arme. Manchmal half dieser Trick, die Wirbelsäule dehnte sich, und die Beschwerden verschwanden. Dieses Mal nicht. Er seufzte. Langsam wurde er müde.

Die Sonne war weitergezogen und warf nun einen gelben Streifen auf die hintere Wand. Von da, wo er stand, waren die Namen unleserlich, nichts weiter als schimmernde Metallstreifen in gleichmäßigen Abständen, ein Toter, darunter noch einer und noch einer ... Dann bemerkte er die Lücke, die die Harmonie störte, ein größerer Abstand zwischen dem Namen des Senators und dem seines Enkels Vicente.

Er trat näher. Im Marmor waren kleine Löcher. Zwischen ihnen feine Linien. Es konnten Buchstaben sein. Womöglich war hier ein Name entfernt worden. Und Daten. Er ging ganz nah heran. Die vagen Umrisse ließen die Zahlen 1, 9 und 5 erahnen. Neunzehnhundert...? Die vierte Ziffer war nur schwer zu erkennen. Es konnte eine 7 sein. Oder eine 2. 1952, erinnerte er sich, war das Jahr, in dem Aparecida geheiratet hatte.

Er zog den Draht aus der Tasche und begann, am Stein über den Zahlen zu kratzen. Allmählich traten die Buchstaben hervor. Erst ein C ... dann ein L ... dann ein E ... und zuletzt ein A. Cléa? Wer mochte Cléa gewesen sein?

Dann verstand er, was er falsch gemacht hatte.

Als er die beinahe unsichtbare Linie in der Mitte des C sorgfältig freilegte und die ursprünglichen Linien des Z mit der Drahtspitze nachzog, fand er bestätigt, was die Nonnen ihm verraten hatten, die Vergangenheit, die die noch lebenden Marques Torres aus ihrem Grab, ihrer Geschichte und ihren Leben löschen wollten. Elza. Aparecidas Mutter.

9

Mao, Schneewittchen und eine andere Anita

Im goldenen Licht des Nachmittags, das ihre langen Schatten auf das Kopfsteinpflaster warf, gingen sie die Straße entlang, schweigend, weil sie nicht wussten, was sie einander sagen sollten. Der eine Junge schob sein zerbeultes Fahrrad neben sich her und überlegte verzweifelt, wie er es anstellen sollte, damit weder sein Bruder noch sein Vater das Fahrrad zu sehen bekamen, bevor er es wenigstens ein klein wenig geradegebogen hatte. Der andere schob sein Rad aus Solidarität ebenfalls und machte zum ersten Mal in seinem Leben die möglicherweise befreiende, aber dennoch unangenehme Erfahrung, in aller Öffentlichkeit verdreckt wie ein Landstreicher herumzulaufen. Beide bemerkten gleichzeitig die Menschenmenge, die sich vor der Polizeiwache versammelt hatte.

Sie drängten sich durch die Mauer aus Erwachsenen und Getuschel. Am oberen Ende der Treppe sprach ein vornehm gekleideter Mann mit dem Polizeipräsidenten, hoch aufgerichtet, die langen Arme und die Hände, in denen er einen Stapel Blätter hielt, reglos, als würde er einem Untergebenen Anweisungen erteilen. Er hatte ein markantes Gesicht, lang und bleich, mit kräftigen Kiefern und einem spitzen Kinn, und trug eine Brille mit schmalem Goldrand.

Eduardo fiel auf, dass der gestärkte Kragen seines Hemdes blütenweiß und die dunkle, ungemusterte Krawatte zu einem perfekten Knoten geschlungen war. Darüber trug der Mann einen eleganten grauen Nadelstreifenanzug. Den Stoff, aus dem er gemacht war, hatte Eduardo schon in der Schneiderwerkstatt seiner Mutter gesehen. Es war Kaschmir. Englischer Kaschmir. Er erinnerte sich daran, wie seine Mutter mit der Hand über den leichten, kühlen Stoff gestrichen hatte. Das Gegenteil des rauen Baumwollstoffs, aus dem der Anzug des Polizeipräsidenten gemacht war. An der Kleidung erkannte man, wer der Angestellte und wer der Chef war.

Ein Rippenstoß von Paulo riss ihn aus seinen Gedanken.

»Kannst du hören, worüber sie reden?«

»Nein. Er spricht zu leise. Und er ist zu weit weg.«

»Wer spricht leise?«

»Der Fabrikbesitzer. Der Mann dort neben dem Polizeipräsidenten.«

»Nein, Eduardo! Ich meine, worüber die Leute hier reden.« Er zeigte auf die Umstehenden.

»Wer?«

»Alle. Darüber, was der Zahnarzt gemacht hat.«

»Was hat er denn gemacht?«

Noch bevor Paulo antworten konnte, wurden die Stimmen um sie herum leiser. Alle Blicke richteten sich nach vorn: auf den von Polizisten getragenen Sarg, der in der Tür des Polizeipräsidiums erschienen war. Geraldo Bastos und der Polizeipräsident mussten auseinandergehen, um ihn hindurchzulassen.

»Er hat sich umgebracht«, schrie Eduardo, kaum dass sie im Hof waren.

»Aufgehängt«, fügte Paulo hinzu und rannte auf Ubiratan zu, der unter der einzigen Lampe saß, die die Nonnen hatten brennen lassen. Er sah große und kleine Zettel mit Aufzeichnungen durch, die über einen der Tische verstreut waren. Das kleine Spiralheft, das er immer mit sich trug, lag auch dabei. Gerade eben nahm er einen Zettel, zerknüllte ihn und steckte ihn in die Tasche, ohne die näherkommenden Jungen zu beachten.

»Er hat sich an seiner Krawatte aufgehängt!«

»Die hatte er ans Fenstergitter geknotet.«

»Und dann ist er gesprungen!«

»Eben gerade!« Wie immer war Paulo schneller und als Erster am Ziel. »Es ist eben gerade passiert.«

Ubiratan nahm zwei kleinere Zettel und ordnete sie neu, indem er auf jeden von ihnen einen Stapel schmalere Blätter legte. Auf allen Blättern waren Daten, Namen und Beobachtungen verzeichnet. Der ganze Tisch war voll davon.

»Der Sarg …«, keuchend war nun auch Eduardo am Tisch angelangt, »der Sarg wurde gerade aus dem Polizeirevier rausgetragen, als wir …«

Ubiratan unterbrach ihn.

»Kennst du *Schneewittchen*? Habt ihr den Film gesehen?«

»… mit unseren Fahrrädern vorbeikamen.«

»*Schneewittchen*«, wiederholte Ubiratan.

»Die Leute haben gesagt, er hätte sich aufgehängt, aber Eduardo hat nicht mal gemerkt, dass …«

»Ich habe nicht gehört, wie die Leute gesagt haben, der Zahnarzt hätte sich aufgehängt, weil …«

»Eduardo hat gar nichts mitgekriegt.«

»Ich habe mich bloß gewundert, den Fabrikdirektor dort zu sehen. Nur deshalb habe ich …«

»Und da sind sie gerade mit dem Sarg rausgekommen. Eduardo war mit seinen Gedanken ganz woanders.«

»War ich nicht!«

Ubiratan wurde ungeduldig.

»*Schneewittchen und die sieben Zwerge*! Habt ihr den Film gesehen?«

»Und da haben sie den Sarg rausgetragen.«

»Aus dem Polizeirevier.«

»Er war zu.«

»Es war ein zuner Sarg, keiner hat den Zahnarzt gesehen.«

»Der Sarg war zu, Paulo.«

»Habt ihr ihn nun gesehen oder nicht?«

»Wir haben ihn nicht gesehen, Ubiratan! Niemand konnte ihn sehen! Er war zu! Paulo hat es doch schon gesagt und ich auch: Der Sarg war geschlossen!«

»*Schneewittchen und die sieben Zwerge*! Schneewitt-chen-und-die-sie-ben-Zwer-ge«, wiederholte der alte Mann langsam. »Habt ihr ihn gesehen oder nicht?«

»Ob wir was gesehen haben?«

»Den Walt-Disney-Film.« Ubiratan sprach das W wie ein V aus. »Den Zeichentrickfilm. In Farbe. Also, was nun: Habt ihr ihn gesehen oder nicht?«

Ratlos zog Paulo die Schultern hoch und breitete mit geöffneten Händen die Arme aus.

»Ubiratan, wir erzählen Ihnen, dass der Zahnarzt sich …«

»Ja oder nein?«, beharrte er und fuchtelte mit dem Stift vor ihren Gesichtern herum.

»Ubiratan!« Eduardo versuchte, den Alten zur Vernunft zu bringen. »Ubiratan, der Zahnarzt hat sich umgebracht!«

Keine Reaktion.

»Wir haben gesehen, wie der Sarg aus dem Gefängnis rausgetragen wurde!«, rief Paulo dazwischen.

»Er hat sich aufgehängt, Ubiratan! Er hat sich mit seiner Krawatte an einem Fenstergitter aufgehängt!«

Der Alte gab ihnen mit einer Bewegung beider Hände zu verstehen, sie sollten leiser reden, und sagte, bevor sie weitersprechen konnten:

»Er ist aus Anitas Geburtsjahr.«

Paulo kratzte sich am Kopf und verlagerte sein Gewicht von einem Fuß auf den anderen.

»Wer …?«

»*Schneewittchen*. Er ist von 1937. Ob Aparecida ihn je gesehen hat?«

»Ubiratan …«, setzte Eduardo erneut an.

»Aus dem gleichen Jahr wie Guernica!«

»Ubiratan, hören Sie doch …«

»Wisst ihr, was Guernica war? Wisst ihr, was es bedeutet hat? Das Blutbad? Die Bomben? Das Massaker an Kindern, Alten und Frauen? Wisst ihr etwas darüber? Über den Aufstieg des Faschismus? Habt ihr jemals vom spanischen Bürgerkrieg gehört? Von Picasso?«

Paulo hätte schreien und mit den Füßen trampeln können; er wollte mit zugehaltenen Ohren laut pfeifen. Stattdessen vergrub er wütend die Fäuste in den Taschen seiner völlig verdreckten Hose.

»Haben Sie gehört, was Eduardo und ich Ihnen erzählt haben?«

Ubiratan beugte sich über die Zettel mit den Notizen, nahm einen von ihnen und wedelte damit vor den Jungen herum.

»Guernica. Picasso. Picasso-Guernica. Im selben Jahr: 1937. Ob Aparecida jemals von Picasso gehört hat?«

»Ah!«, erinnerte sich Eduardo. »Außer dem Selbstmord war da noch die Sache am See.«

»Sie haben alles rund um den See abgebrannt!«

»Alles.«

»Da, wo wir sie gefunden haben.«

»Ihre *Leiche.*«

»Sie haben uns gesagt, dass wir vielleicht rausfliegen, und alles mit Stacheldraht abgesperrt.«

»Von der Schule fliegen: Der Schulleiter hat gedroht, uns rauszuschmeißen«, erklärte Eduardo. »Und die Absperrung ist rund um den See. Sie müssen sie in der Nacht von gestern auf heute gezogen haben. Und daran hängt ein Schild ›Zutritt verboten‹.«

»Und ihre Großmutter ist gestern Abend gestorben.«

»Aparecidas Großmutter. Dona Madalena ist gestorben.«

»Nachdem wir dort waren.«

»Sie ist gestern gestorben.«

»Und auf dem Rückweg hat uns ein Auto angefahren.«

»Heute. Auf dem Rückweg vom See. Eben gerade.«

»Mein Fahrrad ist total hinüber!«

»Es hat nen Achter.«

»Das Einzigste, wovor ich Angst habe, ist, dass mein Vater das sieht …«

»Das *Einzige.*«

»1937 wurde der Estado Novo gegründet. Im selben Jahr. Wisst ihr, was der Estado Novo war?«

Eduardo blieb hartnäckig:

»Der Zahnarzt, Ubiratan.«

»Wisst ihr's oder wisst ihr's nicht?«

»Er hat sich im Gefängnis umgebracht.«

»Paulo: Weißt du es?«

Paulo seufzte resigniert.

»Mehr oder weniger. Der Estado Novo war Getúlio Vargas. Aber wir haben gerade gesagt, dass der Zahnarzt …«

»Und das ist alles, was ihr wisst? Weiter haben sie euch in der Schule nichts beigebracht als diese banale Vereinfachung?«

»Doch, natürlich.« Eduardo warf sich in die Brust. »Der Estado Novo war die Regierung von Getúlio Vargas, nachdem er den Kongress aufgelöst und alle politischen Parteien abgeschafft hat. Es war die Zeit, in der die Arbeitergesetze verabschiedet wurden, die Frauen das Wahlrecht bekamen und der ganze Rest. Nach dem Zweiten Weltkrieg war er zu Ende.«

»1937 wurde ich zum ersten Mal gefoltert. Vargas' Schergen haben mir sämtliche Fingernägel ausgerissen. Einen nach dem anderen. Im Jahr, in dem Aparecida geboren wurde.«

»Er hat sich umgebracht«, murmelte Paulo, und Eduardo wusste nicht, ob er damit den Zahnarzt oder den Gründer des Estado Novo meinte.

»Es war das Jahr, in dem Guimarães Rosa *Sagarana* schrieb. Habt ihr schon Guimarães Rosa gelesen? Steht er auf eurem Lehrplan? Oder verstopfen sie die Ohren der

Jugend immer noch mit dem Gesülze von José de Alencar?«

»Noch nie. Guimarães Rosa habe ich noch nie gelesen.«

»Waren Sie Kommunist?«, fragte Paulo. »Es waren doch die Kommunisten, die von der Polizei geschnappt wurden, oder?«

»Ich habe kein einziges Buch mehr. Als ich hierherkam, habe ich sie alle weggegeben. Sonst hätte ich euch *Sagarana* mal geliehen. Und die *Gefängnismemoiren*. Hat das einer von euch beiden schon gelesen? Lernt ihr in der Schule etwas über Graciliano Ramos? In dem Buch schildert er in aller Deutlichkeit die Folgen des Staatsstreichs von 1937. Das, was passiert, wenn ein Führer die Macht an sich reißt. Ja, Paulo, ich war Kommunist.«

Er verstummte und wandte sich wieder den auf dem Tisch verstreuten Zetteln zu, in seine Aufzeichnungen vertieft. Die Jungen warteten darauf, dass er etwas zu den Ereignissen sagte, von denen sie ihm berichtet hatten, doch nichts geschah. Nach einer Weile fing Eduardo wieder an:

»Haben Sie gehört, was wir Ihnen erzählt haben?«

»Ich bin ja nicht taub. Noch nicht.«

»Und warum sagen Sie dann nichts zu dem, was …«, begann Paulo, wurde aber wieder unterbrochen.

»Ihr seid 1950 geboren, oder?«

»1949«, korrigierte Eduardo.

»Ich bin am 11. Januar 1949 geboren. Ich bin älter als Eduardo.«

»Nur einen Monat! Ich bin am 28. Februar geboren.«

»Ich bin achtundvierzig Tage älter als du!«

»Ihr wart gerade mal ein gutes Jahr alt, als Vargas wieder an die Macht gehievt wurde. Durch direkte Wahlen. Stellt euch vor: Ein Diktator, der gefoltert, gemordet und Andersdenkende verfolgt hatte, wurde demokratisch gewählt! Aparecida war damals dreizehn. Ein Jahr älter als ihre Mutter Elza, als sie mit ihr schwanger war. Es war das Jahr der Gründung der Volksrepublik China durch Mao Dsedong. Oder …«

Er wühlte in den Papierstreifen, bis er gefunden hatte, was er suchte. Er las, was auf dem bekritzelten Zettel stand, wedelte damit durch die Luft und wandte sich wieder an die beiden. »Ich habe mich geirrt. Die Gründung der Volksrepublik China durch Mao erfolgte im Oktober 1949. Erst vor zwölf Jahren.«

Paulo nahm den Zettel. Darauf stand: »Mao – 49 – VRC«. Dann einen anderen: »*Casablanca* – 39 – Ingrid B.«. Nun griff er wahllos Zettel heraus: »Adhemar de Barros – 50 – GV«; »GV – Aug 54 – Lacerda«; »Franco – 37 – Guernica«; »Eisenhower – 52 – USA«; »Ary Barroso – 1939 – Aquarela do Brasil«. Das alles war für ihn geheimnisvoll und unverständlich.

»Was machen Sie denn da?«

»Ich stelle Gleichungen auf«, antwortete Ubiratan.

»Gleichungen?«, fragte Paulo erstaunt.

»Gleichungen. Ich versuche, Aparecida in der Welt zu platzieren, in der sie lebte. Hier und im Ausland. 1952, im Jahr ihrer Heirat, wurde ein General aus dem Zweiten Weltkrieg zum Präsidenten der Vereinigten Staaten gewählt, um das amerikanische Imperium in der westlichen Welt anzuführen, der Bürgermeister war fünfundvierzig Jahre alt, wenn er dreißig war, als Aparecida geboren wurde, und Senator Marques Torres war … äh … dreiundsiebzig, als er sich das Leben nahm. Also war er 1952 siebzig. Siebzig minus fünfzehn ergibt …«

»Fünfundfünfzig«, antwortete Eduardo prompt. »Welcher General?«

»Der Senator hat sich das Leben genommen?«, fragte Paulo überrascht.

»Ja, Paulo. General Eisenhower, Eduardo. Der Senator war fünfundfünfzig, als Aparecida geboren wurde. Minus zwölf?«

»Dreiundvierzig«, sagte Eduardo, widerwillig, aber auch ein bisschen stolz.

»Dreiundvierzig! So alt war Senator Marques Torres, als Elza geboren wurde.«

Ubiratan schlug den Notizblock auf und schrieb, vor sich hin murmelnd: »fünfundfünfzig, als Elza Aparecida zur Welt brachte … Siebzig bei Aparecidas Hochzeit … Und sein Sohn, der Bürgermeister …. war dreißig, als Aparecida geboren wurde. Dreißig! Ein schönes Alter für einen gesunden Mann.«

»Jetzt ist alles vorbei, oder?«, schloss Paulo mit einem Seufzer.

»Was ist vorbei?«, erkundigte sich Ubiratan, schloss den Notizblock, schraubte den Füller zu und legte ihn auf das Deckblatt des Spiralhefts.

»Die Ermittlungen. Unsere Ermittlungen. Das bringt ja jetzt nichts mehr, wo er tot ist, oder?«

Ubiratan betrachtete sie lange, einen nach dem anderen. Er sah zwei lehmverschmierte Jungen mit schmollenden Mienen.

»Wovon redet ihr eigentlich?«

»Sie haben nichts von dem mitgekriegt, was wir erzählt haben!«, brach es aus Eduardo heraus. »Nicht ein Wort! Nichts, nichts, nichts!«

»Natürlich habe ich euch zugehört. Der Zahnarzt ist tot, euch hat ein Auto angefahren, Madalena ist gestorben, der See ist abgebrannt, es gibt jetzt eine Absperrung und … was noch?«

Paulo war wütend, dass sein persönliches Drama dem alten Mann völlig gleichgültig zu sein schien:

»Mein Fahrrad ist total hinüber! Kaputt! Und Sie machen hier Matheaufgaben! Wenn mein Vater das sieht …«

»Gleichungen«, verbesserte Ubiratan, legte die Zettel zu zwei Haufen zusammen und verstaute diese in je einer Seitentasche seines Jacketts.

»Jetzt, wo der Zahnarzt sich umgebracht hat, bringt es ja nichts, nach dem wahren Mörder zu suchen«, sagte Eduardo niedergeschlagen.

»Und warum nicht?«

»Na ja … Anita wurde ermordet und …«

»Aparecida«, korrigierte Ubiratan.

»Aparecida. Sie wurde ermordet, und der Mörder hat sich umgebracht.«

»Der falsche Mörder!«, beeilte sich Paulo zu verbessern.

»Jetzt gibt es nichts mehr zu ermitteln, weil es keinen Unschuldigen mehr gibt, den man aus dem Gefängnis befreien muss«, schloss Eduardo.

Ubiratan nahm die Brille von der Nase, klappte sie zusammen und steckte sie in die Innentasche seines Jacketts.

»Wer sagt, dass der Zahnarzt unschuldig war?«, fragte er und kreuzte die Arme.

»Aber … Sie haben doch selbst gesagt, dass …«

»Ich habe nie behauptet, dass der Zahnarzt unschuldig ist«, entgegnete Ubiratan und stand auf.

»Er … er …«, stammelte Eduardo.

»Der Kampf, die Messerstiche, die …«, versuchte es Paulo.

»Es gibt viele Arten, einen Menschen zu töten. Aparecida wurde lange Zeit vor ihrer Ermordung kaputt gemacht.«

Er ging zwischen ihnen beiden hindurch ins Haus, auf den Speisesaal des Altersheims zu. Eduardo und Paulo folgten ihm. Durch die Tür des Speisesaals drang das übliche Stimmengewirr und Klappern von Tellern und Besteck. Der Geruch nach warmem Essen stieg Paulo in die Nase, ließ ihm das Wasser im Mund zusammenlaufen und erinnerte ihn daran, dass er seit dem Frühstück nichts mehr gegessen hatte.

»Der Zahnarzt ist nicht der Mörder«, sagte Eduardo zu sich selbst, im vergeblichen Versuch, Ubiratans Gedankengang zu folgen. »Aber unschuldig ist er auch nicht …«

Ubiratan blieb stehen. Die Jungen sahen ihn mit glänzenden Augen an. Vielleicht war es nur der Widerschein irgendeines Lichts im Altersheim, vielleicht kam der Glanz aber auch daher, dass sie allmählich die Gewissheit der Unschuld gegen die Wirren des Erwachsenendaseins eintauschten – jedenfalls verspürte der alte Mann mit einem Mal die ungeheure und – wie er wusste – vergebliche Sehnsucht, sie zu beschützen.

»Die Dinge sind nicht, was sie scheinen«, sagte er

mit einer Wärme, die ihn selbst überraschte. »Eduardo. Paulo. Das ist eine Binsenweisheit. Aber sie ist wahr. Ich habe Hunger.«

»Ich auch«, sagte Paulo, während er sich den Kopf zerbrach, wie um Himmels willen er es schaffen sollte, sich ins Haus zu schleichen, den Lehm abzuwaschen und das kaputte Fahrrad zu verstecken, ohne gesehen und bestraft zu werden.

»Wir gehen jetzt. Meine Mutter macht sich Sorgen, wenn ich zu spät komme.«

»Warum seid ihr so schmutzig?«

»Ubiratan, haben Sie nicht gehört …«

»Ich bin müde und am Verhungern. Ich war den ganzen Tag unterwegs. Bis zum Friedhof bin ich gegangen. Mögt ihr Opern?«

»Opern?«, fragte Paulo verwundert.

»Ich habe mal eine bei meinem *Nonno* gehört. Der mochte das.«

»Ich würde gerne mal mit euch in *Tosca* gehen. Giacomo Puccini. Wunderschön. Aber nicht heute. Heute habe ich andere Pläne für uns.«

Sie konnten ihm nicht folgen, also versuchten sie es gar nicht erst. *Sagarana*, Mao, Guernica, Graciliano – sie hatten schon so viele fremde Namen gehört, die sie würden nachschlagen müssen, dass es auf einen mehr auch nicht ankam. Ubiratan war in seine eigenen Gedanken versunken, und sie konnten ihn nicht erreichen. Zeit, nach Hause zu gehen, beschlossen sie.

»Na gut, also dann tschau«, verabschiedete sich Paulo lustlos.

»Bis morgen, Ubiratan.«

Sie ließen ihn stehen und trotteten durch den Korridor hinter der Küche davon. Paulo ging ein Stückchen voraus, getrieben von Hunger und der Angst, zu Hause wieder einmal durch das Schiebefenster im Bad hineinklettern zu müssen. Die letzten Male hatte er festgestellt, dass es ihm immer schwerer fiel, sich hindurchzuzwängen. Vielleicht war er gewachsen. Kräftiger geworden. Ob es daran lag? Hoffentlich. Und er hoffte, dass sein Vater noch nicht zu Hause war, dass er es nicht eilig hatte heimzugehen, sondern in irgendeiner Kneipe noch ein Bier trank. Hoffentlich trank er noch ein Bier, weil er es nicht eilig hatte, nach Hause zu kommen, weil er die Nacht mit Antonio im Puff verbringen würde. Hoffentlich …

»Paulo und Eduardo!«, hörte er Ubiratan rufen.

Er stand noch da, wo sie ihn verlassen hatten, aus der Entfernung kaum mehr als eine verschwommene Silhouette inmitten der Schatten.

»Niemand trägt in einer Gefängniszelle Anzug und Krawatte«, sagte er sanft. »Und auch keinen Gürtel. Und keine Schnürsenkel. Das ist nicht gestattet.«

Eduardo blickte von Ubiratan zu Paulo, dann wieder zu dem Alten und hätte beinahe etwas gefragt wie »Und wie hat er sich dann umgebracht?« Aber um seine Zweifel in eine Frage zu fassen, hätte er über Dinge Bescheid wissen müssen, die er noch nicht erfassen konnte. Also sagte er nichts. Er hörte, wie Paulo fragte: »Nie?«

»Nie. Auf keinen Fall. Geht ihr gerne ins Kino?«

Schon wieder ein plötzlicher Themenwechsel. Aber diesmal überraschte er sie nicht. Schnürsenkel, Gürtel, Krawatten, Jackett, Kino: warum nicht? Allmählich gewöhnten sie sich an die seltsamen Schlussfolgerungen des Mannes, der vor ihnen im Halbdunkel stand, und so nickten sie.

»Prima. Ich war schon lange nicht mehr im Kino. Aber heute möchte ich mir einen Film ansehen. Heute gehen wir drei ins Kino.«

»Ach, wir können nicht«, klagte Eduardo. »Der Film ist erst ab vierzehn.«

»Das kriegen wir schon hin«, sagte Ubiratan achselzuckend, wandte sich um und verschwand im Speisesaal.

Während Anita Ekberg in den Armen eines breitschultrigen Mannes zu Rock-'n'-Roll-Musik durch die Luft wirbelte, fühlte Paulo, der vom Parkett des Cine Theatro Universo aus unablässig auf die Leinwand starrte, in seinem Inneren eine Hitze aufwallen, ein Brennen, als hätte er Fieber, nur unterhalb der Gürtellinie. Sie hatte getanzt, gelächelt, ihre dichte blonde Mähne geschüttelt und das bebende Fleisch ihrer schneeweißen, halb bloßliegenden Brüste gezeigt, war bei einem Fest, dessen Sinn und Zweck er nicht verstand, barfuß zwischen den Gästen umhergelaufen und schließlich auf die Bühne gestiegen, wo der Kerl mit dem hellen Bart sie hochgehoben hatte. Je länger dieser aufreizende Balanceakt dauerte, desto stärker wurde Paulos fiebriges Unwohlsein und desto größer seine Verwirrung. Denn das Unwohlsein fühlte sich gut an, es ließ sein Herz schneller schlagen, es verlieh ihm ein Gefühl von ... fast wie ... fast so etwas wie Freude. Dann packte ihn ein heftiges Verlangen, das volle, bebende Fleisch der in der Luft schwebenden Frau zu berühren. Er wünschte sich, dass es seine Hände wären, die die Hüften der großen Blondine umfassten. Zu gerne hätte er seine

Nase zwischen ihre vollen Brüste gesteckt, die aus dem Dekolleté des dunklen Kleides quollen, um den Duft der Ritze zwischen ihnen zu erhaschen, von der er ahnte, wie weich sie war. Und ohne zu wissen, was er tat, legte er die linke Hand an seinen Hosenschlitz. Er fühlte, wie sein Körper auf die unbekannte Verwirrung nicht mehr mit der physischen Beklemmung eines Kindes reagierte, sondern mit dem harten Beweis seines Eintritts in die Welt des Begehrens. Im Dunkeln lächelte er still vor sich hin, und mit einem Anflug von Stolz packte er seinen zum ersten Mal erigierten Penis.

Ubiratan achtete nicht auf die Liebespaare, die das Halbdunkel der Logenplätze zum Austausch von Zärtlichkeiten nutzten, die ihnen eine noch den moralischen Vorstellungen des neunzehnten Jahrhunderts verhaftete Gesellschaft in der Öffentlichkeit versagte. Bewegt und verwirrt betrachtete er stattdessen ein Italien, das er nicht mehr wiedererkannte. Zwar hatte er das Land nie besucht, doch war es ihm durch die Filme lieb und vertraut geworden, die in den vom Krieg zerstörten Straßen und Gassen von Rom, Mailand, Genua und Neapel spielten und in denen ein Volk gezeigt wurde, das versuchte, trotz allem ein Leben in Würde zu führen und eine neue Zukunft zu beginnen. Bei einem seiner letzten Kinobesuche hatte er einen italienischen Film gesehen: *Umberto D.* D wie Domenico, wenn er sich recht erinnerte. Es war um einen alten Rentner gegangen, der ziel- und hoffnungslos mit einem Hund durch die Nachkriegstrümmer Roms irrte, nachdem er aus seinem Haus vertrieben worden war. Und um einen Arbeiter, der wie so viele andere feststellen musste, dass das System ihn nicht mehr brauchte. Das war vor neun Jahren in einem Kino in Recife gewesen. Neun Jahre schienen ihm eine kurze Zeit. Aber für die beiden Jungen neben ihm war es fast ihr ganzes Leben. Neun Jahre Überfluss und Marshallplan hatten aus Italien diese zynische Zirkusshow gemacht, die vor ihm über die Leinwand lief. Er fühlte sich, als hätte man ihn aus einer Zeitkapsel geholt und in eine Welt geworfen, in der Frivolität, Inkonsequenz und Gleichgültigkeit die Oberhand gewonnen hatten. Dienten denn alle Errungenschaften der Menschheit nun, da die zweite Hälfte des zwanzigsten Jahrhunderts gerade erst begonnen hatte, nur noch dem sinnlosen Genuss, hatte der Fortschritt nur bewirkt, dass die Menschen ein sinnentleertes Leben führten, hatte die Freiheit, vielleicht sogar die Pressefreiheit dieses Paradies des Irrsinns zur Folge?

Dann kam die Szene, in der Paparazzi die vom Selbstmord ihres Mannes noch nichts ahnende Ehefrau des skeptischen Intellektuellen umringten, um begierig ihre Reaktion angesichts der Leiche ihres Mannes zu erhaschen, und Ubiratan hätte am liebsten die Augen geschlossen, wie es Kinder in Horrorfilmen tun. Das Entsetzen darüber, dass für diese abstoßende Welt nur zwanzig Jahre zuvor Millionen Männer und Frauen im Kampf um Freiheit, Würde und Gleichheit ihr Leben geopfert hatten, drohte ihn zu überwältigen.

Zu seiner Rechten folgte Eduardo still und fast reglos der Handlung des Films wie einem Traum, der sich außerhalb seines Kopfes abspielte. Wie im Traum hatte das Geschehen auf der Leinwand keinerlei für ihn nachvollziehbare Logik, und doch schien es ihm, wie in seinen eigenen Träumen, wenn er nicht wusste, dass er träumte, unglaublich real. Er war sich nicht sicher, ob ihm der Film gefiel. Er konnte diese Welt nicht ermessen, in der adelige Müßiggänger wie blind durch zerfallene Schlösser stolperten, normale Menschen in wundersamen Visionen Erlösung suchten, üppige Frauen in öffentlichen Brunnen badeten, Söhne ihre Geliebte an ihre alten Väter abtraten, diese ganze rauschhafte Bilderfolge, in der jedes Ereignis eine Bedeutung zu haben schien, die sich ihm entzog. Er verstand nur mit instinktiver Gewissheit, dass Gute und Böse, Helden und Schurken, Cowboys und Banditen, Tänzerinnen, Priester, Schauspielerinnen, Gläubige, Fotografen sich hier in nichts voneinander unterschieden. Alle teilten ein und dieselbe … dieselbe … Ihm fehlte das Wort dafür. Dafür fiel ihm ein anderes ein, von dem er selbst nicht wusste, woher er es kannte: Schäbigkeit. Wie so oft, war er traurig, ohne zu wissen, warum. Und als der Journalist nach einer durchzechten Nacht nicht verstand, was das Mädchen zu dem toten Fisch sagte, der wie ein Seeungeheuer aussah, wusste er auch nicht, warum seine Augen sich mit Tränen füllten, sodass er die letzte Szene kaum mitbekam.

Als sie aus dem Kino traten, umfing sie die nächtliche Kälte, die die Straßen leergefegt hatte. Ubiratan blieb einen Augenblick lang vor dem Plakat von *La dolce vita* stehen, während Paulo aufgeregt neben Eduardo herging.

»Und ihre Brüste! Hast du diese Riesenbrüste gesehen, Eduardo? Hast du gesehen, was für einen Vorbau diese Blondine hatte? Hä, Eduardo? Hast du ihre Titten gesehen? Als sie auf diesen Typen zugeht, der …«

Eduardo schwieg und zog immer noch verstohlen die Nase hoch. Paulo, der unablässig plapperte, merkte es nicht. Als Ubiratan sie eingeholt hatte, passten sie sich seinem gemächlichen Tempo an. Der Himmel über ihnen war sternenklar. Paulo hing noch immer seinen aufregenden Erinnerungen nach.

»Und dann dieses Fest! Weißt du noch, wie die Brünette auf diesem Typen geritten ist, der auf allen vieren herumgekrochen ist? Die war schon ganz schön alt, aber auch scharf. Nicht so wie die Blondine. Die Blondine war die Beste, die Schärfste von allen Frauen, mit denen der Journalist in dem Film was hatte. Viel besser als seine Frau, die mit den hellen Augen, was, Eduardo? Findest du nicht?«

Eduardo konnte sich nicht erinnern, seinen Freund je so gesprächig erlebt zu haben. Und was er redete! Sie hatten sich schon über Frauen unterhalten, hatten ihre Zweifel darüber ausgetauscht, was sie wohl mit ihnen tun müssten, wenn sie Männer waren, hatten schon darüber gestritten, ob die Muschi direkt unter dem Nabel lag oder weiter unten, an dieser geheimen Stelle, aber … so hatten sie nie geredet. Nie so offen.

»… und als der bärtige Kerl sie gepackt und hochgehoben hat, als sie schneller durch die Luft gewirbelt ist als im Zirkus und als sie dann so gelacht hat, wie sie gelacht hat, fandest du da nicht auch, dass sie die schärfste und schönste Frau ist, die du je gesehen hast, Eduardo? Sag schon, Eduardo. Findest du nicht?«

»Ich … Ich … Ich mochte die Szene mit dem Fisch. Als das kleine blonde Mädchen ihm zum Abschied vom anderen Flussufer aus zuwinkt.«

»Das war am Meer, am Strand.«

»War das kein Fluss? Dann habe ich das vielleicht nicht richtig gesehen. Aber das Mädchen, das habe ich gut gesehen. Es war sehr schön, dieses Mädchen.«

»Ach, das war doch bloß ein Kind, keine Frau.«

Unbewusst hatten sie den alten Mann, der weiterhin schwieg, in die Mitte genommen. Paulo wurde immer lauter.

»... und als die Blonde dann ins Wasser steigt, mit Kleidern und allem, und nach ihm ruft, die Szene mochte ich auch, die mit dem Brunnen, zu dem er hinkommt, und da steht sie dann halb im Wasser. Und als sie als Priester verkleidet ist, was? Und diese Stufen raufgeht, was? Wie fandest du das? Ach ja, und dann war da noch diese andere Szene, die fand ich auch, ach ich weiß nicht, die mochte ich, diese Szene mit dem Christus, der an dem Hubschrauber hängt und durch die Luft fliegt. Die fand ich ziemlich lustig, mit diesen Frauen im Bikini, die der Christusstatue winken und ihr Küsse zuwerfen, diese Szene fand ich ziemlich lustig. Du auch?«

»Ich ... Ich ... Ja. Aber ich glaube nicht, dass sie der Christusfigur Küsse zugeworfen haben, nein.«

»Doch, haben sie. Und sie haben dem Journalisten, der im Hubschrauber saß, was zugerufen, aber das habe ich nicht verstanden. Und als er die Stufen raufrennt, hinter der Blonden her, die als Priester verkleidet ist, weißt du noch? Und wie fandest du die Szene, wo der Journalist in der Kirche nach ihr greift, und sie ist immer noch als Priester verkleidet, hm, Eduardo? Er wollte sie küssen, oder? Hat dir die gefallen?«

»Ja, die hat mir gefallen. Aber es gab auch ein paar ziemlich langweilige Szenen.«

»Ja, das stimmt. Die gab es auch. Die mit dem weißen Kätzchen, das der Blondine auf dem Kopf sitzt, und sie geht einfach weiter. Die war langweilig. Da passiert überhaupt nichts, sie läuft einfach nur auf der Straße hin und her. Und die mit diesem komischen japanischen Tanz in der Cocktailbar, ganz am Anfang, weißt du noch? Bevor diese dünne Brünette auftaucht, die sogar nachts eine Sonnenbrille aufhat? Die fand ich auch doof.«

»Der Journalist trägt auch nachts eine Sonnenbrille.«

»Und die Szene mit dem Typen, der Orgel spielt und dabei die ganze Zeit redet und redet, in der Kirche? Die war am langweiligsten.«

»Ich habe nicht verstanden, warum dieser Mann sich umgebracht hat.«

Er sah zu Ubiratan hinüber, doch der schwieg.

»Er hatte eine schöne Frau …« Eduardo versuchte, die Figur in das Wertesystem einzuordnen, das er kannte. »Er hatte Kinder, Freunde … In seinem Leben lief nichts schief. Oder doch?«

Wieder sah er zu Ubiratan hinüber, erhielt jedoch keine Antwort.

»Er hatte doch keinen Grund, sich umzubringen, oder?«

Die Frage war an niemand Bestimmten gerichtet. Paulo überhörte sie, in Gedanken noch ganz bei den schwindelerregenden Bildern von Anita Ekberg und der Begeisterung über seine erste Erektion. Ubiratan, der verstand, dass die Idee eines selbst gewählten Todes für einen zur Melancholie neigenden Jungen etwas Bedrohliches hatte, sagte nur ernst:

»Man darf nie, niemals, den Glauben daran verlieren, dass man weitermachen kann. Immer, Eduardo. Immer.«

Sie waren ganz oben am Hang angelangt und standen nun vor der Städtischen Schule Maria Beatriz Marques Torres.

»Ich fand es toll, wie der Journalist gelebt hat«, fuhr Paulo begeistert fort. »Ein Cabrio, ein Haufen Freundinnen, Partys ohne Ende, nur arbeiten, wenn man Lust dazu hat, Reisen, wohin man will ... Ich glaube, ich werde Journalist.«

»Und die Medizin?«, unterbrach ihn Eduardo. »Willst du die Medizin einfach so sausen lassen? Hast du die unheilbaren Krankheiten schon vergessen?«

»Medizin!« Paulo verdrehte die Augen. »Oh Gott!«

»Was ist?«

»Die Naturkundearbeit, Eduardo! Die ist morgen!«

»Ich weiß.«

»Und ich hab kein bisschen dafür gelernt!«

Eduardo ging zu Paulo hinüber, zuckte mit den Schultern, wie er es sich bei Ubiratan abgeschaut hatte, und sagte: »Das kriegen wir schon hin.«

Alle drei lachten. Eduardo war überrascht und dankbar, dass er die anderen zum Lachen gebracht hatte; er hatte nicht gewusst, dass er Sinn für Humor besaß. Als sie ausgelacht hatten, verabschiedete er sich und machte sich auf den Weg nach Hause. Ubiratan und Paulo gingen noch gemeinsam bis zum Stadtgefängnis.

»Hier muss ich abbiegen.«

»Mhm«, machte Ubiratan zustimmend.

»Sehen wir uns morgen?«

»Mhm.«

»Und unsere Ermittlungen? Gehen die weiter?«

»Mhm.«

»Er hat sich nicht umgebracht, oder?«

»Morgen reden wir über alles, was heute passiert ist. Geh jetzt nach Hause, Paulo. Es ist schon spät.«

»In den letzten Tagen haben Sie das um diese Uhrzeit nicht gesagt.«

»Heute war kein Tag wie die anderen.«

»Warum reden Sie nie wie alle anderen?«

»Hm?«

»Warum antworten Sie nicht auf Fragen wie andere Leute?«

»Und wie antworten die?«

»Warum sagen Sie nicht einfach ja oder nein wie alle anderen?«

»Nicht jede Frage kann mit ja oder nein beantwortet werden, Paulo.«

»Immer wenn ich was zu Ihnen sage, machen Sie, dass ich an was anderes denke, das weiter vorne liegt.«

»Das ist gut.«

»Wieso ist das gut? Mein Kopf steckt dann bloß voller Fragen.«

»Das ist besser, als wenn er voller Antworten steckt. Gute Nacht, Paulo.«

»Gute Nacht«, entgegnete er und sah dem weißhaarigen Mann nach, wie er mit langsamen Schritten davonging. Dann warf er einen letzten Blick auf das baufällige Polizeirevier und machte sich auf den Heimweg. Zunächst murrte er noch über die unbezwingbare Welt der Erwachsenen, aber dann kamen ihm die verführerischen Bilder des Films wieder in den Sinn, und eine unerklärliche Freude erfüllte ihn.

»Was für Titten«, seufzte er in die Nacht hinein.

10

Josef und Swetlana

Paulo stand gerade auf, die Naturkundearbeit in der einen Hand, die Bücher und zerfledderten Hefte in der anderen, als zwei Schüler die Stufen des Physik- und Naturkundesaals herunterkamen. Er schloss sich ihnen an, legte die Arbeit auf den Tisch, drehte sich um und ging hinaus.

Genau wie abgesprochen, dachte Eduardo.

Jetzt war er an der Reihe.

Punkt für Punkt ging er die Antworten auf den Seiten der linierten Doppelbögen durch, die vor ihm auf dem Pult lagen. Fast alle waren richtig. Dann strich er auf einem der Bögen einiges durch, radierte anderes aus, machte eine Seite schmutzig und malte zuletzt sorgfältig die Unterschrift darunter. Er legte den Bogen unter den anderen, der tadellos sauber und ordentlich beschrieben war, und unterzeichnete diesen rasch und achtlos. Dann wartete er ab, während er so tat, als würde er alles noch einmal durchlesen.

Als zwei Schülerinnen aufstanden, tat er das Gleiche und legte die beiden Arbeiten – die eine mit seinem Namen versehen, die andere mit Paulos – so auf den Tisch, dass die beiden Mädchen sie gleich darauf mit ihren Arbeiten verdeckten. Niemand bemerkte etwas, am allerwenigsten der Lehrer. Paulo hatte nur so getan, als hätte er seine Arbeit abgegeben.

Das war sein bislang größter Coup: eine ganze Klassenarbeit in der Handschrift eines anderen. Er überlegte vergnügt, aber nicht ganz unernst, ob er nicht seine Pläne, Ingenieur zu werden, aufgeben und stattdessen der größte Fälscher der Welt werden sollte.

Der Priester in der abgetragenen Soutane beendete das Gebet, schloss das schwarz eingebundene Buch und segnete den Sarg. Dann warf er einen flüchtigen Blick auf den neben ihm stehenden Polizeileutnant, schlug das Kreuzzeichen und ging, vorbei an den Totengräbern, die schon angefangen hatten, Erde auf den Sarg zu werfen. Der Polizist wartete noch ein paar Minuten, dann sprang er über das benachbarte Grab, um auf den Weg zu gelangen, und war ebenfalls verschwunden.

Die Totengräber fuhren träge, achtlos und gelangweilt in ihrer Arbeit fort. Bald war die flache, am Tag zuvor ausgehobene Grube wieder zugeschüttet. Einer von ihnen steckte ein Holzkreuz in den rötlichen Erdhügel, der andere schulterte die Schaufeln, dann gingen sie gemeinsam davon.

Die schwarz gekleidete Frau blieb noch eine Zeitlang stehen. In ihrem altmodisch geschnittenen Kostüm, den kurzen schwarzen Lederhandschuhen und dem Hut, dessen Schleier ihr Gesicht verdeckte, sah sie aus wie eine Figur aus einem Stummfilm. Sie schien nicht zu beten, und ganz gewiss weinte sie nicht, aber fortgehen wollte sie offenbar auch nicht. Endlich wischte sie sich die Erde von den Wildlederschuhen und ging davon.

Am Steinkreuz angekommen, hielt sie an. Sie öffnete die Tasche, die an ihrem Arm hing, nahm eine silberne Zigarettendose und eine Zigarettenspitze aus Perlmutt heraus und steckte eine Zigarette hinein. Dann hob sie den Schleier auf die Höhe ihrer Augen und steckte sich die Zigarettenspitze in den weinrot geschminkten Mund. Ihr Gesicht war eine bleiche, undurchdringliche Maske. Sie steckte die Zigarettenschachtel wieder ein, holte ein vergoldetes Feuerzeug heraus, zündete die Zigarette an und nahm einen tiefen Zug, sodass die Glut aufleuchtete. Sie hielt den Rauch eine ganze Weile in den Lungen zurück, bevor sie ihn ausstieß. Dann ging sie, die Zigarettenspitze zwischen den behandschuhten Fingern, zum Eingang, über dem die Muttergottes schwebte, umringt von körperlosen Cherubimen, die böse Schlange unter ihren Füßen. Dort traf sie auf Ubiratan.

Hanna Wizoreck ging langsamer, und einen Moment lang sah es so aus, als wolle sie stehen bleiben. Doch dann warf sie ihm nur einen raschen, ausdruckslosen Blick zu, zog wieder an der Zigarette und ging weiter. Kurz darauf hatte sie den Friedhof hinter sich gelassen und ging an dem schwarzen Eisenzaun entlang.

Ubiratan holte sie ein.

Seite an Seite gingen sie durch die leere Straße, ohne ein Wort zu wechseln. Wer sie sah, musste denken, dass sie zusammengehörten.

»Ist das nicht traurig?«, begann Ubiratan.

Sie nahm einen tiefen Zug, ignorierte ihn ostentativ, das Gesicht zur Seite gewandt.

»Sehr traurig, wenn ein so freigebiger Mensch sein Leben fortwirft. Ein Zahnarzt, Mitglied der besten Gesellschaft, endet in einem einfachen Sarg wie ein Bettler. Ist das nicht grausam?«

Sie blies den Rauch in die Luft, ohne zu antworten. In der warmen Morgensonne war rund um ihre geschminkten Lippen eine Unzahl feiner Fältchen zu erkennen, in die der Lippenstift hineingeflossen war.

»Kein Freund hat sich blicken lassen, nicht ein Angehöriger. Nicht einmal die Armen, die er immer so großzügig bedacht hat, wie man mir berichtete, haben ihm die letzte Ehre erwiesen. Niemand ist zur Beerdigung des Zahnarztes gekommen. Finden Sie das nicht traurig?«

Auch diesmal erhielt er keine Antwort. Ubiratan roch den Duft nach Reispuder, süßem Parfüm und Mottenkugeln, der von der Frau und ihren Kleidern aufstieg.

»Das heißt, niemand außer dem Priester, einem Polizisten und Ihnen.«

Schweigend ging Hanna weiter. Die breiten Absätze ihrer altmodischen Schuhe klapperten rhythmisch auf dem Pflaster.

»Merkwürdig. Sehr merkwürdig.«

Sie steckte die Zigarettenspitze in den Mund, nahm einen weiteren Zug, den Blick starr geradeaus gerichtet.

»Ich meine, dass niemand zur Beerdigung gekommen ist, kann ich sogar verstehen. Schließlich war der Zahnarzt ja keineswegs der mitleidige, mildtätige Bürger, als der er sich ausgab. In Wirklichkeit war er ein Widerling. Ein Mörder. Hat seine eigene Frau abgeschlachtet. So ein Mann hat es nicht verdient, dass alte Freunde zu seiner Beerdigung kommen. Dass die Kameraden aus früheren Zeiten fehlen, ist vollkommen verständlich, finden Sie nicht?«

Sie stieß stumm Rauch aus.

»Seltsam nur, dass der Priester da war …«

Ein neuer Zug, diesmal kürzer.

»Mir ist aufgefallen, dass Sie nicht gebetet haben, also sind Sie wohl nicht katholisch. Ich bin es auch nicht. Ich weiß nicht, ob Sie einer anderen Religionsgemeinschaft angehören. Ich gehöre keiner an, ich bin Atheist. Aber ich habe an einer kirchlichen Schule gearbeitet und kenne einige Tabus, oder besser gesagt, einige Vorschriften der katholischen Kirche. So weiß ich zum Beispiel, dass sie kein christliches Begräbnis für Selbstmörder duldet.«

Hanna blieb stehen und ließ den Rauch aus ihren Nasenlöchern entweichen. Mit einer theatralischen Geste riss sie die Zigarette aus dem Mundstück, warf sie zu Boden und zertrat sie mit der Schuhspitze.

»Aber der Priester hat am Grab gebetet und den Sarg gesegnet. Das hat er sicher nicht aus eigenem Antrieb getan. Ich kann mir nur vorstellen, dass der Bischof eine Sondergenehmigung erteilt hat. Anders kann ich mir das nicht erklären. Oder was denken Sie, Madame Wizoreck?«

Sie öffnete ihre Tasche, warf das Mundstück hinein und setzte sich wieder in Bewegung. Ubiratan folgte ihr.

»Eine letzte freundschaftliche Geste von Dom Tadeus für seinen alten Seminarkollegen. Ich nehme an, Sie wissen, dass die beiden zusammen im Seminar waren.«

Immer noch ohne ihn eines Blickes zu würdigen, ließ sie den Schleier über ihr Gesicht herab.

»Jugendfreundschaften sind ja bekanntlich die dauerhaftesten. Unerschütterliche Zuneigung, lebenslange Verbindungen, so heißt es doch, nicht wahr?«

Die Stille zwischen jedem Anlauf Ubiratans wurde nur durch das Klacken der Absätze der schwarz gekleideten Frau auf dem Zement durchbrochen. Er zog eine Streichholzschachtel mit einer seiner zerdrückten Zigaretten aus der Vordertasche seines Jacketts.

»Haben Sie Feuer?«

Wieder antwortete Hanna Wizoreck nicht und hielt auch nicht an. Ubiratan hielt die Zigarette noch eine Zeitlang in der Hand, dann steckte er sie dahin zurück, wo er sie hervorgezogen hatte.

»Der Zahnarzt war ein sehr frommer Mann. Sein Haus – ich weiß nicht, ob Sie es kennen – ist voller Figuren von Heiligen, die er offenbar sehr verehrte. Ich habe gehört, er sei jeden Morgen zur Messe gegangen. Sieben Mal pro Woche. Jeden Tag hat er gebeichtet und die heilige Kommunion empfangen. Es fällt mir schwer zu glauben, dass ein so gläubiger Mann eines der wichtigsten katholischen Prinzipien missachtet und Selbstmord begeht. Dass er sein Verbrechen bereut, das ja. Auch, dass ihn sein Gewissen plagt. Aber dass er sich umbringt … sich mit einer Krawatte in seiner Gefängniszelle erhängt … Vielleicht glaubt der Bischof auch nicht, dass er Selbstmord begangen hat.«

Hanna blieb stehen.

»Haben Sie die Absicht, mir noch länger hinterherzulaufen?«, fragte sie, wobei sie das R in der Mitte jedes Wortes verdoppelte und am Ende in die Länge zog. In Ubiratans ungeübten Ohren klang es eher nach französischem als nach polnischem Akzent.

»Ich möchte nur ein wenig plaudern«, erwiderte er fast galant.

»Warum verschwinden Sie nicht und plaudern mit den anderen alten Männern im Altersheim?«, schlug sie spöttisch vor und setzte sich wieder in Bewegung.

»Wenn Sie wissen, dass ich im Altersheim São Simão wohne«, sagte er, während er wieder zu ihr aufschloss, »dann wissen Sie auch, dass die Alten, die dort festsitzen, an Gesprächen über Verbrechen oder Gewissenskonflikte nicht interessiert sind.«

Ohne innezuhalten, öffnete Hanna ihre Tasche, nahm Zigarettendose und Mundstück heraus und wiederholte den Vorgang haargenau wie zuvor, wenn auch etwas schneller. Um die Zigarette anzuzünden, musste sie anhalten. Auch Ubiratan blieb stehen.

»Es ist schwer nachzuvollziehen, warum ein so tiefgläubiger, so frommer Mann wie der Zahnarzt nicht im Seminar geblieben ist, finden Sie nicht?«

Sobald sie ihre Zigarette angezündet hatte, ging sie weiter. Ubiratan folgte ihr.

»Kommt es Ihnen nicht seltsam vor, dass ein so frommer Mann keine kirchliche Laufbahn eingeschlagen hat? Oder denken Sie, dass vielleicht im Seminar etwas vorgefallen ist, irgendetwas Unwiderrufliches, das ihn dazu bewogen hat, seine Pläne zu ändern? Was hat ihn gegen seinen Willen und seine Berufung von seinem Weg abgebracht? War es etwas, was es ihm unmöglich gemacht hat, im Seminar zu bleiben? Oder war es vielleicht gar nicht seine Entscheidung, das Seminar zu verlassen? Möglicherweise ist dort etwas vorgefallen, was das Seminar dazu gebracht hat, ihm nahezulegen, doch nicht Priester zu werden? Was mag wohl einen offenbar so mystisch veranlagten jungen Mann dazu bewogen haben, auf die

Kirchenlaufbahn zu verzichten? Mit Sicherheit nicht die Ablehnung des Zölibats. Selbst außerhalb des Seminars hat man den Zahnarzt nie in weiblicher Begleitung gesehen. Er hat nie die Mädchen in dem von Ihnen geführten Hotel besucht. Ein Zölibatär. Bis kurz vor seinem fünfzigsten Lebensjahr. Als er überraschend heiratete. Eine Fünfzehnjährige. Die seine Enkelin hätte sein können. Eine Waise.«

»Ist Ihnen schon mal in den Sinn gekommen«, sagte Hanna, ohne anzuhalten oder ihn anzusehen, »dass diese Heirat ein Akt der Barmherzigkeit gewesen sein könnte?«

»Ja, das ist mir schon in den Sinn gekommen«, gab Ubiratan zu.

»Sie leben schließlich im Altersheim auch von Barmherzigkeit.«

»Aber nachdem ich ein Foto gesehen hatte, habe ich meine Meinung geändert.«

Wieder nahm sie einen kurzen Zug und stieß gleich darauf den Rauch aus.

»Anscheinend war der Zahnarzt Hobbyfotograf«, bemerkte Ubiratan beiläufig.

Hanna warf ihm einen raschen Seitenblick zu, ohne den Kopf zu wenden.

»Er hatte sogar ein Fotolabor im Haus. Er entwickelte die Fotos, die er machte, gerne selber.«

Er merkte, dass Hanna schneller ausschritt, und tat das Gleiche.

»Fotos von Gästen.«

»Ich will nichts davon wissen.«

»Gäste, von denen er es gerne sah, wenn Anita sie empfing.«

»Das interessiert mich nicht.«

»Wussten Sie, dass die beiden getrennt schliefen? Jeder hatte sein eigenes Zimmer. Eine sehr ungewöhnliche Ehe.«

Sie gingen immer schneller.

»Das Ehepaar empfing spät in der Nacht Gäste. Männliche Gäste. Er sah gerne zu.«

Hanna zog die Zigarette aus dem Mundstück und warf sie auf die Straße.

»Sah gerne zu und machte gerne Fotos.«

Das Mundstück landete in der Tasche. Hannas Schritte wurden länger. Ubiratan fiel zurück.

»Der Zahnarzt liebte es, seinen Gästen bei dem zuzusehen, was sie mit seiner eigenen Frau trieben, und es zu fotografieren, alles zu beobachten und zu fotografieren, was er seine Frau zwang mit ihnen zu tun, mit seinen Freunden, die zu Besuch kamen, zu fotografieren, was sie auf ihr und in ihr trieben, weil es ihn erregte, sich vorzustellen, dass sie es mit ihm täten.«

Inzwischen rannte sie fast. Beide keuchten.

»Ich besitze eines dieser Fotos, Madame Wizoreck.«

»Ich will nichts davon wissen!«

»Was auf dem Foto zu sehen ist, ist abstoßend.«

»Ich will es nicht wissen!«

»Warum? Haben Sie Angst?«

»Ich habe nichts damit zu tun! Nicht das Geringste!«

»Angst wovor? Angst vor wem?«

»Sie sind ein alter Spinner!«, rief sie und rannte los.

Ubiratan hatte nicht vor, sich diese Gelegenheit entgehen zu lassen, und so setzte er sich ebenfalls in Trab. Er war so außer Atem, dass er nur abgehackt reden konnte.

»Sie haben Angst. Weil diese Treffen zuletzt in Ihrem Hotel stattfanden. So war es doch, oder? Mit mehreren Männern. Mit vielen Männern. Gemeinsam. Nicht wahr? Und dann mit Gegenständen. Der Zahnarzt war dabei. Und fotografierte. Das Mädchen, das er aus dem Waisenhaus geholt hatte. In einem angeblichen Akt der Barmherzigkeit. Wie Sie es nannten. Das Mädchen. Das machten sie aus ihm. Ein Spielzeug. Für alle. In deren sämtliche Körperöffnungen. Sie etwas hineinschoben. Fleisch. Gummi. Flaschen! Wer war dabei? Wer hat mitgemacht? Wer waren die anderen? Warum mussten sie sie töten? Warum? Wozu? Warum haben sie sie umgebracht? Warum musste sie sterben? Warum? Warum?«

Hanna rannte über die Straße und auf der anderen Straßenseite weiter, ihre Fleischmassen wabbelten in der Trauerkleidung.

Ubiratan konnte nicht mehr. Keuchend und schwitzend lehnte er sich an den Friedhofszaun, schwindlig vor Erschöpfung und Wut.

Wütend stürmte Geraldo Bastos in das rundum verglaste Büro, in dem Ubiratan stand und auf ihn wartete. Der Alte streckte ihm grüßend die Hand hin, doch Bastos ignorierte sie. Er hatte noch das Klemmbrett dabei, auf dem er sich Bemerkungen über die Leistung seiner neuen belgischen Webstühle notiert hatte, als ihm überraschend dieser aufdringliche Besucher angekündigt worden war.

Ungerührt zog Ubiratan die Hand zurück.

»Darf ich mich setzen?«

Der Unternehmer wies barsch auf einen Stuhl vor seinem Arbeitstisch.

»Ich war den ganzen Morgen unterwegs«, sagte Ubiratan, ohne Platz zu nehmen. »Zuerst auf dem Friedhof, bei der Beerdigung des Witwers von Dona Anita, dann bin ich mit Madame Wizoreck spazieren gegangen, dieser polnischen Hotelbesitzerin. Die kennen Sie doch, nicht wahr?«

Er erhielt keine Antwort. Ubiratan wartete eine Zeitlang vergeblich. Dann setzte er sich.

»Auf dem Weg zu Ihnen habe ich außerdem noch beim Bischof vorbeigeschaut. Leider habe ich nicht mit ihm sprechen können. Ich wurde von seinem Sekretär und Chauffeur empfangen. Ein junger, sehr gut aussehender Mann. Kennen Sie ihn?«

Geraldo Bastos schloss die Tür. Das gleichmäßige Klappern der Webstühle verstummte. Das schalldichte Büro, das vor weniger als zwei Jahren im Zwischengeschoss eingebaut worden war, war nun ein stiller gläserner Käfig, der wie ein Balkon in die riesige Fabrikhalle von Tecidos União & Progresso hineinragte.

»Der Bischof scheint einen vollen Terminkalender zu haben. Er hatte weder heute noch morgen einen Termin für mich frei und nächste Woche auch nicht. Nicht einmal nächsten Monat. So zumindest sagte mir dieser Knabe, der … Wie heißt noch mal der junge Freund des Bischofs dieser Stadt?«

Der Fabrikdirektor betrachtete ihn wortlos.

Ubiratan griff langsam in die Tasche seines Jacketts, zog eine Streichholzschachtel hervor, holte eine zerdrückte Zigarette heraus, nahm sie zwischen seine Finger. Er wartete. Bastos rührte sich nicht.

»Haben Sie Feuer?«

»Ich rauche nicht.«

Ubiratan zeigte auf die Zigarette: »Stört es Sie, wenn ich rauche?«

Bastos legte das Klemmbrett auf den Tisch und steckte die Hände in die Taschen seines gestärkten Arbeitskittels. Ubiratan zündete seine Zigarette an.

Ohne ein Wort ging Bastos zu dem Stehventilator, richtete ihn auf Ubiratan und schaltete ihn ein. Dann ging er zum anderen Ende des Raums und tat dort dasselbe mit einem zweiten, identischen Ventilator.

Der lärmende Luftzug traf den Raucher, der den Jackettkragen hochschlug, um seinen Nacken zu schützen. Er kam sich ein wenig lächerlich vor.

Geraldo Bastos kehrte an den Tisch zurück, nahm das Klemmbrett und schob es sich unter den Arm.

»Sie wissen, dass ich ein vielbeschäftigter Mann bin, der keine Zeit zu vergeuden hat.«

»Zweifellos. Ich dachte nur, ich sollte Ihnen einen Besuch abstatten, weil …«

»Ich muss die Leistung der soeben importierten Maschinen überwachen. Es sind sehr teure Webstühle, in Dollar bezahlt. Diese verantwortungsvolle Aufgabe kann ich nicht irgendjemandem übertragen. Und ich will es auch nicht. Deshalb …«

»Da ich nicht mit dem Bischof reden konnte, dachte ich …«

»Womit Sie Ihren Tag verbringen, interessiert mich nicht im Geringsten. Wie Dom Tadeu sein Privatleben gestaltet, geht mich nichts an. Ich habe meine Arbeit stehen und liegen lassen, weil mir gesagt wurde, der Anwalt von Dona Anitas Familie wolle …« Er verbesserte sich:

»… müsse mich sprechen. Es gehe um irgendwelche Fotos.«

»Genau.«

»Sie sind nicht der Anwalt von Dona Anitas Familie. Sie sind ein pensionierter Koch, der an einer Schule in Recife gearbeitet hat, und ein polizeibekannter kommunistischer Unruhestifter.«

»Ich will über Fotografien sprechen, ganz richtig. Eine davon habe ich beim Bischof hinterlassen. Einen Kontaktabzug mit mehreren Fotos. Um ihn an die guten alten Zeiten im Seminar zu erinnern, wo er den Zahnarzt kennen lernte und die beiden enge Freunde wurden. Sie pflegten dort eine wahre, tiefe Freundschaft, standen sich sehr nah, waren einander äußerst zugetan.«

»Das interessiert mich nicht.«

»Aber das Foto interessiert Sie sehr wohl. Die Fotos. Der Kontaktabzug enthält mehrere Aufnahmen. Und es gibt noch viele andere. Eine ganze Truhe voller Fotos und Negative. Ich glaube, die interessieren Sie schon. Obwohl die Fotos erst kürzlich gemacht wurden und der Freundeskreis um neue Mitglieder erweitert wurde, zeigt der Kontaktabzug, den ich beim Bischof gelassen habe, dass diese enge Freundschaft noch immer …«

»Wir vergeuden Zeit«, unterbrach ihn Bastos.

»Vielleicht nicht. Wissen Sie, von welchen Fotos ich rede?«

»Ich glaube ja.«

»Die, die der Zahnarzt so gerne machte. Von seiner Frau mit …«

»Ich weiß, was das für Fotos sind.«

»Was Sie vielleicht nicht wissen, ist, dass die Polizei

sie aus dem Haus des Zahnarztes abtransportiert hat. Seitdem sind sie verschwunden.«

»Nein, sie sind nicht verschwunden.«

»Ich habe mit eigenen Augen gesehen, wie ein Jeep …«

»Ich habe sie.«

Ubiratans Selbstgewissheit war dahin.

»Die Negative auch«, fügte Bastos hinzu.

»Aber dann …«

»Sie sind alle bei mir.«

Ratlos darüber, wie er weiter vorgehen sollte, versuchte Ubiratan Zeit zu gewinnen. Er nahm die Zigarette aus dem Mund, sah sich suchend nach einem Aschenbecher um und drückte sie, als er verstand, dass es keinen gab, an seiner Schuhsohle aus. Ein wenig Asche fiel zu Boden und verteilte sich im Büro, davongetragen vom Luftzug der Ventilatoren.

»Diese Fotos …«, setzte er an, ohne zu wissen, wie er fortfahren sollte. »Sie …«

Geraldo Bastos ging zur Tür und öffnete sie.

»Weiter hatten Sie mir nichts zu sagen?«

Verwirrt stand Ubiratan auf, eine Hand auf die gläserne Abdeckplatte des Schreibtischs gestützt, unwillkürlich der Aufforderung zum Gehen gehorchend.

»Ich hatte nicht damit gerechnet, dass Sie ebenfalls an diesen …«

Ihm kam das schlammbespritzte Foto wieder in den Sinn. Wie Hyänen, die ihre reglose Beute verspeisen. Ein ganzes Rudel. Das in einem offenen Unterleib herumwühlt.

»War's das?«, wiederholte Bastos.

Ubiratan spürte einen leichten Schwindel. Wieder

stieg vom Magen her Übelkeit in ihm auf und ließ ihn schaudern.

»Ich dachte nicht, dass Sie auch auf diesen Fotos zu sehen wären.«

»Bin ich auch nicht.«

»Aber warum ...«

»Ich bin kein Exhibitionist und lasse mich nicht gerne fotografieren.«

»Aber dann ...«, sagte Ubiratan, während er sich mühsam aufrichtete. »Dann ...«

»Wie Sie selbst sagten, haben einige ... Bekannte von mir – vielleicht berauscht von ihrer eigenen Hemmungslosigkeit und Dona Anitas erotischen Fähigkeiten – zugelassen, dass Doutor Andrade die pikanten Momente mit seiner Frau auf Fotos festhielt. Sie waren unvorsichtiger als ich. Deshalb hielt ich es für das Beste, die Fotos an mich zu nehmen. In den Händen einer skrupellosen Person könnten sie das Privatleben und die Karriere von Menschen zerstören, die mir teuer sind. Das würde ich niemals zulassen.«

Ubiratan holte tief Luft. Er forschte in Geraldo Bastos' Miene nach Anzeichen von Zynismus, doch da war nichts, nur die ebenmäßigen, unpersönlichen Gesichtszüge eines Mannes, dessen Familie offensichtlich seit Generationen keine Not leiden musste. Nicht einmal Ironie fand er. Vor ihm stand jemand, der sich allen Ernstes für eine moralische Instanz hielt.

»Sie werden sie also vernichten«, schloss er und begab sich zum Ausgang.

»Ja, das sollte ich wohl tun.«

Sie standen nun direkt voreinander. Geraldo Bastos lächelte leicht.

»Aber ich halte es für klüger, sie aufzubewahren.«

Seine tonlose Stimme war unverändert. Doch in seinen Augen bemerkte Ubiratan ein Leuchten, das zuvor nicht da gewesen war.

»Unser Bürgermeister ist ein unbeherrschter Mann, aber er hat ein kostbares Erbe zu wahren: den Familiennamen Marques Torres und die Erinnerung an die Verbindung zu Getúlio Vargas, die dieser Name hervorruft. Eine Verbindung, die diesem Bundesstaat einen gewaltigen Fortschritt beschert hat. Zahllose Industriebetriebe. Zahllose Arbeitsplätze. Zahllose Stimmen für seine Partei. Mit der nötigen Unterstützung wird Adriano Marques Torres bei der nächsten Wahl die meisten Stimmen in dieser Region holen. Möglicherweise wird er dann Fraktionsvorsitzender, Kommissionsleiter, Industriesekretär und schließlich, wer weiß, Gouverneur dieses Bundesstaats. Oder Senator wie sein Vater und Großvater. Doutor Marques Torres' Möglichkeiten sind unbegrenzt. Unter der passenden Anleitung kann unser Bürgermeister dem Land noch große Dienste erweisen.«

»Und Sie werden die Fotos benutzen, um dem Bürgermeister klarzumachen, dass Sie ihn in der Hand haben.«

»Nun ziehen Sie mal keine voreiligen Schlüsse. Ich werde gar nichts benutzen. Das wird gar nicht nötig sein. Im neuen Brasilien sind die neue Industrie und die neue Politik sowieso immer enger miteinander verflochten. Wir werden fruchtbare, dauerhafte Verbindungen knüpfen. Und ich werde zu verhindern wissen, dass uns dabei ein paar Dutzend oder hundert schlechte Fotos in die Quere kommen.«

»Aber gestochen scharfe Fotos.«

»Ja, in der Tat: gestochen scharf. Es wäre ein Jammer, sie zu vernichten. Ein Gutteil der Geschichte der letzten acht Jahre dieser Stadt ist auf ihnen festgehalten. Wenn Sie es noch einmal wagen, mich an meinem Arbeitsplatz zu stören, lasse ich Sie mit Fußtritten davonjagen.«

Ubiratan machte sich wieder auf den Weg zur Tür, doch nach nur zwei Schritten drehte er sich um und sah dem Fabrikdirektor direkt ins Gesicht. Bastos lächelte noch immer fein.

Im gläsernen Käfig hinter ihnen flatterten Papiere, von den Ventilatoren aufgewirbelt, wild durcheinander.

»Kennen Sie das Foto, auf dem Josef Stalin seine Tochter auf dem Schoß hat?«

»Nein.«

»Stalin hält das Mädchen fest, sein Gesicht ist ganz dicht an ihrem, als wollte er sie küssen. Swetlana Allilujewa lächelt und hat ihre Arme um seinen Hals geschlungen. Er lächelt ebenfalls. Ein glückliches Bild von einem liebevollen Vater in einem Moment häuslicher Geborgenheit. Aufgenommen genau zu der Zeit, in der Stalin eine der obszönsten Massenvernichtungskampagnen in der Geschichte der Menschheit leitete.«

Dann wandte er sich wieder um und ging.

»Endlich kriege ich mal zehn Punkte in Naturkunde«, freute sich Paulo an diesem Mittwoch. Der Unterricht war aus, und sie waren auf dem Weg zu der Mauer, an der sie ihre Räder abgestellt hatten.

»Nein, die kriegst du nicht«, warnte Eduardo.

»Wieso denn nicht? Du hast doch alle Fragen für mich beantwortet!«

»Ein paar Fragen habe ich falsch beantwortet.«

»Falsch?«

»Absichtlich.«

»Aber warum denn? Ich dachte, du bist mein Freund!«

»Genau deshalb.«

»Das verstehe ich nicht.«

»Wer mogelt, darf keine zehn Punkte machen, Paulo. Das fällt nur auf. Um überzeugend zu mogeln, muss man ein paar Fehler machen.«

Noch bevor Paulo etwas erwidern konnte, bemerkte er zu seiner Überraschung den weißhaarigen Mann, der auf sie wartete.

»Wir müssen sofort zu einer Ortsbesichtigung«, sagte Ubiratan und nahm Paulos Fahrrad. »Kommt mit!«

»Wohin? Was besichtigen?«, wollte Eduardo wissen.

»Wer von euch kann mich auf der Lenkstange mitnehmen?«

»Wohin mitnehmen, Ubiratan?«

»Ist das da drüben das Fahrrad, das bei dem Unfall was abbekommen hat?«

»Nein. Das war Paulos.«

»Kann man noch damit fahren?«

»Ich bin damit von zu Hause gekommen, aber es ist ziemlich zerbeult. Ich weiß nicht, ob es zwei Leute aushält.«

»Wo wollen Sie denn hin? Und warum?«

Ubiratan sprach weiter mit Paulo.

»Glaubst du, dass es eine längere Strecke durchhält?«

»Das kommt drauf an. Wie lang?«

»Wohin? Wohin?«

Der alte Mann wandte sich Eduardo zu.

»Dein Rad ist noch ganz. Also nimmst du mich mit. Los geht's!«

»Aber wohin? Jetzt ist Mittagessenszeit, und meine Mutter ...«

»Wenn ich's recht überlege, ist es vielleicht besser, ich fahre und du sitzt auf der Lenkstange.«

»Können Sie denn überhaupt Rad fahren?«

»Steig auf!«, befahl Ubiratan, schwang sich mit einer Geschicklichkeit und Vertrautheit, die die Jungen überraschte, selbst aufs Rad und stützte sich mit dem linken Fuß ab. Aber Eduardo hatte noch einen anderen Einwand.

»Meine Mutter wird sich Sorgen machen, wenn ich ...«

»Na los, steig schon auf!«

»Aber ...«

»Komm, Eduardo! Wir verlieren Zeit!«

»Sie haben was rausgefunden!«, rief Paulo erfreut.

»Noch nicht. Ich bin nicht sicher. Es ist nur so eine Vorahnung. Komm schon, Eduardo!«

Einen Augenblick lang zögerte Eduardo noch, dann klemmte er die Schultasche auf den Gepäckträger und nahm auf der Lenkstange Platz.

»Wie erkläre ich das bloß meiner Mutter?«, murrte er vor sich hin.

Das Wasser war schlammig und glanzlos. An den Ufern und rings um den See war nur aschfarbene, hartgebackene, kahle Erde übrig. Er trat ein paar Schritte aus dem Bambushain heraus. Der vom Boden aufsteigende Brandgeruch wurde mit jedem Schritt schlimmer. Moskitos umschwirrten ihn. Das also war das Paradies, von dem sie ihm so viel erzählt hatten, dachte er traurig. Ein einfacher See inmitten einer trostlosen Einöde. Der gleichgültige Schauplatz des Endes eines Waisenmädchens, das nie über sein eigenes Schicksal hatte entscheiden können.

Ein ferner Vogelruf, das raue Krächzen eines Anis, durchbrach die Stille. Ubiratan bemerkte, dass Eduardo ihn aufmerksam musterte.

»Wo war es?«, fragte er den Jungen.

»Ungefähr da drüben«, zeigte Eduardo. »Mehr bei den Mangobäumen. Da haben wir die Leiche gefunden.«

Paulo zupfte ihn am Jackettärmel.

»Kommen Sie mit, ich zeig's Ihnen.«

Sie gingen in die angezeigte Richtung, Paulo vorneweg, Eduardo immer noch verärgert, dass er aus seinem geliebten Alltagstrott gerissen worden war.

»Warum sind wir hergekommen? Es ist alles abgebrannt. Ich habe Hunger. Meine Mutter wird schrecklich wütend sein. Sie hat das Mittagessen für mich gemacht, und ich treibe mich draußen rum. Ihr seht doch, dass alles zerstört ist. Was kann man hier schon noch finden? Ich glaube nicht, dass wir hier noch was entdecken werden.«

»Wer hat gesagt, dass wir etwas finden wollen?«

»Ach, Ubiratan«, schaltete sich Paulo ein. »Jetzt fangen Sie schon wieder mit dieser komischen Masche an, Fragen mit anderen Fragen zu beantworten!«

»Warum wollten Sie herkommen? Was für eine Spur suchen Sie?«

»Das weiß ich erst, wenn ich sie gefunden habe.«

»Das heißt, Sie wissen nicht, was Sie suchen?«

»Suchen wir vielleicht nach dem Messer, Ubiratan?«

»Glaub-ich-nicht«, sagte Eduardo, jede einzelne Silbe betonend. »Da müsste der Mörder schön blöd sein, die

Tatwaffe genau da liegen zu lassen, wo die Polizei sucht. Und außerdem ist alles verbrannt, man sieht doch sofort, dass hier keine Spur zu finden ist.«

Paulo widersprach heftig.

»Also ich denke, es kann schon sein, dass er das Messer fallen gelassen hat. Als er vor uns weggelaufen ist. Als er gemerkt hat, dass wir in der Nähe waren.«

»Aber wir waren ja gar nicht am See, Paulo! Er hat die Tat eine oder zwei Stunden vor unserer Ankunft begangen. Als sie ermordet wurde, waren wir bestimmt noch im Unterricht.«

»Wer weiß das schon?«

»War das Blut nicht schon halb geronnen?«

»Doch, ziemlich.«

»Na bitte. Das ist doch ein Anzeichen dafür, dass ..«

Ubiratan blieb so plötzlich stehen, dass Eduardo ihm beinahe den Kopf in den Rücken gerammt hätte.

»Es ist weiter vorn«, sagte Paulo und zupfte ihn wieder am Ärmel. »Mehr da drüben ...«

Ubiratan betrachtete eine hinter Gestrüpp verborgene Lichtung zwischen den Mangobäumen, die man nur von der Stelle aus sehen konnte, an der sie standen.

»Was ist das?«

»Da ist ein anderer Zugang zum See.«

»Der fängt hinter dem Weg an, über den wir gekommen sind«, erklärte Eduardo. »Aber der Weg von hier nach dort ist voller Schlaglöcher.«

»Da kommt man nur mit dem Auto durch«, ergänzte Paulo.

»Soll das heißen, dass man hier mit dem Auto hinfahren kann?«

»Das kann man schon«, bestätigte Eduardo. »Aber von da, wo wir herkommen, ist es leichter.«

»Es geht schneller, wenn man das Auto an der Landstraße stehen lässt und zu Fuß durch den Bambushain geht. So machen das alle Autofahrer im Sommer.«

»Es sei denn, man will nicht gesehen werden«, überlegte Ubiratan laut.

»Wer?«, fragte Paulo.

»Ist das die Spur, die Sie gesucht haben?«

»Derjenige, der Anita hierhergebracht hat?«

»Aparecida. Nein, ein versteckter Wagen ist keine Spur. Aber er beweist, dass sie und er ungesehen hierhergelangt sind.«

»Wer ist er?«

»Sind sie hergekommen, um zu knutschen?«

»Ich weiß es nicht, Eduardo. Zeigt mir mal, wo ihr die Leiche gefunden habt.«

Paulo lief zu der Stelle, wo er sieben Tage zuvor über die Leiche der blonden, blutüberströmten, zu diesem Zeitpunkt noch namenlosen Frau gestolpert war, die sich anschließend als Anita de Andrade Gomes und noch später als Aparecida dos Santos entpuppt hatte.

»Hier! Genau hier!«

Ubiratan rührte sich nicht vom Fleck. Er schätzte die Entfernung zwischen der Lichtung im Mangohain und dem Punkt ab, an dem die beiden Jungen jetzt beisammenstanden und ihn aufmerksam ansahen.

»War um sie herum alles voller Blut?«

»Ja, alles!«, rief Eduardo aus.

»Ihre Kleider, das Gras rundherum, der Schlamm, alles hier, hören Sie, alles hier war voller Blut!«

Wie er vermutet hatte. Aparecida war also nicht woanders getötet und hier nur abgelegt worden.

»Und dann gleich hier, ganz in der Nähe«, Eduardo zeigte auf die Stelle, »lag ein roter Schuh von ihr, und der Absatz war abgebrochen.«

»Das weiß ich gar nicht mehr.«

»Aber ich weiß es noch genau.« Eduardo ging drei Schritte und markierte die Stelle. »Genau hier.«

Ubiratan ging zu ihm.

»Bist du sicher?«

»Ja.«

»Und die Leiche lag dort, wo Paulo steht?«

»Ja, da drüben.«

»Ein ganzes Stück weg. War einer der Füße nackt?«

»Ja, und der Schuh, der mit dem abgebrochenen Absatz, lag hier. Der Absatz war ganz schön hoch, viel höher als die Absätze meiner Mutter. Hoch und dünn. Und er lag hier im Matsch, steckte im Schlamm fest. Weil es in der Nacht ein bisschen geregnet hatte. Weißt du noch, Paulo?«

»Ich erinnere mich an den Regen. Und an den nackten Fuß.«

Sie muss gestolpert sein, dachte Ubiratan. Der Absatz ist abgebrochen, als sie fiel. Aber warum ist sie durch den Schlamm hierhergelaufen, wenn sie ein Schäferstündchen im Auto hatte? Und sie war angezogen. Was war das für ein Rendezvous?

»Ihre Bluse war zerrissen«, erklärte Paulo. Er hatte wohl laut gedacht, ohne es zu merken.

»Und ihr BH war in der Mitte durchgeschnitten«, fügte Eduardo hinzu.

»Und die Brust … na ja, Sie wissen schon.«

»Ja, ich weiß«, stimmte er zu und bückte sich, um den Boden rundum in Augenschein zu nehmen. »Sie könnte gestolpert sein, weil sie gerannt ist. Davongerannt vor dem Mann, mit dem sie zum Mangowäldchen gekommen war.«

Aber wovor war sie geflohen? Wenn sie mit ihm hierhergekommen war, dann, weil sie ihm vertraute. Sie hatte ihn gut gekannt. Hatte sich lieber hier mit ihm getroffen als bei den von ihrem Mann arrangierten Treffen mit anderen Männern. Hatte er ihr mehr bedeutet als die anderen? War er ein heimlicher Liebhaber der Frau gewesen, die alle für Allgemeingut hielten? Was war zwischen den beiden vorgefallen? War es Mord aus Eifersucht gewesen?

»Hat er vielleicht schon im Auto angefangen, auf Aparecida einzustechen?«, überlegte Eduardo.

Ubiratan war so in die Betrachtung der verbrannten Schößlinge vertieft, dass er nicht antwortete. Eduardo und Paulo sahen sich an. Eine Zeitlang sagte keiner der drei etwas.

»Warum hat er keinen Revolver benutzt?«, fragte Paulo schließlich neugierig.

»Ein Messer macht weniger Krach«, gab Eduardo zu bedenken.

»Wer sollte sie denn hören? Um diese Jahreszeit ist hier kein Mensch. Und wir waren noch nicht da. Es gab nur ihn und sie.«

»Es sei denn …« Eduardo kam eine mögliche Erklärung in den Sinn.

»Es sei denn was?«

»Ach, Blödsinn, vergiss es. Ich dachte nur, dass er ein Messer benutzt hat, weil er keinen Revolver hatte. Aber alle Männer hier haben einen Revolver. Sogar mein Vater hat einen. Der liegt in der gleichen Schublade wie die Pariser, das habe ich dir ja schon erzählt, weißt du noch? Die Schublade ist abgeschlossen. Aber ich habe sie mit einem Draht geöffnet, und da habe ich ihn gesehen. Es ist ein schwarzer Colt, ein …«

Ubiratan sprang auf.

»Das ist es!«, rief er aus. »Das ist es, das ist es!«

»Das ist was?«

»Was haben Sie gefunden, Ubiratan?«

»Du hast es gefunden! Ihr habt es gefunden!«

»Wir …«

»… haben was gefunden?«

»Die Spur! Ihr habt die Spur gefunden!«

»Wir haben gar nichts gefunden.«

»Doch, das habt ihr! Das ist die Spur: Alle Männer in dieser Stadt besitzen Feuerwaffen! Das ist glasklar!«

»Aber Aparecida wurde erstochen«, erinnerte ihn Eduardo.

»Eben.«

»Was soll das heißen: eben?«, wollte Paulo wissen.

Ubiratan drehte sich um und ging rasch auf den Bambushain zu, durch den sie gekommen waren.

»Wir fahren sofort in die Stadt zurück!«

Eduardo war sprachlos. Paulo rührte sich nicht.

»Ich gehe hier nicht weg, bevor Sie mir nicht geantwortet haben: Was bedeutet ›eben‹?«

»Wohin gehen Sie, Ubiratan? Wieso haben Sie es auf einmal so eilig?«

Der Alte ging mit raschen, entschlossenen Schritten weiter. Eduardo rannte ihm hinterher.

»Was für eine Spur haben wir gefunden? Von welcher Spur reden Sie?«

Paulo, der sah, dass ihm nichts anderes übrig blieb, lief ihnen nach.

»Warten Sie doch, Ubiratan! Wieso haben Sie es so eilig?«

»Hast du nicht gesagt, jeder Mann in dieser Stadt hat einen Revolver?«, fragte der Alte zurück, ohne anzuhalten oder sich umzudrehen.

»Eduardo hat das gesagt.«

»Ja, ich war's. Ich habe gesagt, dass sogar mein Vater ...«

»Aparecida wurde erstochen.«

»Ja.«

»Mit mehr als fünfzehn Stichen«, rief Paulo.

»Siebzehn«, sagte Ubiratan. »Wenn sie erstochen wurde und jeder Mann hier eine Feuerwaffe besitzt, lässt das welche Schlussfolgerung zu?«

»Dass sie von einer Frau ermordet wurde?« Paulos Stimme klang schrill.

»Einer Frau?«, sagte Eduardo zweifelnd.

»Dieser Mord wurde aus Hass begangen, aus einem fast biblischen Zorn heraus. Ein Mann, der sie dermaßen hasst, hätte ihr mit dem Revolver mitten ins Gesicht geschossen. Oder er hätte sie erwürgt, wenn es eine Beziehungstat gewesen wäre. Aber stattdessen ... Die Messerstiche wurden ihr von einer Frau zugefügt, die neidisch auf sie war, eifersüchtig auf ihre Schönheit und Jugend. Und der beste Beweis dafür ist die Trophäe, wie ihr es nennt, die Trophäe, die die andere Frau von Aparecidas

Körper genommen hat. Die Verstümmelung. Die abgeschnittene Brust. Nicht beide Brüste. Nur eine. Ein grausiger Beweis für den Sieg einer Frau über eine andere.«

Sie waren bei den Rädern angekommen.

Auch wenn sie nicht die ganze Tragweite dessen erfassten, was Ubiratan gesagt hatte, löste es in Eduardo und Paulo eine Flut bislang ungeahnter Vorstellungen aus. Eine Frau, dieses eher abstrakte Wesen, zusammengesetzt aus Bildern von ihren Müttern, der Jungfrau Maria, verführerisch lächelnden Filmschauspielerinnen und den undeutlichen Zeichnungen in Sexzeitschriften, konnte ebenso abscheuliche Verbrechen begehen wie ein Mann.

11

Eine bedeutungslose Leiche

Der Racheschwur, donnernd verkündet vom Bariton auf dem Plattenteller, hallte von den Wänden mit der weinroten Samttapete wider.

Ah, Tosca, pagherai
Ben cara la tua vita!

Die blonde Matrone stand vom Sofa auf. Sie weinte. Dies war nicht länger der Salon des Bordells in der Stadt zwischen den Bergen, in die sie der damalige Abgeordnete Diógenes Marques Torres vor sechsundzwanzig Jahren gebracht hatte. Dies war Rom kurz nach der Niederlage Napoleons, und sie war – wieder einmal – die über den Tod des geliebten Mannes verzweifelte Floria Tosca. Sie war verhaftet worden, nachdem sie den Polizeichef niedergestochen hatte, der ihren Geliebten standrechtlich hatte erschießen lassen und außerdem versucht hatte, sie zu vergewaltigen. Ein Gefolgsmann des Barons Scarpia verkündet, dass sie für den Mord mit ihrem Leben wird büßen müssen. Tosca stößt ihn von sich, Hanna stößt ihn von sich. Für einen kurzen Moment ist sie frei. Aber auf der höchsten Spitze des Castelo Sant'Angelo wird sie umzingelt. Alle Wege sind versperrt, Flucht ist unmöglich. Doch sie beschließt, dass die Schurken diesmal nicht obsiegen werden. Sie tritt an den Rand. Wenn sie schon ihr Leben verlieren soll, dann aus freiem Willen.

Colla mia!

Bevor sie in den Tod springt, schleudert sie dem Adligen, der so viel Böses getan hat, einen letzten Fluch entgegen: Scarpia, vor Gott wirst du gerichtet werden!

O Scarpia, avanti a Dio!

Langsam hob Hanna Wizoreck den Kopf, schloss die Augen und legte ihre zur Faust geballte Rechte an den wogenden Busen, während der Männerchor der Gefolgsleute und Soldaten Scarpias das tragische Ende der Puccini-Heldin beklagte.

Dann vernahm sie hinter sich ein Geräusch. Sie drehte sich um. Durch die Tränen hindurch, die über ihre stark geschminkten Wangen kullerten, sah sie verschwommen in ihrem scharlachroten Salon zwei Jungen neben einer Gestalt stehen, die kleiner war als sie. Verblüfft über diese Eindringlinge in ihr Allerheiligstes, das niemand betreten durfte, wenn sie ihre Opern hörte, wischte sie sich rasch die Augen trocken. Eine raue Stimme sagte etwas auf Portugiesisch, was sich anhörte wie »Eine Mörderin wie Tosca«. Sofort erkannte sie den mageren weißhaarigen Mann.

»Ach je! ... Der Irre vom Friedhof.«

Der Alte wurde von zwei Jungen in Schuluniform flankiert. Der Kleinere von beiden, ein Mulatte mit

Segelohren und einem trapezförmigen Oberkörper, war kräftig wie ein Erwachsener im Miniaturformat. Die Augen des anderen, Hochgeschossenen, waren erfüllt von einer Melancholie, die sie an die schwindsüchtigen Dichter erinnerte, die sich in ihrer Jugend in sie verliebt hatten.

»Was sind das für Kinder?«

Ein Quietschen erinnerte sie daran, dass die Nadel am Ende der Platte angekommen war. Sie ging zum Plattenspieler, hob den Arm an und legte ihn auf die Ablage. Dann schaltete sie das Gerät aus. Der Alte trat neben sie, packte die Platte und wedelte damit vor ihrer Nase herum.

»Tosca erstach Scarpia, um ihre Ehre und ihre Liebe zu Mario Cavaradossi zu verteidigen. Sie können keinen dieser mildernden Umstände für sich in Anspruch nehmen, Madame Wizoreck.«

»Vorsicht, *vieux dingue*!«, rief sie. Sie hatte sich genügend französische Wörter angeeignet, um bei den leichtgläubigen Freiern früherer Zeiten als Französin durchzugehen und die Hinterwäldler zu beeindrucken, die ihr Hotel aufsuchten. »Das ist eine wertvolle Aufnahme, die in Brasilien nicht erhältlich ist. *Il m'a pris plus d'un an pour l'obtenir*! Ich habe anderthalb Jahre darauf warten müssen, dass jemand sie mir besorgt!«

Nachlässig warf Ubiratan die Schallplatte auf den Haufen anderer Platten, die neben dem altmodischen Plattenspieler auf dem Tisch lagen.

»Wir waren am See.«

Hanna vergewisserte sich, dass die Schallplatte keinen Schaden genommen hatte, schob sie in die Hülle zu den anderen drei, aus denen das Album bestand, und klappte es zu.

»Es war nicht weiter schwer herauszufinden, was dort geschehen ist.«

Sie sah, dass das Trio vom Fenster, durch das sie hereingeklettert waren, bis zu ihr eine Dreckspur auf dem Teppich hinterlassen hatte. Ihre Hosen waren schlammbespritzt. Die Kleidung des Mulattenjungen war zerknittert.

»Dies hier ist kein Ort für Kinder«, sagte sie barsch und zeigte auf den schmutzigeren der beiden Jungen.

»Aber Sie hatten hier schon Mädchen, die nicht älter waren als die beiden«, erwiderte der Alte.

»Sehen Sie sich nur meinen Teppich an, der ist völlig versaut!«, rief sie, die Hände in die Hüften gestemmt. »Verschwinden Sie. Und nehmen Sie die Jungen mit. Sie haben kein Recht, in meinen *Salon* einzudringen. Ich möchte in Ruhe meine Musik hören.«

»Adolf Hitler war auch ein Opernliebhaber.«

»Blödsinn. *Il aimait Wagner, il n'aimait pas la vraie ópera.* Raus hier! Und die Jungen auch!«

Als sie sah, dass die drei keine Anstalten machten zu gehorchen, drohte sie: »Gehen Sie, oder muss ich Sie erst rauswerfen lassen?«

»Wir gehen von hier aus direkt zum Gefängnis, Madame Wizoreck.«

»Ganz genau, *vieux dingue*! Ich werde dafür sorgen, dass Sie dort landen.«

»Wir gehen gemeinsam. Aber erst gestehen Sie Ihr Verbrechen.«

Sie ging zur Tür.

»Humberto! Humberto, komm mal bitte her!«

Paulo und Eduardo gingen an ihr vorbei und versperrten ihr den Weg.

»Was soll das denn? Habt ihr den Verstand verloren? Humberto!«, rief sie. »Humberto, hörst du mich nicht?« Sie wandte sich an Ubiratan. »Sagen Sie den Jungen, sie sollen mir aus dem Weg gehen.«

Ubiratan ignorierte die mit rollenden Rs vorgetragene Aufforderung.

»Aparecida wurde von einer Frau ermordet. Einer Frau, die diese Gewalttat nicht hätte begehen können, wenn sie nicht genauso groß und kräftig gewesen wäre wie ihr Opfer.«

»Humberto! Komm!«

»Einer Frau, die sie gut kannte. Die sie anrief und vorgab, sie habe etwas Wichtiges mit ihr zu bereden, weit weg von den neugierigen Blicken anderer. Außerhalb der Stadt.«

»Humberto! Ich rufe nach dir!«

»Einer Frau, vor der sie keine Angst hatte.«

»Humberto! Humberto!«, rief Hanna Wizoreck immer lauter und wollte den Salon verlassen.

Paulo lehnte sich gegen die Tür. Eduardo schloss ab und steckte den Schlüssel in die Hosentasche.

»Was machen Ihre Jungen denn da?«

»Aparecida wurde von einer Frau ermordet, der sie vertraute.«

»Nehmen Sie die Jungen da weg! Sagen Sie ihnen, sie sollen die Tür aufmachen!«

»Sie haben Aparecida belogen. Sie haben Aparecida betrogen. Sie haben Aparecida verraten.«

»Humberto!«

»Sie haben sich irgendwo getroffen, wo niemand Sie sehen konnte, dann sind Sie mit Aparecida zum See gefahren. Sie haben den Wagen gut versteckt im Mangohain geparkt. Aparecida ahnte nichts von Ihren mörderischen Absichten, bis Sie …«

Krachend flog die Tür auf, sodass die beiden Jungen zur Seite geschleudert wurden. Eduardo landete neben dem Sessel mit der hohen Rückenlehne. Paulo rollte Ubiratan vor die Füße, wobei er das Tischchen mit dem Plattenspieler und den Schallplatten anstieß, dass es wackelte.

»Humberto!«, seufzte Hanna, erleichtert über das Erscheinen ihres Leibwächters. »Schmeiß diese Leute hier raus!«

Der Hüne ging direkt auf Ubiratan los.

»Sie haben von allem gewusst!«, schrie der, während er um die Hüfte gepackt und mühelos hochgehoben wurde.

»Setz den alten Spinner auf die Straße.«

Der Leibwächter trug den sich heftig wehrenden Ubiratan weg, als ob dieser nichts wöge.

»Sie wussten, wie Aparecida erniedrigt wurde! Sie wussten es und haben es zugelassen! Sie haben die Orgien zugelassen, die Fotos, Sie haben zugelassen, dass sie alle ihre Körperöffnungen benutzt haben!«

»Lass ihn los!«, schrie Paulo, aber niemand beachtete ihn.

»Sie haben sich auf die Seite dieser Männer geschlagen! Sie haben Aparecida verraten!«, brüllte Ubiratan, mit Armen und Beinen fuchtelnd. »Sie haben zugelassen, dass sie Aparecida benutzt haben wie einen Abtritt! Ausgerechnet Sie, die einmal genauso erniedrigt wurde! Die gedemütigt und penetriert wurde wie sie! Von jedem, der wollte! Von jedem, der dafür gezahlt hat!«

»Raus mit ihm, Humberto, und zwar sofort!«

»Warum haben Sie Aparecida umgebracht? Haben *sie* es Ihnen befohlen?«

Paulo versuchte, das Geschrei zu übertönen. Er schnappte sich eine Schallplatte.

»Lass los! Lass Ubiratan frei!«

»Wollten die Aparecida loswerden? Warum? Was hat sie getan? Was wusste sie? Wusste sie zu viel? Oder haben Sie sie aus Neid ermordet?«

Der Gorilla hatte Mühe, mit seiner zappelnden Bürde voranzukommen, die sich jetzt an die Rückenlehne des Kanapees klammerte. Das Möbelstück wurde mitgeschleift, bis es an einem der Teppiche hängen blieb.

»Auch wenn *sie* den Mordbefehl erteilt haben, haben Sie sie aus Neid erstochen! Aus Neid auf ihre Jugend! Auf ihre Schönheit! Sie haben Aparecida aus Neid ermordet, und die abgeschnittene Brust ist der beste Beweis dafür! Sie haben sie aus Hass verstümmelt, aus Neid, aus Eifersucht!«

»Lass Ubiratan los, oder ich zerbreche die Schallplatte!«

»Na los, Humberto! Schmeiß ihn endlich raus!«

»Aparecida war jung, das Leben lag noch vor ihr! Sie sind alt! Sie sind für den Rest Ihres Lebens in diesem Bordell eingeschlossen, und diese Stadt ist Ihr Grab! Wollte Aparecida fortgehen? Hätte sie woanders vielleicht Geheimnisse ausplaudern können, die jemandes Karriere zerstört hätten? War das ihr Todesurteil?«

»Lass Ubiratan los! Lass ihn los, oder ich zerbreche diese Schallplatte!«

Endlich war es Paulo gelungen, sich im allgemeinen Tohuwabohu Gehör zu verschaffen: Hanna fuhr herum und starrte ihn entsetzt an. Sie ging auf ihn los und versuchte, ihm die Schallplatte zu entreißen, die er durch die Luft schwenkte. Eduardo kam seinem Freund zu Hilfe.

»Hören Sie auf!«, befahl Paulo. »Sofort!«

Hanna erstarrte.

Eduardo schnappte sich das *Tosca*-Album.

»Wenn Sie näher kommen, zerbreche ich diese Schallplatten hier.«

Die Puffmutter wandte sich zu ihrem Gorilla um, ratlos, welchen Befehl sie ihm erteilen sollte. Er schüttelte Ubiratan, bis dieser das Möbelstück loslassen musste, an dem er sich festkrallte.

»Keiner rührt sich«, befahl Eduardo.

Die Puffmutter tat einen Schritt auf die Jungen zu und streckte die Arme aus.

»Wir zerbrechen sie alle«, beschloss Paulo und hob den Arm, um die Schallplatte auf den Boden zu schleudern.

»Nein!«, stöhnte Hanna fassungslos und blieb stehen. »Macht das nicht mit meinen Platten! Tut das nicht!«

»Dann sagen Sie ihm, dass er ihn loslassen soll.«

Hanna Wizoreck zögerte. Sie erkannte, dass die beiden Jungen keine Ahnung hatten, welche Kostbarkeit sie da in den Händen hielten. Andernfalls hätten dieser schwarze Banause und der dürre blasse Knabe niemals die *Tosca*, und noch dazu diese Version der *Tosca* missbraucht, um ihr zu drohen. Es war die *Tosca*-Aufführung unter Leitung von Victor Sabata, gesungen vom Opernchor der Mailänder Scala. Ein Meisterwerk, das sie ein kleines Vermögen gekostet hatte; vergeblich hatte sie bei mehreren Läden in Rio und São Paulo angefragt, Bestellungen, Bitten und Briefe verschickt und Handelsvertreter angefleht; es hatte sie zermürbt, immer wieder Boten loszuschicken, Anschreiben auf Kohlepapier zu tippen, sich mit der endlosen Bürokratie der Zolleinfuhr herumzuschlagen. Dann hatte sie lange – endlos lange, wie ihr schien – auf das Päckchen aus dem Ausland warten müssen, bis sie nach neunzehn Monaten vergeblicher Mühe endlich in diesem gottvergessenen Kaff die schwarzen Platten mit dem Werk in den Händen gehalten hatte, das sie in ihrem nicht enden wollenden Exil tröstete. Und nun konnten es diese Barbaren mir nichts, dir nichts in Scherben schlagen. Die großartige Aufnahme mit Giuseppe di Stefano und Titi Gobbi und Maria Callas, 1955 in London entstanden, und die gleiche Oper, die sie, ebenfalls mit der Callas, zehn Jahre zuvor als Live-Aufnahme aus dem Theatro Municipal de Rio de Janeiro gehört hatte, lief Gefahr, zerstört zu werden. Von einem dürren blassen Jüngling und diesem wilden schwarzen Kerl, der verlangte: »Ich will, dass er ihn jetzt loslässt! Sofort!«

Sie sah Humberto an, der fast an der Tür war. Ubiratan klammerte sich, ununterbrochen brüllend, an den Türknauf.

»Mit was für einer Geschichte haben Sie Aparecida hinters Licht geführt? Dass Sie sie mit der Organisation zusammenbringen würden, die auch Sie beschützt hat, als Sie nach Brasilien kamen? Mit den jüdischen Zuhältern, die aus Ihnen eine Edelnutte gemacht haben? Oder den jüdischen Kommunisten, die versucht haben, Sie vor diesem Schicksal zu bewahren?«

Humberto, der Hannas Schweigen als Weigerung interpretierte, den Forderungen des Jungen mit der Schallplatte nachzugeben, zog an Ubiratan, bis dieser sich gezwungen sah, den Türknauf loszulassen. Er ging mitsamt seinem zappelnden Bündel hinaus, und Paulo hob die Platte, um sie schwungvoll an die Tischkante zu schmettern. Hanna stoppte ihn mit einem schrillen Schrei.

»Nein!«

Humberto blieb stehen. Hanna schlug die Hand vor den Mund.

»Bitte, Junge … Tu das nicht.«

Erst jetzt verstand Ubiratan, den Humberto immer noch um die Hüfte gepackt hielt, die Lage: Die Bauern hatten die Dame eingekreist.

Niemand rührte sich.

Ein paar Sekunden lang herrschte Patt. Dann kapitulierte Hanna.

»Du kannst den Alten loslassen«, sagte sie.

Humberto stellte Ubiratan auf den Boden.

»Jetzt schicken Sie ihn raus«, befahl Paulo.

Hanna war sich nicht sicher, wen der Junge meinte. Als Paulo das merkte, erklärte er:

»Den Kleiderschrank. Sagen Sie ihm, er soll gehen.«

Noch einmal zögerte sie. Ubiratan ging auf sicheren Abstand zu dem Gorilla, der immer noch stillstand und auf den Angriffsbefehl wartete.

»Sofort!«, befahl Paulo und schwenkte die Schallplatte in seiner rechten Hand.

Hanna seufzte tief. Mit einem zustimmenden Kopfnicken schickte sie Humberto hinaus. Dann streckte sie die Hände nach Paulo aus.

»Gib mir die *Tosca.*«

Paulo reckte den Arm in die Luft.

»Gib mir die Schallplatte.«

Paulo sah Ubiratan an, der gerade die Tür schloss, und wartete.

»Schließ die Tür ab, Ubiratan!«

»Das ist nicht nötig«, versicherte Hanna. »Die Platte. Gib sie mir.«

Widerwillig reichte Paulo ihr die Schallplatte. Hanna fasste sie sacht an den Rändern, wischte sie sorgfältig mit dem Rand ihres Morgenmantels ab und schob sie in die Papierhülle. Sie nahm Eduardo das Album aus den Händen, legte die Schallplatte zu den anderen drei und klappte das Album zu.

»Wollen Sie sie nicht verhören?«, fragte Eduardo, an Ubiratan gewandt.

»*Comment ça*? Was hat er gesagt?«

»Ich versperre die Tür«, sagte Eduardo hastig, nahm einen Stuhl und stellte ihn so an die Tür, dass die Lehne die Klinke blockierte, wie er es oft im Kino gesehen hatte.

»Ich habe doch schon gesagt, das ist nicht nötig!«, rief Hanna wütend, dann wandte sie sich an Ubiratan: »Was wollen Sie?«

»Einige dunkle Punkte klären, Madame Wizoreck.«

»*Cette situation est ridicule.* Alles, was Sie hier gebrüllt haben, alle Ihre Anschuldigungen sind lächerlich.«

»Sie haben Aparecida umgebracht.«

»Ah …!« Hanna seufzte resigniert. »Er ist wirklich verrückt. *Alors!* Sie sind also dieser Alte, der kleine Jungen mag. Man hat mir schon von Ihnen erzählt.«

»Mich zu beleidigen«, entgegnete Ubiratan gelassen, »wird Ihnen auch nichts nützen. Das Verbrechen, das Sie begangen haben, könnte für immer ungeklärt bleiben, weil es so aussah, als hätte es der betrogene Ehemann im Affekt oder irgendein Unbekannter im Wahn begangen. Aber die Tat trägt die Handschrift des Neides, Ihre Handschrift. Eine barbarische Handschrift, etwas, was nur eine Frau einer anderen Frau antun kann: ihr die Brust abzuschneiden. Das deutlichste Zeichen ihrer Weiblichkeit auszurotten.«

»Genau!«, stimmte Eduardo zu. »Wir wissen über alles Bescheid.«

Hanna nahm die Zigarettenschachtel vom Tisch neben dem Sessel mit der hohen Lehne, zog eine filterlose amerikanische Zigarette heraus und steckte sie in die perlmutterne Spitze. Das goldene Feuerzeug in der Hand, musterte sie sie der Reihe nach.

»Ein pädophiler Alter und zwei Jungs, die man fast hübsch nennen könnte …«

»Jetzt müssen wir nur noch das Fleischermesser finden, das Sie für den Mord benutzt haben«, verkündete Paulo.

»Oder den Dolch«, warf Eduardo ein.

Hanna setzte sich. Sie nahm einen tiefen Zug, die Zigarettenspitze mit der übertriebenen Dramatik eines Stummfilmvamps haltend, und musterte die Jungen.

»Drei Spinner …«, sagte sie, stieß den Rauch aus und lächelte, »die Detektiv spielen.«

Sie hatte ihre Selbstsicherheit wiedergefunden, war wieder Herrin der Lage.

»Ihr habt ja keine Ahnung, worauf ihr euch da eingelassen habt. Mit wem ihr euch angelegt habt.«

Hannas Selbstsicherheit verunsicherte Ubiratan.

»Sie haben … haben Aparecida umgebracht …«

»Umgebracht?«

»Ja, umgebracht.«

»Ihr Name war Anita. Sie hat vor langer, langer Zeit aufgehört, Aparecida zu sein. Wollen Sie wirklich stehen bleiben? Warum setzen Sie sich nicht?«

Sie stieß den Rauch durch die Nase aus und zeigte auf das Kanapee vor ihr. Ubiratan nahm Platz, Paulo und Eduardo postierten sich hinter ihm wie Wachen.

»Finden Sie, dass dieses Gespräch für die Ohren dieser Kinder geeignet ist?«

»Hier sind keine Kinder«, protestierte Paulo. »Wir helfen bei den Ermittlungen.«

Sie ignorierte sie.

»Eine Zigarette gefällig?« Sie hielt Ubiratan die Zigarettendose hin. »Das sind ausländische Zigaretten. *Tabac blond* aus Virginia.«

Ubiratan fischte den Zigarettenstummel aus der Streichholzschachtel, die er aus der Jacketttasche gezogen hatte. Hanna beugte sich vor und zündete den Stummel an. Dann rückte sie den gläsernen Aschenbecher so, dass beide daran kamen.

»Ich halte es für unpassend, über Anita zu reden, Ihnen etwas über ihr Leben zu verraten, solange diese beiden Kinder in meinem *Salon* sind.«

»Ich hab doch schon mal gesagt, hier gibt's keine Kinder«, wiederholte Paulo mit wachsendem Zorn.

»Meinen Sie nicht, es wäre besser, sie hinauszuschicken?«

»Ich rühre mich hier nicht weg«, rief Eduardo empört aus.

»Kommt gar nicht infrage!«, fügte Paulo hinzu.

»Was ich Ihnen über Anitas Leben erzählen kann, Senhor … Wie war noch mal Ihr Name?«

»Ubiratan.«

»Wenn Ihnen wirklich etwas an der Erziehung dieser beiden fast hübsch zu nennenden Jungen liegt, Senhor Ubiratan, sollten Sie wissen, dass das, was ich Ihnen über Anitas Leben erzählen kann, wenig erbaulich für zwei noch ungefestigte Persönlichkeiten ist. Ich nehme an, Sie wissen das. Aufgrund der Fotos, die Sie, wie ich weiß, gesehen haben, können Sie sich ja eine Vorstellung von den Dingen machen, die in dieser Unterhaltung zur Sprache kommen werden.«

»Welche Fotos meint sie?«, fragte Paulo neugierig.

»Sie haben uns nie etwas von irgendeinem Foto erzählt.«

»Was ist denn auf diesen Fotos, was wir nicht wissen dürfen?«

»Glauben Sie nicht, Senhor Ubiratan, dass es verfrüht ist, *ces deux enfants* in diese Art spezieller Vorlieben einzuweihen?«

»Wovon redet sie, Ubiratan?«

»Egal was es ist, ich gehe hier nicht weg«, verkündete Eduardo.

»Wir haben zusammen mit den Ermittlungen angefangen und sind zusammen bis hierher gelangt. Wenn einer bleibt, bleiben alle. Wenn einer geht, gehen alle.«

»Sie müssen es ja wissen«, sagte Hanna, nahm einen weiteren Zug und wartete schweigend auf seine Entscheidung.

Stille breitete sich im Salon aus, nur unterbrochen von

den Akkorden eines Boleros, der aus dem Inneren des Bordells zu ihnen drang.

Boneca cobiçada
Das noites de sereno
Teu corpo não tem dono,
Teus lábios têm veneno.
Se queres que eu sofra …

Ubiratan senkte den Kopf. Als er ihn wieder hob, wandte er sich an die Jungen hinter ihm. Er lächelte verlegen, ein Lächeln, das freundliche Bitte und unmissverständliche Aufforderung zugleich war.

»Ach, Ubiratan«, jammerte Eduardo enttäuscht.

»Das nicht!«, rief Paulo und trommelte mit den Fäusten aufs Kanapee.

»Bitte, Paulo. Bitte, Eduardo. Es muss sein.«

Schweigend, wütend, zogen sie sich langsam zurück. Paulo warf Ubiratan einen letzten zornigen Blick zu, bevor er die Tür zuknallte.

»Nun gut …« Hanna nahm einen Zug aus der Zigarette und stieß gleich darauf den Rauch wieder aus. »Lassen Sie uns weiterspielen. Der Detektiv und die Mörderin.«

»Mord ist kein Spiel.«

»Nein, das ist er nicht. Allerdings kommt es darauf an, wer stirbt. Die arme Anita ist nichts weiter als eine bedeutungslose Leiche.«

Sie drückte die Zigarette aus, nahm sie aus dem Mundstück und warf sie in den Aschenbecher. Dann lehnte sie sich im Sessel zurück und schlug die Beine mit den dicken Knöcheln übereinander, die in dunklen Nylonstrümpfen steckten, um die zahllosen Krampfadern zu verbergen.

»*Qu'est-ce que vous voulez de moi?*«

»Bereuen Sie nicht, was Sie Aparecida angetan haben?«

»*Monsieur*, das, was Anita in acht Jahren zugestoßen ist, habe ich in nur gut drei Monaten durchlebt. Von der Nacht an, in der ich aus meinem Dorf in Polen geflohen bin, bis zu dem Nachmittag, an dem ich mich im Hafen von Marseille nach Brasilien einschiffte, hatte ich mehr Männer als die meisten Frauen in ihrem ganzen Leben. Slowaken, Litauer, Polen, Ungarn, Deutsche, Türken, Australier, Kongolesen, Tunesier, Griechen, Franzosen, Kanadier, Amerikaner, Engländer, Iren, Russen, Marokkaner, Spanier, Senegalesen, Italiener, Jugoslawen, Äthiopier, Ägypter, Transjordanier und sogar einen Orientalen, dessen Nationalität ich nie erfahren habe. Ich wollte essen, und ich wollte einen Reisepass nach Amerika. Irgendwo in Amerika. Deshalb war es mir egal, was ich mit meinem Körper machte. Was die Männer mit ihm machten. Ich war überzeugt, dass ich, einmal in Amerika angekommen, wieder rein sein würde wie das junge Mädchen, das ich in Jedwabne gewesen war.«

»In Jeb...?«

»Jedwabne. Mein Dorf.«

Sie nahm sich eine neue Zigarette, steckte sie in das Mundstück, zündete sie an und tat einen langen Zug.

»Als Sie in Brasilien ankamen, haben Sie Mitleid und Hilfe erfahren. Aparecida hingegen fand ringsum nur Gleichgültigkeit.«

»Kaum dass ich in Rio de Janeiro von Bord gegangen war, brachte mich diese Schutzgesellschaft, von der Sie reden, direkt in ein Frauenhaus, eine Straße von der Praça Onze entfernt. Diesen Platz gibt es nicht mehr. Er wurde abgerissen, ebenso das Haus. Dort gab es noch andere Mädchen wie mich. Sie kamen auch aus Europa. Und sie waren auch vor Hunger und Krieg geflohen. Ein echtes Melodram, *Monsieur.* Aber warum erzähle ich Ihnen diesen ganzen Schwachsinn eigentlich?«

»Sie wollten mir erzählen, warum Sie Anita umgebracht haben.«

Sie lachte, laut, lang, falsch und theatralisch.

»*Vous êtes vraiment fou.* Man stelle sich nur vor, *quelle folie,* dass Sie tatsächlich annehmen, Anita hätte von hier fliehen und irgendwo anders ein neues Leben beginnen wollen. Wie naiv. Sie sind wirklich ein Dummkopf. Anita, die wieder von vorne anfängt. Und dabei noch Geheimnisse mitnimmt, die nicht ans Tageslicht kommen dürften. Was für eine Komödie. Glauben Sie allen Ernstes, für Frauen wie Anita und mich würde es irgendeinen Unterschied machen, wenn wir woanders leben?«

»Sie war jung. Sie hätte von vorne anfangen können.«

»Was von vorne anfangen?«

»Alles. Ihr Leben. Ein neues Leben.«

»Ein neues Leben? Mit welchen Fertigkeiten? Waschen, bügeln, sticken, nähen und die Beine breit machen?«

»Wenn man vierundzwanzig ist, ist alles möglich.«

»So was kann auch nur ein alter Mann glauben. Ich versichere Ihnen: Für Anita gab es mit vierundzwanzig keinen Neuanfang. So wie es für mich keinen Neuanfang gab, als ich mich mit siebzehn in Marseille einschiffte. Nur dass ich das damals noch nicht wusste.«

Sie schwieg und drückte die Zigarette aus.

»Und warum haben Sie sie dann umgebracht?«

»Machen Sie sich nicht lächerlich. Natürlich habe ich sie nicht umgebracht. Warum hätte ich das tun sollen?«

»Aus Neid.«

»Neid worauf? Auf ihre verzweifelten Bemühungen, so zu tun, als hätte sie eine andere Hautfarbe? Darauf, dass man sie mit einem weibischen Alten verheiratet hatte? Aus Neid darauf, dass sie nicht mit den Nachbarn sprechen, keine Verwandten besuchen und nicht einmal allein das Haus verlassen durfte? Aus Neid darauf, dass sie als Frau für die Männer herhalten musste, die ihr Ehemann gerne gehabt hätte, wenn er nicht gefürchtet hätte, dass das Sünde sei?«

»Aus Neid auf ... auf ...« Ubiratan wusste nicht, wie er den Satz beenden sollte.

»Aus Neid darauf, dass meine Vagina, mein Mund, meine Schenkel, mein Anus regelmäßig für die alten Schulfreunde meines Mannes herhalten mussten? Dass ich dabei fotografiert wurde, wie sie Gegenstände in meine Körperöffnungen einführten? Wie sie auf mich pissten, auf mich schissen, ihr Sperma auf mir verspritzten, während ich gefesselt und geknebelt war? Darauf soll ich neidisch gewesen sein? Neidisch darauf, dass mein Mann masturbierte, während mich zwei Männer, manchmal auch vier, fünf oder sechs nacheinander bestiegen? Sogar der eigene Bruder?«

Ubiratan wurde bleich. Diese Reaktion überraschte Hanna Wizoreck.

»Sie wussten doch, dass der Bürgermeister und Anita Geschwister waren, oder etwa nicht?«

»Ich …«, stammelte er. »Ich habe vermutet, dass sie irgendwie miteinander verwandt sein könnten. Aber …«

»Tatsächlich waren sie Halbgeschwister. Sie hatten denselben Vater.«

»Der Senator …«

»Diógenes. Senator Diógenes hat eine Küchenhilfe aus dem Herrenhaus der Fazenda geschwängert. Ich weiß nicht, wie sie hieß.«

»Madalena.«

»Er mochte junge Mädchen. Er genoss es, für die jungen Mädchen auf der Fazenda der erste Mann zu sein. *Le droit du seigneur*, verstehen Sie?«

»Madalena wurde von dem Alten vergewaltigt.«

»Damals war er noch kein alter Mann. Und er war auch nicht gewalttätig. Grob, das ja. Aber er hat sie nie geschlagen oder misshandelt. Er hatte einen gewaltigen Appetit auf Frauen, so nannte man das damals, als ich ihn kennen lernte. Das war kurz nach meiner Ankunft in Brasilien. Er war ein sehr attraktiver Mann. Volle Lippen wie ein Indio. Große grüne Augen. Ein breites Kreuz. Und er war schwer. Und ein bisschen grob, ja. Aber ausgesprochen männlich. Ein unbezähmbares Tier. Vor allem bei den jungen Dingern. Sie sind ganz rot. Ist Ihnen nicht wohl?«

»Das geht schon wieder vorüber.«

»Möchten Sie eine Zigarette?«

»Nein, nein. Nein danke.«

»Als Adriano Anita aus dem Waisenhaus holte …«

»Adriano?«

»Der Bürgermeister. Adriano Marques Torres. Als Adriano Anita aus dem Waisenhaus holte und sie Doktor Andrade, dem Zahnarzt, brachte, dachte er, dass sie nichts weiter sei als noch so ein Kind von der Fazenda. Eines von den vielen, die in dieses Waisenhaus gesteckt wurden. Er wusste nicht, dass Anita seine Nichte war. «

»Sie sagten doch, sie sei seine Schwester gewesen.«

»Diógenes, Senator Diógenes ... Wissen Sie eigentlich, was der Senator für diese Stadt getan hat? Wissen Sie, dass er es war oder seine Familie, die das Waisenhaus gegründet hat, die Krankenstation, die ...«

»Ich weiß«, unterbrach Ubiratan sie. »In dieser Stadt ist die Macht der Familie Marques Torres nicht zu übersehen. Aber Sie haben mir doch gerade eben erst erzählt, dass Aparecida und der Bürgermeister Geschwister sind.«

»Halbgeschwister. Anita war die Tochter einer Mestizin.«

»Elza. Sie hat Anita mit zwölf bekommen, das weiß ich.«

»Diese Mestizin, diese Elza, war die Tochter von Senator Marques Torres und der Küchenhilfe aus dem Herrenhaus.«

»Madalena.«

»Die Namen kenne ich nicht. Aber das war die Blutsverwandtschaft zwischen Anita und dem Bürgermeister.«

»Also war Aparecida die Nichte des Bürgermeisters, nicht seine Schwester.«

»Mit achtundfünfzig entflammte der Senator noch einmal für eine hübsche Mulattin von der Fazenda. So hat er es mir erzählt. Er wusste nicht, wer sie war. Das Mädchen hat sich gewehrt, da hat er sie gewaltsam genommen.«

Ubiratan spürte, wie ihm der kalte Schweiß über die Stirn lief.

»Neun Monate später, als diese kleine Mulattin oder Mestizin, diese Elza, wie Sie sie nennen, ein hellhäutiges Mädchen zur Welt brachte, das die gleichen grünen Augen hatte wie der Senator, hat man ihr das Kind weggenommen und ins Waisenhaus gebracht. Sind Sie sicher, dass Sie keine Zigarette wollen? Ein Glas Wasser?«

»Eine Zigarette … Ja. Gerne.«

Hanna nahm zwei Zigaretten aus dem Päckchen, steckte sie in den Mund und zündete beide mit der geheuchelten Vertrautheit eines Liebespaares gleichzeitig an. Dann hielt sie ihm eine hin. Ihr Lippenstift war darauf. Ubiratan nahm sie und hielt sie zwischen seinen Fingern, ohne an ihr zu ziehen.

»Anita war die Schwester und die Nichte des Bürgermeisters. Tochter und Enkelin von Senator Marques Torres. Wollen Sie wirklich kein Glas Wasser? *Un cognac*? *Un petit liqueur*?«

Er winkte schroff ab.

»Sie werden von Minute zu Minute blasser.«

»Das ist nichts. Gar nichts. Das geht gleich wieder vorüber. Also sind Elzas Kinder … Also ist Anita … Oder besser gesagt, Aparecida. Aparecida und Renato sind Geschwister des Bürgermeisters.«

»Nein. Aparecida war die Schwester des Bürgermeisters. Aber der Junge ist nicht sein Bruder.«

»Renato ist nicht …«

»Genau der. Den meine ich. Renato. Nein, ist er nicht.«

»Renato ist nicht der Bruder des Bürgermeisters?«

»Er ist sein Sohn.«

Ubiratan erinnerte sich an das Geräusch von tropfendem Wasser in einem leeren Gang. Ausgeschaltete

Lampen. Die grünliche Karte, die ein Wasserfleck an die Decke gezeichnet hatte. Ein Umkleideraum. Der Umkleideraum der Sporthalle, in der das Fußballspiel stattgefunden hatte. Der Widerhall des Lärms, den der umfallende Eimer verursacht hatte. Das Getuschel in einer der Umkleidekabinen. Der Junge, der herausgestürzt war und ihn an den Handgelenken gepackt hatte. Seine hohen Wangenknochen. Die schmalen Nasenflügel.

»Renato … Sohn des Bürgermeisters …«

»Ja.«

Der Geruch, den er verströmt hatte. Die Mischung aus scharfem Schweiß und frischem Parfüm. Die Tür der Umkleidekabine, die langsam aufgeschwungen war. Das junge Mädchen, das aus dem Schatten trat. Der Duft, der von ihr ausging.

»Anitas Bruder ist der Sohn des Bürgermeisters, aber er sieht ihm nicht ähnlich. Er kommt ganz nach seinem Großvater.«

Lavendel. Sie hatte nach Lavendel gerochen, als sie aus der Kabine kam, in der sie mit Renato gewesen war, und ihren Busen in den BH stopfte. Ihr helles Haar hatte sie zu einem Pferdeschwanz zusammengebunden. Sie konnte nicht älter als fünfzehn sein.

»Renato sieht dem Senator sehr ähnlich. Groß, breites Kreuz, volle Lippen *comme un indien*. Ein Frauenheld. Grob. Wie sein Großvater. *Il ressemble beaucoup à son grand-père*. Eher Indio als Schwarzer. Manchmal kommt Renato hierher. Eines meiner Mädchen ist in ihn verliebt, sie steckt ihm Geld zu, und ich tue so, als sähe ich es nicht. Ich kann sie verstehen. Männer wie Renato wissen, wie man eine Frau verrückt macht.«

»Renato ist der Sohn des Bürgermeisters. Mit Elza …«

»Ja. Er weiß es nicht. Aber Anita wusste es.«

»Sie wusste …«

»Natürlich.«

»Elza …« Ubiratan seufzte fast unhörbar. »Die arme Elza …«

In unbeteiligtem Tonfall, so, als erzählte sie eine ganz gewöhnliche Geschichte, fuhr Hanna mit ihrem Bericht fort.

»Allerdings hatte Anita erst kürzlich herausgefunden, dass Renato ein Verhältnis mit Isabel angefangen hat.«

Die Tür, die sich auf der Veranda am Haus des Bürgermeisters öffnete. Der Duft, der an seine Nase drang, noch bevor er sie sah. Lavendel. Das junge Mädchen mit dem hellen Haar. Hochgewachsen. Mit vollen, geschwungenen Lippen wie ein Vogel mit ausgebreiteten Schwingen. Mit kleinen dunklen Augen, die immer wieder ins Haus zurückblickten.

»Renato begann also ein Verhältnis mit der Tochter des Bürgermeisters …«

»Mit Cecília? Nein. Cecília ist erst vierzehn. Renato ist nicht Cecílias Liebhaber. Er ist der Liebhaber von Isabel. Der Frau des Bürgermeisters.«

Die Veranda des Hauses, die vom plötzlich eingeschalteten Licht überflutet wurde. Die schlanke, ungeschminkte Frau, die hinter dem blonden Mädchen auftauchte. Die langen Wimpern, die schräg stehende Augen beschatteten. Das nachsichtige Lächeln. Der autoritäre Tonfall in ihrer Stimme.

»Renato und sie treffen sich regelmäßig in einem Haus in einem abgelegenen Dorf. Sie hat ihm das Haus gekauft. Es läuft auf seinen Namen. Und sie gibt Renato Geld. Genau wie mein Mädchen. Ein Mann wie er ... Ich kann's verstehen. Er macht eine Frau wahnsinnig. Jede Frau. Sein Großvater war genauso. Ich kann's verstehen. Ihre Asche fällt gleich auf den Fußboden«, warnte sie Ubiratan und schob ihm den gläsernen Aschenbecher zu.

Ubiratan klopfte die Asche ab und drückte gleich danach die Zigarette aus, ohne ein einziges Mal daran gezogen zu haben. Die Kippe behielt er zwischen den Fingern.

»Entschuldigen Sie. Ich bin ...«

»Der Bürgermeister hat selbstverständlich keine Ahnung, dass seine Frau und sein Sohn ...«, sie unterbrach sich, um an der Zigarette zu ziehen, »ein Verhältnis haben.«

»Und Renato? Weiß er, dass ...«

»Dass der Bürgermeister sein Vater ist? Nein. Und Anita hatte beschlossen ...«

»Dem Ganzen ein Ende zu setzen«, schloss Ubiratan.

»Nein. Anita hatte beschlossen, daraus Profit zu schlagen.«

12

Die Schlange kriecht aus ihrer Höhle

»Könnten Sie die Musik vielleicht leiser stellen?«, bat Eduardo die Prostituierte, die neben dem Radio saß und sich die Fußnägel lackierte. »Ich kann nicht verstehen, was da drinnen gesprochen wird.«

Die rothaarige Frau pinselte sich weiter Lack auf die Nägel, wiegte ihren Kopf im Takt des Boleros und trällerte mit, ohne Eduardos Bitte zu beachten.

Ninguém é de ninguém
Na vida tudo passa
Ninguém é de ninguém
Até quem nos abraça …

Eduardo sagte sich, dass er dieses Lied nicht mochte. Dieses nicht und auch sonst keines. Und dass Musik ihn beim Nachdenken störte. Gereizt drehte er sich zu Paulo um.

»Was ist mit dir? Kannst du verstehen, worüber die da drinnen reden?«

»Nichts«, antwortete Paulo, der näher an der vom Gorilla bewachten Tür stand. »Keinen Ton.«

Ubiratan saß nun schon eine ganze Weile mit der Puffmutter hinter der verschlossenen Tür des weinroten

Salons. Weder Eduardo noch Paulo verstanden, warum sie bei dem Gespräch nicht dabei sein durften. Und noch dazu dröhnte ihnen dieses Lied in den Ohren.

Já tive a ilusão
Que tinha um grande amor
Talvez alguém pensou
No amor que eu sonhei
E que perdi também ...

Zwei mollige Frauen in gewagten engen Kleidern tanzten eng umschlungen am Fuß der Holztreppe, die in den zweiten Stock führte. In einem Sessel neben ihnen blätterte eine magere Mulattin in einer uralten Ausgabe der Zeitschrift *O Cruzeiro*. Das Titelbild zeigte einen als Harlekin verkleideten Mann, der einer Frau mit langen, sonnengebräunten Beinen zu Füßen lag. Eine der Überschriften lautete: »Beginn des Prozesses gegen Adolf Eichmann in Jerusalem«.

»Wer ist Adolf Eichmann?«, fragte Paulo.

»Reden die beiden immer noch?«, fragte Eduardo zurück, Paulos Frage ignorierend, auf die er keine Antwort wusste.

»Ja. So viel kann ich hören. Aber nicht, worüber sie reden.«

»Bestimmt geht es um diese Fotos.«

»Aber wir haben gar kein Foto gesehen. Nirgendwo.«

»Das ist wahrscheinlich das Geheimnis, das wir nicht wissen dürfen. Und darüber reden sie jetzt.«

»Die sind aber schon eine Ewigkeit da drin!«

... E assim vi que na vida
Ninguém é de ninguém.

Das Lied war zu Ende. Eduardo atmete erleichtert auf. Ein Werbejingle pries die Vorzüge von Doktor-Ross-Lebenspillen, Gesundheit und Freude für jedermann und rasche Hilfe bei Nierenschmerzen. Die rothaarige Prostituierte war inzwischen zu den Nägeln des anderen Fußes übergegangen. Paulo startete einen erneuten Versuch, das Ohr an die Tür zu legen, gab aber auf, als der Gorilla drohend die Hand hob. Er sah sich um. Von den Wänden blätterte die Farbe. Die Möbel waren alt, die Teppiche abgenutzt. Die Frauen liefen weder nackt durchs Haus, noch tranken sie laut lachend Zuckerrohrschnaps und setzten sich den Männern auf den Schoß. Keine von ihnen war hübsch. Es herrschte keine ausgelassene Feierstimmung, wie er sich das vorgestellt hatte.

»Was ist das bloß für ein Foto?«, fragte er Eduardo.

»Ich glaube, es ist nicht nur eins. Ich meine, er hätte was von Fotos gesagt. Ich bin mir sicher, dass er *Fotos* gesagt hat. Er hätte es uns erzählen müssen. Schließlich haben wir die Spur gefunden!«

»Du hast sie gefunden, Eduardo.«

»Nein. Wir haben sie gefunden. Das ist unsere gemeinsame Ermittlung. Von uns allen dreien. Es ist ungerecht, dass er uns aussperrt. Ich will wissen, um was es geht!«

Im Radio begann ein neues schwülstiges Lied. Die Frau, die sich die Fußnägel lackierte, kannte dieses auch und sang inbrünstig mit.

Fica comigo esta noite
E não te arrependerás
Lá fora o frio é um açoite
Calor tu terás.
Terás meus beijos de amor …

Die Tür zum Salon ging auf. Ubiratan kam heraus; er wirkte erschöpft. Er sah nach links und rechts und schien nicht zu wissen, wo er war. Zwischen seinen Fingern hielt er eine erloschene Zigarette. Eduardo und Paulo liefen zu ihm.

»Und jetzt?«

»Was hat sie gesagt?«

»Lassen Sie sie festnehmen?«

»Hat sie den Mord an Aparecida gestanden?«

»Hat sie Ihnen das Messer ausgehändigt? War es ein Messer oder ein Dolch?«

Quero em teus braços, querida,
Adormecer e sonhar,
Esquecer que nos deixamos
Sem nos querermos deixar.
Tu ouvirás o que eu digo …

Ubiratan sah die beiden Jungen neben dem Radio und die Rothaarige, die ihre lackierten Zehennägel an der Luft trocknete und dabei sang. Neben ihr tanzten zwei Frauen schleppend miteinander. Eduardo und Paulo warteten auf seine Antwort.

»Was macht ihr denn hier? Warum seid ihr nicht nach Hause gegangen?«

»Wir haben hier auf Sie gewartet, was denn sonst!«

»Warum durften wir das Gespräch nicht mit anhören?«

»Warum haben Sie uns rausgeschickt?«

»Worüber haben Sie geredet?«

»Hat sie gestanden?«

»Was ist auf den Fotos, die Sie vor uns geheim gehalten haben?«

»Lassen Sie sie nun verhaften oder nicht?«

Ubiratan packte sie bei den Schultern.

»Ich muss wohin.«

»Gehen wir!«

»Ja, los!«

»Nein! Ich muss alleine gehen.«

»Was ist denn das schon wieder für eine Geschichte?«

»Wo gehen Sie hin?«

»Ich kann euch nicht mitnehmen.«

»Zu wem gehen Sie?«

»Wenn Sie gehen, gehen wir auch.«

»Wo gehen wir hin?«

»Ihr könnt nicht mitkommen.«

Sein Tonfall war gebieterisch und besorgt zugleich.

»Es geht nicht!«

»Warum nicht?«, fragte Eduardo.

»Ich muss alleine gehen. Ihr bleibt hier!«

Ein weiterer Blick in die Runde erinnerte Ubiratan daran, wo er war. Die Tenorstimme versprach Zuflucht und Erlösung. Die rothaarige Prostituierte stand auf und tanzte allein, während sie schrill und misstönend die Versprechungen mitsang.

Eu ouvirei o que dizes
Então seremos felizes …

»Nein, bleibt nicht hier! Geht nach Hause!«

»Was ist passiert? Warum sind Sie so nervös?«

»Was war da drinnen los mit der Alten? Was hat sie Ihnen erzählt, was Sie so nervös macht?«

»Geht nach Hause, geht nach Hause!«

»Sie haben was rausgefunden, was Sie uns nicht erzählen wollen!«

»Und zwar genau da drinnen, nachdem Sie uns weggeschickt haben!«

»Egal wo Sie hingehen, wir gehen Ihnen einfach nach.«

»Versprecht mir, dass ihr mir nicht folgen werdet!«

»Warum?«

»Versprecht es!«

»Wo gehen Sie hin?«

»Versprich mir, dass du mir nicht folgen wirst, Eduardo. Paulo, du auch. Bitte versprecht es mir!«

»Ich gehe da hin, wo Sie auch hingehen.«

»Wir beide.«

»Zusammen!«

»Nein, Paulo.«

»Wir drei.«

»Diesmal nicht, Eduardo.«

»Und wir kommen doch mit!«

»Das Fahrrad ist meins, und ich fahre damit, wohin ich will.«

»Aber das geht nicht, Eduardo! Dieses Mal nicht!«

»Eduardo kommt mit und ich auch.«

»Wir beide kommen mit Ihnen mit!«

»Nicht an diesen Ort, Paulo. Das dürft ihr nicht!«

»Wir lassen uns von Ihnen nichts verbieten. Wir kommen mit und basta!«

Ubiratan verstand, dass er die beiden Jungen nicht von ihrem Vorhaben abbringen konnte. Er drehte sich zu dem Hünen um, der noch immer die Tür seiner Herrin bewachte.

»Humberto!«

Ehe die beiden Jungen es sich versahen, hatte der Gorilla sie an den Armen gepackt und in die hinterste Ecke des Raums gezerrt. Dann schob er sie in ein Kämmerchen. Paulo lief zum einzigen Fenster. Von den Bergen kam mit Sprühregen vermischter Nebel herab, ließ die Scheiben beschlagen und verschluckte, zusammen mit der hereinbrechenden Nacht, nach und nach die Straßen. Soeben verschwand Ubiratan auf Eduardos Fahrrad um eine Ecke.

Er wusste nicht, wie lange er schon in die Pedale trat und ob er überhaupt in die richtige Richtung fuhr. Zwar folgte er der Wegbeschreibung der Puffmutter, aber es war das erste Mal, dass er über die Stadtgrenze hinausfuhr. Die Beine taten ihm weh. Immer wieder hielt er an, um Atem zu schöpfen. Irgendwann hatte er in der Ferne kleine Lichtpunkte gesehen, die vielleicht zum Dorf gehörten, aber er konnte nicht direkt darauf zufahren: Im Schein der in den Wolken explodierenden Blitze konnte er die Windungen des Pfads vor sich auftauchen und wieder verschwinden sehen. Der Donner grollte immer näher, wie die Kanonen einer heranrückenden Armee.

Die Schlange wartet nur darauf, aus ihrer Höhle zu kriechen, dachte er.

Die Windböen trieben ihm Schmutz ins Gesicht. Der Sprühregen durchnässte ihn. Er war erschöpft. Aber er durfte nicht anhalten. Er musste so schnell wie möglich Renato finden. Er musste versuchen, den Kreislauf der Dekadenz zu durchbrechen, der mit der Vergewaltigung eines jungen Mädchens namens Madalena begonnen hatte. Er musste Renato erzählen, dass das Mädchen, mit dem er in der Umkleidekabine Zärtlichkeiten ausgetauscht hatte, seine Schwester war. Seine andere Schwester. Er musste ihm erzählen, dass der Mann seiner Geliebten sein Vater war. Er wusste noch nicht, wie er das anstellen sollte. Aber er musste es tun. Jemand musste es tun. Dringend.

Irgendwo in der Ferne zu seiner Linken rasten zwei parallele Lichter wie Autoscheinwerfer die Straße entlang. Er versuchte, sich an ihnen zu orientieren, doch gleich darauf waren sie verschwunden.

Der Regen hatte den Pfad mit einer dünnen Schlammschicht überzogen, auf der das Fahrrad wegrutschte. Er kam ins Wanken, wäre beinahe gefallen, fing sich, glitt wieder aus, hielt an. Er wischte sich die Regentropfen aus den Augen und beschloss, den Rest des Weges zu Fuß zurückzulegen und das Fahrrad zu schieben. Nun konnte es eigentlich nicht mehr weit bis zum Dorf sein. Bald musste er feststellen, dass er sich geirrt hatte. Die Zeit lief ihm davon. Seine Unruhe wuchs. Er stieg wieder auf und radelte mühsam auf die Lichter zu.

Der Regen wurde stärker. Seine Kleidung klebte ihm am Leib. Ihm war kalt. Dann hörte er seine eigene Stimme und verstand, dass er laut vor sich hin redete.

Nun, da er Genaueres über die Herkunft und Lebensgeschichte der blonden Frau wusste, die am See erstochen worden war, verstand er auch, welches Spiel sie gespielt hatte, um sich gegen ihre Beherrscher zur Wehr zu setzen: Aparecida hatte überlebt, weil sie sich geweigert hatte, Anitas Existenz zu führen. Sie hatte überlebt, indem sie sich von sich selbst verabschiedet und im Schweigen verbarrikadiert hatte, sie war undurchdringlich geworden, indem sie sich jedes Bedürfnis versagte, hatte Macht erlangt durch ihre Passivität allem gegenüber, was man ihr antat, und Freiheit durch ihre Gleichgültigkeit ihrem eigenen Schicksal gegenüber. Allerdings, so dachte er weiter, würde er nie erfahren, warum ihre Besitzer die blonde Puppe ermordet hatten oder hatten ermorden lassen, mit der sie ohne Reue all die Wünsche ausleben konnten, die sie ihren respektablen Ehefrauen gegenüber nicht einmal zu äußern gewagt hätten.

Er holperte durch ein außergewöhnlich großes Schlagloch und hüpfte im Sattel auf und nieder. Die Lichterreihe war näher gekommen. Schon konnte er Fenster, Veranden, Türen, Wände und Dächer ausmachen.

Unter dem hartnäckigen, immer kälter werdenden Regen erreichte er das, was sich Dorf nannte, aber kaum mehr war als ein erbärmliches Kaff, eine ungeordnete Ansammlung flacher Häuser für arme Leute, über ein Stück Land verstreut, das der Regen in eine einzige Schlammpfütze verwandelt hatte.

Es war niemand zu sehen, den er nach Renatos Haus hätte fragen können, und so radelte er bis zum ersten Haus, um dort anzuklopfen und zu fragen.

Noch bevor er angekommen war, hörte er einen Schuss.

Klar und scharf zerriss der Knall die Nacht und ließ ihn schaudern.

Er drehte das Fahrrad in die Richtung, aus der er den Schuss vernommen zu haben meinte. Vor ihm lag eine Reihe winziger Häuser, die meisten mit nackten Backsteinwänden, ununterscheidbar.

Ein weiterer Schuss erklang.

Und noch einer.

Er wandte sich um.

Die gleichen Häuser mit den gleichen Dächern, Wänden, Türen und verschlammten Vorgärten.

Instinktiv ließ er das Fahrrad fallen und rannte, so schnell ihn seine lahmen alten Beine trugen, zu einem Häuschen hinüber, auf dessen Veranda eine Lampe brannte. Als er näher kam, sah er hinter dem Haus einen amerikanischen Wagen, grün mit weißem Verdeck. Ein Stück weiter vorn war ein zweiter Wagen geparkt. Ubiratan blieb stehen. Er kannte diese langgestreckte Karosserie, die hohen Heckflossen und die großen Scheinwerfer: das Auto des Bürgermeisters.

Die Schlange hat zugebissen, dachte er und lief wieder los.

Ein vierter Schuss ließ ihn innehalten. Und wieder ein Knall, gefolgt von einem kurzen, schrillen Schrei wie von einer Kinderstimme. Dann war es still.

Ubiratan ging auf das Haus zu, die Stufe hinauf, über die Veranda. Nun war er an der Tür. Sie war angelehnt. Langsam drückte er sie auf. Das Licht einer Glühbirne erleuchtete das Innere des Hauses und Renatos nackten Körper, der auf einem Bett lag, zwei Kugeln in der Brust, eine im Hals und eine in der Hand. Blut strömte aus den

Wunden und färbte das weiße Laken rot, mit dem Isabel sich zu bedecken versuchte, das aber nicht ausreichte, um ihre kleinen Brüste zu verhüllen. Sie stöhnte. Ihr Arm war angeschossen.

»Wo ist er?«, fragte Ubiratan hastig. »Wo ist der Bürgermeister?«

Isabel schien ihn nicht zu verstehen. Er wiederholte:

»Wohin ist der Bürgermeister verschwunden? Wo ist Ihr Mann?«

Isabel, den Blick starr auf das hintere Ende des Zimmers gerichtet, begann zu zittern. Sie versuchte zu sprechen, brachte aber keinen Laut hervor. Ubiratan folgte ihrem Blick.

Eine Gestalt trat aus dem Schatten hervor, in dem sie sich bisher verborgen gehalten hatte. Sie hielt einen Revolver in der Hand. Der Lavendelduft drang an Ubiratans Nase, noch bevor er ihr verzerrtes Gesicht und die kleinen dunklen, vom Weinen verschwollenen Augen gesehen hatte.

»Cecília!«, rief er aus und tat einen Schritt auf sie zu.

Sie richtete den Revolver auf ihn.

»Stehen bleiben!«

Ubiratan gehorchte.

»Keinen Schritt näher!«

»Ganz ruhig, Cecília.«

»Bleiben Sie mir vom Leib!«

»Ich hatte nicht vor …«

»Eine Kugel hab ich noch!«

»Kind, ich …«

»Halten Sie den Mund!«

Isabel streckte ihre blutige Hand aus.

»Schatz …«

»Und du hältst auch die Klappe!«, schrie Cecília und zielte auf ihre Mutter.

»Herzchen …«

»Maul halten!«

»Kind ..«

»Halt den Mund, Alter! Sei still!«

»Cecília, Herzchen …«

»Du Nutte!«

»Schätzchen … Cecília …«

»Nutte, Nutte, Nutte! Ich hab es nicht geglaubt. Ich konnte es nicht glauben. Wollte es nicht glauben. Nutte!«

»Cecília, bitte, geben Sie mir …«

»Komm mir nicht zu nahe, Alter! Bleib weg! Ich wollte es nicht glauben, aber es war wahr! Alles, alles, alles!«

»Ruhig, Cecília …«

»Ich drücke ab! Ich bring dich um!«

»Um Gottes willen, Herzchen …«

»Du bist eine Nutte! Nutte! Die Obernutte, die größte Nutte von allen!«

»Kind …«

»Immer hast du schlecht über Anita geredet, dabei warst du die Schlampe! Du! Sie hat mir alles erzählt! Anita hat mir alles erzählt, alles!«

»Sie wollte Geld, Herzchen …«

»Von dir und Renato! Sie hat mir sogar von diesem Haus erzählt! Dass ihr euch jede Woche hier getroffen habt! Mindestens einmal pro Woche. Manchmal sogar öfter. Und dass du ihn dafür bezahlt hast.«

Ubiratan lauschte ungläubig.

»Das kann Aparecida nicht getan haben. Sie hat nicht …«

»Anita hat mich erpresst, Herzchen. Mich und Renato.«

»Unmöglich …«

»Meine Mutter und mein Freund! Die Geliebte meines Freundes!«

»Herzchen …«

»Cecília, geben Sie mir die …«

»Bleib mir vom Leib! Weg! Zurück mit dir! Weg! Weg!«

Ubiratan wich einen Schritt zurück.

»Herzchen, sie wollte unsere Familie zerstören …«

»Anita hat mir alles erzählt! Und ich wollte es nicht glauben! Ich hab sie geschlagen, ihr eine Ohrfeige verpasst. Sie hat geweint.«

»Sie war eine Schlampe, Herzchen. Sie hat diesen Tod verdient.«

»Du bist die Schlampe! Du hast Anita umgebracht! Ich weiß es!«

»Das war ich nicht, Herzchen. Ich nicht.«

»Ich hab gehört, wie du mit Papa darüber geredet hast.«

»Da habe ich gelogen. Ich musste lügen, als dein Vater die Blutflecke auf der Rückbank des Wagens entdeckt hat. Ich konnte ihm doch nicht die Wahrheit sagen: dass ich mit Renato zusammen gewesen war. Renato hat sie umgebracht.«

Die Augen des toten Mannes auf dem Bett standen offen. Seine durchschossene Hand lag auf Isabelas Bauch. Sie schob sie weg. Dann versuchte sie, den Körper beiseitezuschieben. Renatos Oberkörper rutschte von der Matratze. Das aus den Wunden fließende Blut verteilte sich auf dem Zementfußboden.

»Ich bin mit Anita zum See gefahren. Renato hat sich dort versteckt gehalten und gewartet.«

Die Mutter redete mit sanfter Stimme auf ihre Tochter ein, ohne den alten Mann, der die Szene verwundert beobachtete, und den nackten, reglosen Jungen neben sich zu beachten.

»Anita wollte Geld. Sie sagte, sie bräuchte es, um von hier wegzugehen. Das Geld wäre nicht das Problem gewesen. Das hätte ich auftreiben können. Aber sie war noch von einer anderen Idee besessen: Sie wollte dich und Renato auseinanderbringen.«

»Du lügst!«

»Sie sagte, ihr beide dürftet nicht zusammen sein. Sie hat von mir verlangt, dir zu verbieten, dich mit ihm zu treffen. Sie hat von mir verlangt, euch zu trennen.«

»Das ist gelogen! Gelogen!«

»Ich schwöre es, Herzchen. Ich schwöre es! Aber das konnte ich nicht tun. Wie hätte ich das denn anstellen sollen? Du wärst misstrauisch geworden, und das hätte nur den Verdacht bestätigt, den sie dir in den Kopf gesetzt hatte. Ich konnte nicht tun, was sie von mir verlangte. Ich sagte ihr, das sei unmöglich. Ich habe ihr mehr Geld angeboten. So viel sie wollte! Aber sie hat es nicht angenommen. Sie hat mich bedroht. Sie hat ein Messer aus der Tasche gezogen.«

»Lüge, Lüge, Lüge! Du hast sie mit einem Dolch erstochen, der Papa gehört! Ich weiß, dass es ein Dolch von Papa war!«

»Es war ein Küchenmesser. Und es war ihres, nicht meins. Ich hatte keinen Dolch dabei, Herzchen. Renato hat gesehen, wie Anita das Messer aus der Tasche gezogen und mich bedroht hat. Da hat er sich von hinten an sie herangeschlichen und ihr mit der Faust aufs Ohr geschlagen. Ich habe Angst bekommen und die Autotür aufgerissen, um wegzufahren. Sie hat mich am Rock gepackt. Renato hat sie an den Haaren gezogen. Da ist sie mit dem Messer auf ihn losgegangen und hat irgendwas geschrien, was ich nicht verstanden habe. Es klang wie: deine Schwester, deine Schwester. Renato hat Anita fortgezerrt und auf sie eingetreten und eingeschlagen. Sie hat geschrien und versucht von ihm wegzukommen. Er hat Anita an der Bluse gepackt, und die ist zerrissen. Renato hat sie wieder geschlagen. Sie ist hingefallen, aber gleich wieder aufgestanden. Ich glaube, sie hat geweint. Dann weiß ich nur noch, dass sie weggelaufen ist. Sie ist zum See gerannt, und Renato ist hinter ihr hergelaufen. Ich auch. Wir sind alle drei gerannt. Dann ist sie gestolpert und hingefallen.«

»Da am See hast du Anita umgebracht! Ich habe gehört, wie du es Papa erzählt hast! Und dann habt ihr Doktor Andrade gezwungen zu gestehen, dass er es war!«

»Wir haben uns über Anita gebeugt. Ich habe sie gepackt und ihre Arme festgehalten. Renato hat das Messer genommen. Ich habe nicht gesehen, wie oft er zugestochen hat. Es musste sein, Cecília. Wir hätten keine Ruhe gehabt, solange diese Frau am Leben war. Renato hat getan, was nötig war.«

Die dunkle Pfütze, die aus Renatos Körper rann, wuchs, bis sie Ubiratans Schuhe erreichte. Er bat:

»Cecília, geben Sie mir die Waffe.«

»Halt den Mund, Alter!«

»Es hat schon zu viele Tote gegeben, Cecília. Zu viel Schmerz. Geben Sie mir die Pistole.«

»Komm mir nicht zu nahe«, schrie sie und zielte auf Ubiratans Stirn.

»Um Gottes willen, Herzchen.«

»Halt den Mund! Du kommst auch noch dran! Ich habe ihn getötet, und jetzt töte ich dich!«

»Kind …«

»Komm nicht näher! Bleib, wo du bist!«

»Ruhig, Herzchen, ganz ruhig. Du kannst ihm die Waffe geben. Mach dir keine Sorgen wegen dem, was hier passiert ist. Wir sagen einfach, es sei Notwehr gewesen. Wir sagen, Renato hätte dich entführt und wollte dich vergewaltigen. So machen wir es. Er hat versucht, dich zu vergewaltigen, und da hast du dir seine Waffe geschnappt und abgedrückt. Zur Verteidigung deiner Ehre. So war es. Das ist die Erklärung. Oder wir sagen, ich hätte geschossen. Ich hätte herausgefunden, was passiert ist, und wäre mit dem Revolver deines Vaters hergekommen. Das ist egal. Mal sehen, welche Verteidigungsstrategie den Rechtsanwälten deines Vaters besser gefällt.«

»Ich habe Renato geliebt!«

»Wir brauchen gar keinen Rechtsanwalt! Das haben wir gar nicht nötig. Dein Vater wird das alles regeln, Herzchen. Er lässt Renatos Leiche verschwinden. Renato hat niemanden. Niemand wird ihn vermisst melden, Herzchen, niemand!«

»Ich habe Renato geliebt!«

»Geben Sie mir die Pistole, Cecília«, sagte Ubiratan sanft und ging auf sie zu.

»Nimm den Revolver herunter, Kind. Dein Vater wird dafür sorgen, dass …«

»Du bist schuld! Ich habe auf dich geschossen und

nicht auf ihn! Er hat sich vor dich geworfen! Um dich zu beschützen!«

»Bitte, Cecília, Liebes, Herzchen, nimm den Revolver runter.«

»Eine Kugel ist noch drin! Ich bringe einen von euch beiden um!«

»Geben Sie mir die Waffe, Cecília ...«

»Schätzchen, Liebes ...«

»Der Revolver, Cecília. Geben Sie ihn her.«

»Seid still, alle beide!«

»Bitte, geben Sie mir ...«

»Bleib mir vom Hals, Alter!«

»Geben Sie mir ...«

»Keinen Schritt weiter! Sonst knalle ich die Schlampe ab!«

Isabel brach in Tränen aus.

»Nein, Herzchen, bitte nicht«, bat sie voller Angst, »bitte schieß nicht, bring mich nicht um, Cecília, Liebes ...«

»Geben Sie mir den Revolver. Bitte.«

»Ich bringe sie um!«

Isabel weinte lauter.

»Nein, Herzchen, nein!«

Nun schluchzte sie hemmungslos. Cecília richtete die Waffe auf ihre Mutter.

»Ich bringe diese Schlampe um!«

»Cecília, geben Sie mir den Revolver.«

»Nein, Liebling! Nein, nein, nein!«, flehte Isabel und hob die Arme vors Gesicht.

»Geben Sie mir ...«, wiederholte Ubiratan, inzwischen so nah, dass er den Revolver greifen konnte.

Cecília wich zurück und schoss die letzte Kugel ab.

13

São Paulo, 28. Februar 2002

Das Telefon klingelte zwei, drei, acht, fünfzehn Mal, dann gab er auf und hängte ein. Auf der Bettkante sitzend überlegte er kurz, was noch in den Handkoffer musste. Nicht viel: Wäsche zum Wechseln, der Bericht des brasilianischen Zulieferers, der Laptop, ein paar Disketten und CDs. Rasierzeug. Kulturbeutel. Den Mantel würde er über den Arm nehmen, den Schal in den Ärmel gesteckt, die Handschuhe in die Taschen. In Paris, seinem ersten Zwischenstopp, war es kalt und noch kälter in Genf, wo er den Zug zurück nach Lausanne nehmen würde, seinem endgültigen Ziel. Während des Flugs hatte er nicht vor zu arbeiten. Er war müde von vier Tagen Sitzungen und endlosem Hin und Her in der ewig verstopften Stadt, er wollte schlafen und würde eine Pille nehmen, sobald das Flugzeug abgehoben hatte, und er würde bitten, weder zum Abendessen noch zum Frühstück geweckt zu werden. Für alle Fälle wollte er aber die CDs und Disketten mit den Informationen griffbereit haben, die er noch studieren und analysieren musste, um den Abschlussbericht schreiben zu können. Um diese Jahreszeit gab es über dem Atlantik so heftige Turbulenzen, dass er trotz des Lexotan ab und zu aufwachen würde.

Er rief bei der Hotelrezeption an und bestellte ein

Funktaxi für in fünfundvierzig Minuten. Bis zu seinem Flug war noch viel Zeit, und wahrscheinlich würde er viel zu früh am Flughafen Guarulhos ankommen, doch er wollte nicht riskieren, im chaotischen Verkehr der Stadt stecken zu bleiben, und vielleicht konnte er so die langen Warteschlangen bei den Passkontrollen der Bundespolizei vermeiden. Wenn er wirklich lange warten musste, würde er ein Buch oder eine Zeitschrift kaufen; mit etwas Glück konnte er vielleicht *El País* vom Vortag oder eine mehr oder weniger aktuelle Ausgabe der *Financial Times* ergattern.

Er stand auf, ging in das winzige Bad, nahm den Rasierapparat, trat in die enge Duschkabine und drehte den Wasserhahn auf. Der kalte Wasserstrahl erfrischte ihn in der Feuchtigkeit und Hitze des brasilianischen Sommers, den er nicht mehr gewöhnt war, mehr als jede Klimaanlage. In Dili war es schlimmer: Klimaanlagen waren in Osttimor ein seltener Luxus.

Danach zog er sich an und packte in den Handkoffer, was noch fehlte. Dann sah er auf die Uhr. Bis zur Ankunft des Taxis blieb ihm noch eine halbe Stunde. Er schaltete den Fernseher ein und suchte CNN International. Vor einer Karte von Afghanistan erklärte ein Militärstratege, was die amerikanischen Truppenbewegungen bei Kandahar bewirken sollten. Die blonde Fernsehmoderatorin, die mit sorgfältig einstudiertem Ernst hinter ihrem Tisch aus Acryl und Resopal saß, stellte eine scheinbar tiefgründige Frage zu einem kürzlich in Bagdad erfolgten Anschlag und den möglichen Folgen des offensichtlichen Widerstands von Saddams schiitischen Unterstützern für die Sicherheit der in Basra stationierten britischen

Truppen. Noch bevor der Spezialist zu seiner Antwort ansetzte, schaltete er den Fernseher aus. Er griff zum Telefon und wählte zum zigsten Mal die Nummer, die er im Telefonbuch angestrichen hatte.

Er wartete und lauschte dem Klingeln am anderen Ende der Leitung. Einmal. Kurze Pause. Zweimal. Wieder eine kurze Pause. Beim sechsten Klingeln gab er auf und wollte gerade auflegen, als jemand abnahm.

»Hallo?«, sagte eine Stimme. »Hallo!«

Er schnappte nach Luft. Es war die Stimme einer Frau.

»Hallo! Wer ist da?«

Eine junge Frau.

»Hallo«, antwortete er, aufgeregter, als er gedacht hätte.

»Wer ist da?«

»Bitte entschuldigen Sie, dass ich so mir nichts, dir nichts bei Ihnen anrufe. Sie kennen mich nicht.«

Er sprach langsam, ohne Akzent, aber wie ein Ausländer, der versucht, so genau wie möglich die richtigen Wörter einer Sprache auszusprechen, die ihm nicht mehr vertraut ist.

»Wer spricht denn da?«

»Ich habe im Telefonbuch nach dem Namen von …«

»Was wollen Sie?«

»Bitte entschuldigen Sie, ich habe mich gar nicht vorgestellt …«

»Mit wem möchten Sie sprechen?«

»Ich bin seit vier Tagen in São Paulo und habe jeden Tag angerufen.«

»Wer ist da?«

»Aber es ist nie jemand drangegangen. Und Sie haben

keinen Anrufbeantworter, deshalb konnte ich keine Nachricht hinterlassen.«

»Wer sind Sie?«

»Ich lebe nicht hier. Und ich bin lange nicht mehr hier gewesen. Es war nur so eine Eingebung, dass ich im Telefonbuch nach seinem Namen gesucht habe.«

»Wen meinen Sie? Mit wem möchten Sie sprechen?«

»Als ich vor zehn Jahren in Rio war, habe ich das Gleiche gemacht. In Porto Alegre habe ich es auch versucht. Und in Recife. In Brasília, Manaus, Belo Horizonte. Überall, wo ich hinfliege, suche ich nach seinem Namen. Bisher habe ich ihn nie gefunden. Ich hatte eigentlich schon aufgegeben ...«

»Wer sind Sie?«

»... bis ich vor vier Tagen hier im Hotel das Telefonbuch gesehen habe. Ich habe es aufgeschlagen und gesucht. Da habe ich ihn gefunden. Ich denke, er ist es. Ich hoffe es.«

»Was wollen Sie?«

»Der Name stimmt. Da dachte ich, das könnte er sein.«

»Wer spricht denn da?«

»Entschuldigung, ich habe mich noch nicht vorgestellt. Ich bin ein wenig ... aufgewühlt. Bitte verzeihen Sie. Ich habe nicht mehr geglaubt, dass ich ihn noch finden würde. Wir haben ... haben uns so lange nicht mehr gesehen. Ich habe immer gehofft, ihn eines Tages wiederzufinden. Aber wenn man wie ich im Ausland lebt ... und immer nur für kurze Zeit hierherkommt ... nur für ein paar Tage ... zu Sitzungen, Konferenzen ... Aber im Grunde habe ich immer daran geglaubt, dass ich ... Verzeihen Sie. Eigentlich bin ich sonst nicht um Worte verlegen, aber als Sie den Hörer abgenommen haben, ist mir so viel durch den Kopf gegangen. Es ist so lange her …«

»Sie wollen mir doch nicht etwa was verkaufen?«

»Nein, nein! Ich sagte ja schon, ich will nur mit ihm reden. Dabei weiß ich nicht einmal, was ich ihm nach all den Jahren sagen will. Wir waren als Kinder befreundet. Als Jugendliche. Als fast Jugendliche. Dann haben wir uns durch einen unglücklichen Zufall aus den Augen verloren. Und seitdem …«

»Sind Sie ein Freund aus der Zeit in Tabauté?«

»Nein. Wir sind im Bundesstaat Rio zusammen zur Schule gegangen, im Landesinneren.«

»Mein Mann hat nie in Rio gewohnt. Er hat an vielen Orten in Brasilien gelebt, aber niemals in Rio, da bin ich mir sicher. Sie haben die falsche Person angerufen.«

»Er hat nie im Landesinneren des Staats Rio gelebt? In einer Stadt namens …«

»Nie.«

»Wirklich nicht?«

»Nein.«

»Ah … Dann entschuldigen Sie bitte. Ich habe den Namen im Telefonbuch gefunden, den Namen meines Freundes, und da dachte ich … Da dachte ich, das könnte er sein. Ich glaubte, er sei es.«

»In welchem Telefonbuch?«

»Na, im örtlichen. Im Telefonbuch von São Paulo.«

»Ich dachte, es könnten vielleicht die Gelben Seiten gewesen sein. Mein Mann steht nämlich gar nicht im Telefonbuch.«

»Ach nein? Aber diese Telefonnummer …«

»Wollten Sie wirklich Fábio sprechen?«

»Fábio?«

»Meinen Mann.«

»Fábio? Nein. Ich habe keinen Fábio angerufen. Verzeihen Sie, ich habe mich geirrt. Aber die Nummer steht im Telefonbuch, hier, ich habe sie sogar angestrichen …«

»Das muss ein altes Telefonbuch sein.«

Er sah auf den Umschlag.

»Es ist von 1996.«

»Ach, deshalb. Da lief die Nummer noch auf meinen Schwiegervater.«

»Ihren Schwiegervater? Das ist die Nummer Ihres Schwiegervaters? Kann ich ihn sprechen? Wir haben uns lange nicht mehr gesehen, aber ich bin mir sicher, er erinnert sich noch an mich.«

Die weibliche Stimme antwortete nicht.

»Kann ich mit Ihrem Schwiegervater sprechen?«

»Was wollen Sie von ihm?«

»Bitte entschuldigen Sie, wenn ich Sie dränge, aber ich bin in Eile. Mein Taxi wird jeden Augenblick da sein. Ich habe schon vorher versucht, Sie zu erreichen, ich habe, wie gesagt, mehrmals bei Ihnen angerufen, aber nie ist jemand drangegangen.«

»Wir waren mit den Kindern verreist. Es sind Schulferien.«

»Ja, natürlich, ich verstehe. Und Ihr Schwiegervater …«

»Wer sind Sie?«

»Ein Freund. Aus alten Zeiten. Jeder ist seiner Wege gegangen und …«

»Warten Sie einen Augenblick. Ich hole meinen Mann.«

Er hörte, wie das Telefon auf einer harten Unterlage abgelegt wurde. Eine Zeitlang blieb alles still. Kinderstimmen im Hintergrund. Die Stimme der Frau. Die Stimme eines Mannes. Dann wieder ihre Stimme. Stille. Erneut ihre Stimme. Schritte. Jemand nahm das Telefon auf. Eine Männerstimme am anderen Ende der Leitung.

»Ja bitte?«

»Guten Morgen. Sie kennen mich nicht …« Er schluckte, zu bewegt, um weiterreden zu können. Er sprach mit seinem Sohn! Nach all den Jahren!

»Guten Tag.«

»Ja natürlich, guten Tag. Guten Tag. Sie kennen mich nicht. Ich bin ein Freund Ihres Vaters.«

»Ich kenne alle Freunde meines Vaters. Es waren sehr wenige. Welcher dieser Freunde sind Sie?«

»Ich bin ein Freund aus alten Zeiten. Aus dem Landesinneren von Rio.«

»Dort ist Papa weggezogen, als er zwölf war.«

»Ich weiß. Ich bin auch mit zwölf von da weggezogen. Sowohl seine Eltern als auch meine Eltern wurden gezwungen …«

»Haben Sie mit ihm an der Fachhochschule für Ingenieurswesen studiert?«

»Wir haben uns nie wiedergesehen.«

»Und warum suchen Sie jetzt nach ihm?«

»Ich würde mich gerne mit ihm unterhalten. Ich versuche es schon so lange. Ich hatte ihn aus den Augen verloren. Wir haben uns aus den Augen verloren. Das Leben hat uns getrennt.«

»Was wollen Sie?«

»Nichts. Ich kann verstehen, dass Sie misstrauisch sind. Ich bin ein Unbekannter. Für Sie. Aber nicht für Ihren Vater. Ich sagte ja schon: Ich will nichts. Ich lebe nicht in Brasilien. Gleich holt mich ein Taxi ab, dann fliege ich zurück. Ich habe nicht viel Zeit. Ich würde gerne mit Ihrem Vater reden. Und wenn es nur für ein paar Minuten ist. Jetzt, wo ich ihn gefunden habe, könnten wir uns für ein anderes Mal verabreden. Ist er da? Kann ich ihn sprechen?«

»Wie lange … Seit wann haben Sie nichts mehr von ihm gehört?«

»Seit vierzig Jahren. Im April werden es einundvierzig Jahre.«

»Und Sie kannten wirklich meinen Vater?«

»Ja, ja, ich kannte ihn. Er war mein bester Freund. Und ich war sein bester Freund.«

»Wie hießen seine Eltern?«

»Das weiß ich nicht mehr.«

»Sie erinnern sich nicht an den Namen meines Großvaters? Und an den meiner Großmutter auch nicht?«

»So auf Anhieb fallen sie mir nicht ein.«

»Haben Sie nicht behauptet, Sie seien Freunde gewesen?«

»Das waren wir auch. Wirklich. Aber ich habe mir nie überlegt, wie seine Eltern hießen. Ich weiß nicht mal, ob ich ihre Namen überhaupt kannte.«

»Sie haben sie nie erfahren? Weder den Namen des Vaters Ihres besten Freundes noch den Namen seiner Mutter?«

»Ich habe seit vierzig … seit einundvierzig Jahren nicht mehr mit ihm gesprochen, ihn nicht mehr gesehen und nichts mehr von ihm gehört. Sowohl sein Vater als auch meiner wurden aus unserer Heimatstadt vertrieben. Es gab dort damals ein Verbrechen. Hat er nie davon erzählt?«

»Nein, nie.«

»Er hat nie von dem Mord an einer Frau namens Anita erzählt?«

»Nein.«

»Aparecida?«

»Nein. Anita oder Aparecida?«

»Jetzt weiß ich es wieder!«

»Was?«

»Den Namen seines Vaters: Ronaldo.«

»Mein Großvater hieß nicht Ronaldo.«

»Nein?«

»Nein. Sind Sie sicher, dass Sie sich nicht verwählt haben?«

»Adolfo? Hieß er Adolfo?«

»Nein, auch nicht. Mein Großvater ist jedenfalls früh gestorben. Mit knapp über vierzig. Herzinfarkt. Genau wie mein Vater.«

Stille.

»Ihr Vater …«, setzte er an, konnte aber nicht weitersprechen.

»Papa ist vor sechs Jahren gestorben. Ebenfalls an einem Infarkt.«

»Ihr Vater …«, begann er wieder, dann versagte ihm die Stimme. Er sah sich im Spiegel des Kleiderschranks. Er war kreidebleich. Er holte tief Luft und setzte von neuem an:

»Ihr Vater hieß …«

»Eduardo.«

»Eduardo …«, sagte er mit einem Seufzer. »Eduardo José Massaranni.«

»Genau. Eduardo José Massaranni. Kannten Sie ihn?«

Stille.

»Hallo?«

Kein Laut am anderen Ende der Leitung.

»Hallo?«

Keine Antwort.

»Hallo? Sind Sie noch da?«

Nichts.

»Hallo? Hallo? Hallo?«

Jemand atmete in den Hörer, sagte aber nichts.

»Hören Sie mich? Hallo! Hallo!«

Noch immer nur das Atmen. Kein Wort.

»Hallo? Sind Sie noch da? Hallo?«

»Ja, ich bin noch da«, sagte die Stimme kaum hörbar. Und dann, ein wenig lauter: »Ich bin noch da.«

»Bitte entschuldigen Sie, dass ich Ihnen die Nachricht so unvermittelt überbracht habe. Ich dachte nicht, dass Sie ... Ich verstehe, dass Sie schockiert sind.«

»Ja. Das hatte ich mir nie überlegt. Es war mir nie in den Sinn gekommen ... Ich habe schon so lange nach Eduardo gesucht, und nun, als ich dachte, ich hätte ihn gefunden ... Wann ist Eduardo gestorben?«

»Vor sechs Jahren. 1996.«

»Mit siebenundvierzig.«

»Ja.«

»Wir sind gleichaltrig. Waren gleichaltrig. Ich bin nur ein ganz bisschen älter. Achtundvierzig Tage. Ich bin am 11. Januar geboren. Er am 28. Februar. Heute wäre sein Geburtstag.«

»Ja. Es tut mir leid, dass ich es Ihnen so gesagt habe. Ich wusste nicht, dass ...«

»Sie sagten, er hätte Ingenieurswesen studiert?«

»Ja. Er war Ingenieur. Er hat an vielen Wasserkraftwerken in Brasilien mitgebaut. Sogar an dem von Itaipu. Damals haben wir in Paraguay gewohnt. Überallhin, wohin er versetzt wurde, hat er seine Familie mitgenommen.«

»Immer?«

»Immer. Wir haben an vielen Orten gewohnt, von denen noch nie jemand etwas gehört hat: In Itumbiara in Goiás, Icem in Minas, Três Lagoas in Mato Grosso do Sul, Candeias do Jamari in Rondônia und sogar an einem Ort, der gar keinen Namen hatte, in einem Dorf in Pará, mitten im Dschungel am Amazonas, vierhundert Kilometer von Belém entfernt, als das Wasserkraftwerk von Tucuruí gebaut wurde. Waren Sie schon mal da?«

»In Belém? Ja.«

»In Rio Grande do Sul wohnten wir an einem Ort mit einem sehr seltsamen Namen: Passo do Inferno – Höllenpass. In der Serra Gaúcha. Es war saukalt dort. Ich hasse die Kälte. Wir haben wirklich an sehr vielen Orten gelebt. Mein Bruder fand das toll. Ich nicht.«

»Sie haben einen Bruder?«

»Und eine Schwester. Wir sind zu dritt. Ich bin der Jüngste. Júlia ist die Mittlere. Sie lebt in Brasília und ist Zahnärztin. Und Paulo …«

»Paulo?«

»Paulo Roberto.«

»Paulo Roberto? Eduardo hat einen seiner Söhne Paulo Roberto genannt?«

»Meinen ältesten Bruder. Er ist Arzt und lebt in den Vereinigten Staaten. In Cleveland. Er ist Kardiologe. Er war nicht hier, als unser Vater den Herzinfarkt erlitt.«

»Sieht er Eduardo ähnlich?«

»Ich sehe ihm ähnlicher. Paulo kommt mehr nach seiner Mutter. Er ist dunkler, mehr wie ein Indio. Seine Mutter ist aus dem Süden.«

»Ihre Schwester und Sie ...«

»Wir sind seine Kinder aus zweiter Ehe. Paulo hat immer seine Ferien bei uns verbracht. Erst mit vierzehn ist er zu uns gezogen. Das war in Uruguaiana in Rio Grande do Sul. Da arbeitete unser Vater an irgendeinem Wasserkraftwerk an der Grenze, an welchem, weiß ich nicht mehr.«

»Wie war er? Wie war Ihr Vater? Wie war Eduardo als Erwachsener?«

»Mager. Hochgewachsen. Immer gut gekleidet.«

»Und wie war er vom Wesen her? Sie verstehen doch, dass ich neugierig bin, oder? Als wir uns kannten, waren wir noch Kinder, und ...«

»Er war ein stiller Mensch. Keiner, der viel lachte, oh nein. Er stand immer früh auf, dann ging er los, um Brot, Milch und die Zeitung zu kaufen. Er hat viel gelesen. Zeitungen, Bücher, Zeitschriften. Und er hat geschrieben. Nachts, wenn er dachte, dass wir schliefen, hat er Musik gehört. Opern mochte er besonders.«

»*Tosca*? Hat er oft *Tosca* gehört?«

»Das weiß ich nicht. Für ein Kind klingen alle Opern gleich, nicht wahr? Er hat sich wirklich bemüht, uns für Opern und klassische Musik zu begeistern. Aber ich habe nie Geschmack daran gefunden. Júlia auch nicht. Nur Paulo. Paulo liest auch gern. Comics, Zeitungen, Bücher, er hat schon immer alles gelesen, was ihm in die Finger fiel. So wie unser Vater. Sicher macht er es in den USA immer noch so.«

»Sehen Sie sich nicht?«

»Ich habe ihn nie dort besucht. Ich habe eine kleine Tochter, und Sie wissen ja, wie schwierig es ist, mit Kindern zu reisen. Und jetzt, seit dem elften September, ist es noch schwieriger geworden, mit dieser Terrorismuspanik der Amis, den Visabeschränkungen und alldem. Außerdem scheint Cleveland eine sehr kalte Stadt zu sein. Und ich mag die Kälte nicht. Mir langt der Winter hier in São Paulo. Und Paulo und ich stehen uns nicht sehr nahe. Sind Sie auch Ingenieur?«

»Soziologe.«

»Na so was. Und was machen Sie so als Soziologe?«

»Mein neuester Auftrag führt mich nach Osttimor. Wir bauen dort Schulen. Ich arbeite für eine Agentur, die von der UNO unterstützt wird. Einige brasilianische Unternehmen haben sich an der Ausschreibung für die Bauaufträge beteiligt. Deshalb war ich hier in São Paulo.«

»Wenn Sie für die UNO arbeiten, leben Sie doch sicher in New York.«

»Die Agentur, für die ich arbeite, sitzt in Lausanne. Dort habe ich eine Wohnung, eine Art Basislager. Aber ich lebe nicht in der Schweiz. Eigentlich bin ich nirgendwo zu Hause. Ich lebe da, wo ich arbeite. Im Augenblick ist das Timor. Ich habe schon in Guatemala, Mosambik, Algerien, Bosnien und Sri Lanka gelebt, mal hier, mal da …«

»Haben Sie Kinder?«

»Zwei. Einer meiner Söhne lebt in Schweden bei seiner Mutter. Joseph. Der Jüngere. Er weiß noch nicht, ob er Architektur oder lieber Biologie studieren soll. Er ist erst siebzehn. Der andere ist in Indien. Er ist Webdesigner.

Keiner von beiden sieht mir ähnlich. Besser für sie. Ihre Mutter ist sehr hübsch. Sie ist Schwedin.«

»Wie heißt er?«

»Wer?«

»Der ältere.«

Pause.

»Edward«, sagte er schließlich.

»Eduardo? Wie mein Vater?«

»Ja. Wie Ihr Vater.«

Stille an beiden Enden der Leitung. Keiner der beiden einander unbekannten Männer wusste, wie er das Gespräch fortführen sollte, das so distanziert und so intim zugleich war. Paulo, der immer noch auf dem Bett saß, sah auf die Uhr. Sicher wartete unten schon das Taxi auf ihn. Hinter der doppelt verglasten Fensterscheibe, die alle Geräusche von draußen ausschloss, sah er vom achtundzwanzigsten Stock des an der Alameda Santos gelegenen Hotels aus in den milchigen Sommerhimmel über den riesigen Gebäuden im Stadtzentrum von São Paulo. Dann verschwamm die Stadtlandschaft, und er merkte, dass er Tränen in den Augen hatte.

»Es ist so lange her …«, murmelte er.

»Wie bitte? Was haben Sie gesagt?«, fragte Eduardos Sohn.

»Einundvierzig Jahre …«, murmelte er und trocknete sich die Augen.

»Ich habe Sie nicht verstanden.«

»Ich hätte Ihren Vater gerne wiedergesehen. Sehr gern. Was für ein Jammer, dass ich erst herausgefunden habe, wo er wohnt, als es zu spät war.«

»Es tut mir sehr leid.«

»Sagen Sie Ihrem Bruder … und Ihrer Schwester … sagen Sie Paulo und …«

»Júlia.«

»Sagen Sie Paulo und Júlia, dass ein Freund Ihres Vaters angerufen hat und sie ganz herzlich grüßen lässt.«

»Ich richte es ihnen aus.«

»Er war der beste Freund, den ich je hatte. Ich habe viel von ihm gelernt. Solidarität vor allem. Sogar meine Grammatikfehler hat Eduardo korrigiert. Und wenn ich ein Wort nicht kannte, hat er es im Wörterbuch nachgeschlagen und die Bedeutung für mich auf einem Papierstreifen notiert. Von allen Kindern, die ich kannte, war Eduardo der Einzige, der ein Wörterbuch hatte. Ich habe die Papierstreifen im Kleiderschrank versteckt, damit mein Vater und mein Bruder sie nicht finden und zerreißen konnten. Als wir weggezogen sind, habe ich sie alle mitgenommen.«

»Ich verstehe.«

»In einer Zeit, in der ich niemanden hatte, war er mein bester Freund. Er hat mir mein erstes Tarzanbuch geliehen. Der erste Dickensroman, den ich gelesen habe, war auch von ihm. *David Copperfield*.«

»Ich erinnere mich, dass mein Vater dieses Buch immer wieder gelesen hat. Es war eine alte Ausgabe. Ich glaube, mit einem blauen Einband.«

»Gelb. Gelb mit schwarzer Schrift. Der Titel war rot.«

»Das stimmt. Ja, so sah es aus.«

»Haben Sie die Ausgabe noch?«

»Paulo hat sie. Es war eine der wenigen Hinterlassenschaften meines Vaters, die er mit in die USA genommen hat. Das Buch und einige Fotos, ein paar alte Schallplatten und, soweit ich weiß, die alte Arbeitstasche meines Großvaters. Er war Eisenbahner.«

»Ich weiß. Er hieß Rodolfo.«

»Richtig. Jetzt ist es Ihnen doch noch eingefallen.«

»Und Ihre Großmutter hieß Rosangela.«

»So heißt sie immer noch. Sie lebt in Rio, im Stadtteil Tijuca, bei einer ebenfalls verwitweten Schwägerin. Sie ist sehr alt, und der Tod meines Vaters hat sie schwer getroffen. Uns alle. Am meisten Paulo. Vielleicht, weil er erst so spät zu uns gezogen ist und weniger Zeit mit ihm hatte als wir. Die beiden haben viel geredet, ganze Nächte lang. Paulo war der einzige Mensch, in dessen Gesellschaft mein Vater auftaute.«

Wieder breitete sich Stille zwischen den beiden aus.

Jemand klopfte an die Zimmertür, um Bescheid zu sagen, dass das Taxi da war, und zu fragen, ob Gepäck heruntergebracht werden musste.

»Einen Moment noch!«, rief er nach draußen. Dann wandte er sich wieder an Fábio: »Ich bin gleich wieder da.«

Er öffnete die Tür, zeigte auf den größeren Koffer, drückte dem Pagen ein Trinkgeld in die Hand und bedankte sich. Der Junge ging davon, den schwarzen Koffer am Band hinter sich her ziehend.

Paulo setzte sich aufs Bett. Er zögerte. Er wollte sich nicht verabschieden. Er wusste, dass, wenn er jetzt auflegte, die Verbindung mit seiner Vergangenheit abreißen würde, die ihm am meisten bedeutete. Aber dann nahm er den Hörer auf, hielt ihn ans Ohr und sagte, wobei ihm wieder die Augen feucht wurden: »Ich muss gehen. Einen herzlichen Gruß an Sie und Ihre Geschwister. Wenn Sie mit Ihrer Großmutter sprechen, sagen Sie, dass ich angerufen habe, dass ich auf der Suche nach Eduardo war. Vielleicht erinnert sie sich noch an mich.«

»Und was soll ich sagen, wer angerufen hat?«

»Entschuldigen Sie, ich hatte ganz vergessen, mich vorzustellen. Mein Name ist Paulo.«

»Paulo was?«

»Paulo Roberto, wie Ihr Bruder.«

»Paulo Roberto … und weiter?«

»Antunes.«

»Paulo Roberto Antunes?«

»Ja. Danke. Auf Wiederhören.«

Er wollte gerade auflegen, als er Eduardos Sohn rufen hörte.

»Warten Sie! Sie heißen Paulo Roberto Antunes?«

»Ja.«

»Einen Moment, bitte. Ich bin gleich zurück.«

»Mein Taxi wartet. Ich muss los.«

»Nur noch eine Sekunde! Bitte bleiben Sie dran!«

Er hörte, wie das Telefon hastig auf der harten Unterlage abgelegt wurde. Ferne, unbestimmte Geräusche. Noch weiter weg Autohupen. Das Martinshorn eines Krankenwagens. Eine Minute. Anderthalb Minuten. Zwei Minuten. Zwei Minuten und zehn Sekunden. Fünfzehn. Zwanzig. Zweieinhalb Minuten. Er konnte nicht länger warten. Zwei Minuten und fünfundvierzig Sekunden. Zwei Minuten und fünfzig Sekunden. Zwei Minuten und …

»Entschuldigen Sie!« Fábios Stimme war wieder da. »Ich habe nach einem bestimmten Umschlag gesucht. Ich wollte nur sichergehen, dass …«

»Dass was?«

»Wie war noch mal Ihr Name?«

»Paulo Antunes.«

»Paulo Roberto Antunes?«

»Ja. Paulo Roberto Antunes.«

»Dann brauche ich Ihre Anschrift.«

»Wozu?«

»Um Ihnen diesen Umschlag zu schicken.«

»Was für einen Umschlag?«

»Einen, den wir unter den Papieren meines Vaters gefunden haben.«

»Und warum wollen Sie den an mich schicken?«

»Weil oben auf dem Umschlag ›Für Paulo Roberto Antunes‹ steht und darunter ›Von Eduardo José Massaranni‹. Es ist ein brauner DIN A4-Umschlag.«

»Und was steckt darin?«

»Ein paar maschinengeschriebene Seiten. Als meine Mutter den Umschlag fand, war er zugeklebt. Bitte verzeihen Sie, dass wir ihn geöffnet haben, aber wir hatten Ihren Namen nie zuvor gehört und mussten ein Inventar von Papas Besitz erstellen. Der Umschlag hätte wichtige Dokumente enthalten können. Es ist auch ein handschriftlicher Brief dabei, mit einer Büroklammer angehängt.«

»Haben Sie ihn gelesen?«

»Ich schicke Ihnen den Umschlag per Post zu.«

»Schicken Sie ihn bitte per Express. Bitte notieren Sie sich meine Anschrift.«

»Ich habe Papier und Bleistift zur Hand. Sie können loslegen.«

14

Lausanne

Der Brief war nicht datiert. Er war von Hand mit blauer Tinte auf ein Karoblatt geschrieben, in der sauberen, sorgfältigen Handschrift, die Paulo so gut kannte. Die Büroklammer, mit der die Notiz an den anderen Seiten befestigt war, war verrostet und hatte einen Abdruck hinterlassen, der aussah wie ein Labyrinth.

Lieber Paulo,
gestern ist mein Sohn zwölf geworden. Mein ältester Sohn, aus meiner ersten Ehe. Er sieht mir kein bisschen ähnlich, sondern ist dunkelhäutig wie seine Mutter. Fast so dunkelhäutig wie Du. Ich habe ihn nach Dir benannt.

Als wir uns das letzte Mal gesehen haben, waren wir zwölf. Vielleicht musste ich deshalb an Dich denken. Noch mehr als sonst. Denn ich denke viel an Dich. Nicht immer aus gutem Anlass. Oft macht mir die Erinnerung Angst. Bis heute. Vierundzwanzig Jahre sind vergangen, seit wir sie am See gefunden haben, und bis heute macht sie mir Angst. Vierundzwanzig Jahre sind vergangen, seit ich Dich zuletzt gesehen habe, seit wir uns zuletzt gesehen haben.

Manchmal träume ich von ihr. Dann bin ich wie zerschlagen, wenn ich aufwache. Passiert Dir das auch? Denkst Du noch an sie? Macht sie Dir ebenso viel Angst wie mir? Erinnerst Du Dich an jene Tage im April?

Irgendwo habe ich gelesen, dass Du während der Militärdiktatur verhaftet wurdest und dann nach Chile geflohen bist. Oder nach Mexiko. Oder war es Schweden? Bei einem meiner zahlreichen Umzüge ist der Zeitungsausschnitt verloren gegangen. Ich ziehe nicht gerne um, muss es aber aus beruflichen Gründen oft tun. Ich bin Ingenieur und arbeite für ein staatliches Unternehmen. Ich frage mich, wo Du arbeitest. Und was für einen Beruf Du wohl gewählt hast. Ich weiß nichts von Dir. Dabei hätte ich Dich gerne als Paulo Robertos Paten gehabt. Aber ich habe nicht herausfinden können, wo Du steckst. Die Post war zensiert. Die Beamten in den Botschaften arbeiteten für den Sicherheitsdienst der Diktatur.

Nach der Amnestie dachte ich, Du würdest nach Brasilien zurückkehren. Einige Exilanten haben das getan. Aber Du bist anscheinend im Ausland geblieben. Es sieht ganz so aus, als wärest Du im Ausland geblieben. Wo auch immer.

Ich würde gerne mit Dir über sie reden. Über meine Alpträume von ihr. Ich dachte, ich könne sie loswerden, wenn ich über sie schreiben würde. Darüber, was mit ihr geschehen ist. Darüber, was ihretwegen mit uns geschehen ist. Mit mir, mit Dir, mit Ubiratan.

Aber an vieles erinnere ich mich nicht mehr genau. Anderes habe ich nie richtig in Erfahrung bringen können. Es gibt Situationen, die ich mir so oder so vorgestellt habe. Vielleicht habe ich sie mir richtig vorgestellt, vielleicht auch nicht. Sicher weiß ich nichts. Ich habe alles so aufgeschrieben, wie ich glaube, dass es war, alles, was mir nach und nach wieder eingefallen ist, und ich habe versucht, die Einzelteile zu einem Ganzen zusammenzufügen. Aber in meiner Erinnerung klaffen viele Löcher. Vielleicht erinnerst Du Dich besser. Vielleicht kannst Du ergänzen, was fehlt. Die Lücken füllen. Ich wäre froh, wenn Du das tätest.

Ich werde diese Seiten aufbewahren, bis ich Dich gefunden habe und sie Dir schicken kann. Wer weiß: Vielleicht treffen wir uns ja eines Tages, und ich kann sie Dir persönlich übergeben? Dann können wir zusammen alles aufschreiben.

Fühl Dich frei, zu verbessern, hinzuzufügen oder zu streichen, was immer Dir beliebt. Meine Adresse und meine Telefonnummer findest Du am Ende der Seite.

Es umarmt Dich brüderlich Dein Freund

Eduardo

Er hielt den Brief lange in der Hand. Las ihn wieder und wieder. Rechnete nach. Eduardo hatte ihn 1985 geschrieben, in dem Jahr, in dem Tancredo Neves nach einundzwanzig Jahren Militärdiktatur zum ersten zivilen Präsidenten Brasiliens gewählt worden war. Im Todesjahr von Tancredo Neves, dessen Tod nur drei Monate nach der Wahl die Hoffnungen auf tiefgreifende Veränderungen im Land zunichtegemacht hatte. Im Jahr, in dem Michail Gorbatschow Generalsekretär der Sowjetunion geworden war. Im Jahr, in dem der Zerfall der Sowjetunion und der mit ihr verbundenen Utopien begonnen hatte. Geschichtslektionen. Ubiratan hätte sich gefreut, wenn er hätte sehen können, was er alles gelernt hatte.

Er legte den Brief auf seinen übervollen Schreibtisch, auf den Deckel des Scanners neben dem Computer. Der Umschlag mit dem brasilianischen Absender war, nachdem er ihn hastig aufgerissen hatte, irgendwo zwischen dem Drucker und dem Papierstapel gelandet, der niemals kleiner zu werden schien.

Er zog die maschinengeschriebenen Seiten daraus hervor.

Sie waren von 1 bis 176 nummeriert.

Es waren eng betippte Kohlepapier-Durchschläge auf Zeitungsdruckpapier. Die Schrift war verblichen und an manchen Stellen mit einem dicken schwarzen Stift durchgestrichen. An den Rändern fanden sich hier und da mit Bleistift und Kugelschreiber hingekritzelte und manchmal wieder ausradierte Anmerkungen.

Das letzte Blatt aus weißem Papier enthielt einen einzigen Satz, der in einem anderen Schrifttyp getippt worden war. Darunter stand in Klammern eine handschriftliche Notiz.

»Die Toten bleiben nicht dort, wo wir sie begraben.«
(herausfinden, wo ich das gelesen habe)

Paulo ging zum Sessel am Fenster, ließ sich darin nieder und begann zu lesen.

15

20. April 1961
und die darauffolgenden Monate

Paulo war immer noch wütend, und das wurde auch im Unterricht nicht besser. Er war eingeschlossen gewesen, bis ihn der Gorilla hatte gehen lassen, nachdem er ununterbrochen gegen die Tür des Kämmerchens getreten hatte. Ubiratan war schon über alle Berge. Fluchend verließ er den Raum. Die Frauen lachten. Die Puffmutter lachte. Der Gorilla lachte. Eduardo errötete. Paulo fluchte weiter. Und fluchend ging er im strömenden Regen nach Hause, unbekümmert darum, wie spät es war oder wie sein Vater reagieren würde, wenn er um diese Uhrzeit und völlig durchnässt nach Hause kam.

Sein Vater reagierte gar nicht. Er saß plaudernd mit Antonio am Wohnzimmertisch, die beiden sahen ihn kurz an, dann redeten sie weiter.

Er schlief wütend ein und erwachte wütend. Das Bett seines Bruders war unberührt, sein Vater hatte keinen Kaffee gekocht: Sicher hatten sie die Nacht im Hotel Wizoreck verbracht. Sie würden erfahren, dass er mit Eduardo und dem Alten dort gewesen war. Und wenn schon. Es war ihm egal. Wenn sie ihn fragen würden, was er, Eduardo und der Alte im Puff gemacht hatten, würde er nichts verraten. Wenn sie überhaupt fragten.

Der Alte: In seinen Gedanken nannte er Ubiratan nur noch so. Den Alten. Den Gauner. Den Verräter.

In der Schule angekommen, wechselte er kaum ein Wort mit Eduardo, der genauso schweigsam und düster war wie er. Er wollte nicht reden. Mit niemandem. Er fühlte sich hintergangen und gedemütigt. Und das machte ihn wütend. Sollte es irgendeinem Lehrer einfallen, ihm eine Frage zu stellen, würde er keine Antwort geben, selbst wenn er sie wusste. Wenn der Lehrer dann mit ihm schimpfen würde, würde er mit einem Kraftausdruck antworten. Mitten im Unterricht, vor allen anderen. Und wenn er dann zum Rektor geschickt würde, würde er sagen, dass sie ihn gleich rauswerfen konnten.

Nach Schulschluss stürmte er davon, auch wenn er keine Lust hatte, nach Hause zu gehen. Er wusste nicht, wohin. Er wollte nur weg, weg von hier, weg von überall.

Eduardo lief ihm nach, bis er ihn eingeholt hatte.

»Wieso hast du's denn so eilig?«

»Ist doch scheißegal!«

»Ganz ruhig, Paulo!«

»Kann dir doch scheißegal sein, weil ich scheiße bin! Alle lachen mich aus! Alle trampeln auf mir rum! Keiner respektiert mich! Mein Vater nicht und mein Bruder auch nicht, die Lehrer und die anderen in der Klasse respektieren mich nicht, niemand in der Schule. Zu Hause respektiert mich auch keiner. Keiner. Nirgendwo. Noch nicht mal der Alte.«

»Ruhig, Paulo. Beruhig dich doch.«

»Der Alte hat uns in diesem Puff eingeschlossen und ist abgehauen. Er ist losgezogen, um irgendwas zu suchen, und hat uns dort sitzen lassen! Eingeschlossen bei den Nutten. Hast du gesehen, wie sie über uns gelacht haben? Ich glaube nicht, dass sie so über Antonio lachen würden. Oder über meinen Vater. Ich bin der letzte Dreck. Und ich hab's satt, der letzte Dreck zu sein! Ich will nicht für den Rest meines Lebens der letzte Dreck sein!«

»Das bist du nicht. Und ich respektiere dich. Ich bin dein Freund.«

»Und was hab ich davon?«

»Eine Menge.«

»Was denn?«

»Einen Freund, der alles Mögliche für dich tut.«

»Was denn? Hä? Was tust du schon für mich, Eduardo?«

»Na ja, alles Mögliche. Wie gerade eben, zum Beispiel.«

»Gerade eben was?«

»Na, dass ich dir jetzt sage, dass du kein Dreck bist.«

»Na und?«

»Du bist kein Dreck.«

»Und warum nicht?«

»Weil du mein Freund bist.«

»Und weiter?«

»Wenn ich einen Bruder hätte, würde ich mir wünschen, dass du es bist.«

Paulo senkte schweigend den Kopf. Er schämte sich. Er hätte sich gerne entschuldigt und Eduardo die Hand gedrückt, aber er tat weder das eine noch das andere.

»Ich würde mir auch wünschen …«, sagte er und brach ab.

Beide waren verlegen.

»Hast du Hunger?«, fragte Eduardo schließlich nach einer Pause, in der keiner wusste, was er sagen sollte.

»Ich habe zwei Cruzeiros dabei, ich könnte uns zwei Empanadas kaufen.«

»Nein«, log Paulo. »Ich hab keinen Hunger.«

»Also …«

»Also was?«

»Also …« Eduardo suchte nach einem unverfänglichen Gesprächsthema. »Mein Fahrrad.«

»Dein Fahrrad. Der Alte hat es nicht zurückgebracht.«

»Nein.«

»Weiß dein Vater das? Weiß deine Mutter, dass dein Fahrrad weg ist?«

»Ich habe behauptet, ich hätte es dir geliehen.«

»Sollen wir ins Altersheim gehen und es holen?«

»Ja, das machen wir. Der Alte muss uns erklären, warum er das gemacht hat.«

Ubiratan saß nicht an dem Tisch unter dem Baum, dessen Äste über die Mauer ragten, und er war auch sonst nirgendwo im Hof zu finden. Im Speisesaal war er auch nicht. Er war nicht in der Toilette, nicht im Schlafraum und nicht im Korridor. Nicht im Gemüsegarten hinter dem Haus und auch nicht in der Küche, der Kapelle oder dem Besucherzimmer. Sie suchten das ganze Altersheim ab, ohne auch nur eine Spur von ihm zu finden. Und das Fahrrad war ebenfalls verschwunden. Diejenigen Heimbewohner, die noch einigermaßen bei klarem Verstand waren, wussten nichts über Ubiratans Verbleib. Sie hatten ihn seit dem Vortag nicht gesehen und schworen, er habe nicht im Altersheim geschlafen. Paulo glaubte ihnen nicht. Er vermutete, dass der Alte einer direkten Konfrontation mit ihnen auswich; wahrscheinlich schämte er sich für den gestrigen Verrat. Bevor sie gingen, versuchten sie noch, ein paar Nonnen eine Auskunft zu entlocken, doch vergeblich.

Als sie gingen, war Eduardo unruhiger als Paulo. Er sorgte sich vor allem um den Verbleib seines schwarzen Markenrads. Vielleicht hatte Ubiratan es irgendwo abgestellt und dann vergessen. Und wenn ihm nicht mehr einfiel, wo? Würde es noch zu reparieren sein, wenn er es kaputtgefahren hatte? Eine Reparatur kostete Geld, und Ubiratan hatte keines. Eduardo auch nicht. Und wenn es gestohlen worden war? Wie sollte er seinen Eltern erklären, dass das kostbare englische Fahrrad, das sie aus zweiter Hand, aber so gut wie neu erstanden hatten, das Fahrrad, das sie ihm zur Belohnung für sein gutes Übergangszeugnis auf den Gymnasialzweig der Städtischen Schule Beatriz Maria Marques Torres geschenkt hatten, das Fahrrad, das sie sich vom Munde abgespart hatten, einfach verschwunden war? Mir nichts, dir nichts? Wenn er erzählte, dass er es einem alten Mann aus dem Altersheim geliehen hatte, würde er es nur noch schlimmer machen. Und wenn er erzählte, dass der alte Mann aus dem Altersheim mit seinem Fahrrad irgendwohin gefahren war und dass er, Eduardo, keine Ahnung hatte, wohin er gefahren war und wenn er darüber hinaus noch erzählte, dass der Alte, Paulo und er in einem Fall ermittelt hatten, in dem der Täter schon gestanden hatte, dann könnte er sich gleich begraben lassen.

Paulo schlug Eduardo vor, einfach zu behaupten, dass er, Paulo, das Fahrrad für Botendienste für den Schlachthof gebraucht und versprochen habe, es bis zum Abend zurückzubringen. Das war eine gute Lüge. Früher oder später würde Ubiratan sein Versteckspiel aufgeben müssen, sich ihnen stellen und das Fahrrad zurückgeben. Die Lüge verschaffte ihm ein paar Stunden Schonfrist. Aber sie half nicht gegen Eduardos wachsende Beklemmung. Was ihn umtrieb, war nicht eigentlich Sorge. Nicht die Sorge um das Fahrrad oder um das Geld, das es wert war oder das eine mögliche Reparatur kosten würde, nicht die Sorge darum, dass seine Eltern wütend oder enttäuscht sein würden. Das war es alles nicht. Es war ... Diese Sache. Schon wieder. Schon wieder jenes Seltsame, Besorgniserregende, das kein Gesicht und keinen Namen hatte und das ihn manchmal überkam. Was war das bloß?

Sie vereinbarten, nach dem Mittagessen ins Altersheim zurückzukehren, dann trennten sie sich. Paulo ging weiter, ohne zu wissen, wohin. Der Hunger nagte immer stärker an ihm, aber nach Hause wollte er nicht. Ziellos lief er drauflos und pfiff, ohne es zu merken, eine der Melodien, die er im Hotel Wizoreck gehört hatte.

Ein amerikanischer Wagen fuhr an ihm vorbei. Er war grün und hatte ein weißes Verdeck. Am Steuer saß der Bürgermeister, neben ihm eine magere Frau, deren linker Arm verbunden war. Auf der Rückbank saß ein blondes junges Mädchen mit eng beieinander stehenden Augen. Der Wagen bog in die Landstraße ein, die in die Hauptstadt führte.

Der Schmerz saß hartnäckig in seiner Brust. Er bedrückte ihn. Ein Schmerz, der sich in ihn bohrte. Ein seltsamer Schmerz, als ob ihm jemand eine scharfe Lanze in die Eingeweide stieße, die ihn durchdrang und zugleich alles in ihm zusammenpresste. Er verstand das nicht. Und er wurde es einfach nicht los, dieses … Etwas. Diese Sache.

Er beeilte sich, nach Hause zu kommen.

War es Sorge? Worum? Woher kam sie? Was verursachte sie? Was war das … dieses Etwas, das ihm das Atmen schwer machte und eine kalte Welle von Angst über ihn hereinschwappen ließ, die nicht eigentlich Angst war, dieses Etwas, das sein Herz heftig in der Brust schlagen ließ und … Wie nannte man das? Es musste doch einen Namen haben? Warum fühlte er es? Warum machte ihn dieses Etwas so unruhig? Warum ließ es ihn nicht los?

Den Rest des Weges rannte er.

Als er schwitzend und keuchend die Haustür öffnete, umfing ihn ein Gefühl von Sicherheit. Nach und nach beruhigte sich sein Atem. Er fühlte sich … fühlte sich … beschützt. Geborgen. Alles war wie immer: die nach Politur duftenden Möbel, die wenigen Bilder, Reproduktionen berühmter Gemälde, die Porzellanfiguren, die Häkeldeckchen, die Farne, Veilchen und Begonien in den gleichen Blumentöpfen wie immer, die an derselben Stelle standen wie letzte Woche und die Woche davor, da wo sie vorgestern und gestern gestanden hatten und auch morgen noch stehen würden.

Er trat ein, schloss leise die Tür hinter sich und lehnte sich dagegen. Das gleichmäßige Rattern der Nähmaschine drang an sein Ohr und zeigte ihm, dass seine Mutter arbeitete, wie sie es sechs Tage in der Woche morgens und nachmittags tat, bis sein Vater von seinem Büro im Bahnhof nach Hause kam. Vertraute Geräusche, an die er sich so sehr gewöhnt hatte, dass er sie gar nicht mehr wahrnahm, die ihn aber jetzt umgaben und mit einem Gefühl der Erleichterung und tiefer Dankbarkeit erfüllten.

Er wollte gerade rufen, dass er zu Hause sei, als das Rattern der Nähmaschine abbrach. Sie hatte ihn hereinkommen hören. Und jetzt rief sie nach ihm. Es kam ihm vor, als klänge ihre Stimme anders als sonst, verschnupft, als hätte sie geweint. Er ging ins Nähzimmer, wo sie hinter ihrer Singer-Nähmaschine saß. Ihre Augen waren rot und geschwollen. Der Vater saß neben ihr, sehr ernst, noch in Arbeitskleidung. Er hielt ein Telegramm in der Hand.

Paulo erfuhr nie, wer den Schlachthof gekauft hatte oder wieso sein Vater zum Chef eines Warenlagers in einem Ministerium in Rio de Janeiro ernannt worden war. Auch Antonio wusste es nicht, aber es war ihm egal. Ein Leben in Rio, selbst in einem Vorort fern der Copacabana, war mehr, als er sich je hätte träumen lassen. Er würde in die Stadt ziehen, in der es die nacktesten, schärfsten und braungebranntesten Weiber von ganz Brasilien gab – was kümmerte es ihn da, wieso sie hinzogen und wem sie es zu verdanken hatten?

Sie hatten den nächsten Tag, einen Feiertag, zum Packen. Das war schnell getan: Ihre Möbel und Habseligkeiten passten in einen Lkw. Am Samstag bestiegen sie den Bus und verließen die Stadt, in der Paulo geboren und aufgewachsen war und in die er nie mehr zurückkehren würde. Er hatte nur einen Koffer dabei, vollgepackt mit seinen wenigen Kleidungsstücken und Dutzenden Papierstreifen, die mit handgeschriebenen Erklärungen von Wörtern, die er nicht gekannt hatte, bekritzelt waren.

Vor der Abreise brachte er Eduardo das Exemplar von *David Copperfield* zurück, das er noch nicht ausgelesen hatte. Eduardo bestand darauf, er solle es als Abschiedsgeschenk behalten, aber Paulo lehnte ab.

Am Sonntag fuhr Eduardo mit seinem Vater im Zug nach Barra do Piraí, wo sie in einen Zug nach São Paulo stiegen. Dort nahmen sie einen weiteren Zug nach Taubaté, in die Stadt, in die Rodolfo Massaranni per Telegramm mit sofortiger Wirkung versetzt worden war. Rosangela Massaranni blieb nur so lange zurück, bis sie den Umzug in die Wege geleitet hatte, dann kam auch sie nachgereist.

In den ersten Wochen und Monaten schrieben Eduardo und Paulo einander häufig. Eduardos Briefe waren lang und traurig, minuziöse Beschreibungen der Kälte, mit der ihn die Klassenkameraden in der neuen Schule empfangen hatten, des Desinteresses der Lehrer und der Schäbigkeit der Plätze und Straßen, auf denen merkwürdige Bäume wuchsen, der Hässlichkeit der Gebäude der Stadt, in der sie nun wohnten. Er schrieb, wie sehr er ihre gemeinsamen Fahrradausflüge und das Krächzen der Papageien im Bambushain am See vermisste. Paulos Briefe berichteten in kurzen Sätzen vom aufregenden Leben in Méier und Cascadura, den Stadtteilen von Rio, in denen er sich an den Wochenenden herumtrieb, und darüber, wie er sich über das Geschrei der fliegenden Händler in den Zügen amüsierte, mit denen er von Bento Ribeiro, wo er wohnte, nach Marechal Hermes zu seiner neuen Schule fuhr.

Eduardo schrieb auch immer wieder an das Altersheim, doch von Ubiratan kam keine Antwort. Schließlich kamen im September alle Briefe auf einmal zurück, mit einer kurzen Notiz versehen, dass im Altersheim niemand dieses Namens wohne.

Einige Monate später schrieb ihm Paulo in einem mit Ausrufezeichen gespickten Brief, dass er in einer Frau gewesen sei und dass es sich großartig angefühlt habe. Eduardo schrieb zurück, er sei ebenfalls in einer Frau gewesen und es habe sich ebenfalls großartig angefühlt. Gleich darauf bereute er seine Lüge, aber da war der Brief schon fort. Im nächsten Brief wollte er die Wahrheit beichten, aber schließlich antwortete er nur ausweichend auf die Fragen, die ihm Paulo zu dieser ersten Frau gestellt hatte, die es gar nicht gab. Und wieder schämte er sich dafür, seinem Freund eine Erfahrung vorgeschwindelt zu haben, die er erst fünf Jahre später in São Paulo mit einer Studienkollegin machen sollte, für die es, wie für ihn, das erste Mal war und die sich ebenso ungeschickt anstellte wie er.

Ob es nun mit diesem ersten Vertrauensbruch begann oder irgendwann später: Im Nachhinein konnte keiner von beiden mehr sagen, wann und warum die Briefe allmählich immer kürzer und spärlicher wurden. Bis sie sich eines Tages, ohne es zu merken, überhaupt nicht mehr schrieben.

16

Brasilien, 12. April 1961

Der magere blasse Junge lag auf der Wiese, die den See wie ein wogender grüner Rahmen umgab. Als er die Augen aufschlug, sah er seinen dunkelhäutigen Freund mit den Segelohren vor sich stehen. Er tropfte.

»Glaubst du das, was der Russe erzählt hat?«

»Der von heute Morgen? Der erste Mann im Weltall?«

»Ja, der. Dass er in hundertacht Minuten die Erde umkreist hat. Glaubst du das?«

»Ich denke schon.«

»Hättest du Lust dazu?«

»Ja. Wir machen das auch. Spätestens in zehn Jahren sind Weltraumreisen das Normalste von der Welt.«

»Ja, wir könnten Astronauten werden. Das ist besser wie Cowboy.«

»*Als* Cowboy«, verbesserte ihn der magere Junge.

»Auch wenn wir Brasilianer sind.«

»Bald kann jeder Astronaut werden. Aber ich glaube, ich werde lieber Ingenieur.«

»Und ich Wissenschaftler. Da kann ich Medikamente erfinden, um unheilbare Krankheiten zu heilen.«

»Alle unheilbaren Krankheiten!«, fügte der Blasse hinzu.

»Alle!«, stimmte sein Freund begeistert zu. »Alle!«

Sie lachten. Es war ein schöner, lauer Tag.

ENDE

(18. Juni 2009)

Sie töten für ein Manuskript: Barcelona zwischen Mord und Mystik ...

512 Seiten. ISBN 978-3-442-38064-0

Der Antiquitätenhändler Artur Aiguador wird ermordet, nachdem er eine Handschrift aus dem 15. Jahrhundert erworben hat. Sein Sohn Enrique übersetzt das Manuskript, um den Mördern seines Vaters auf die Spur zu kommen. Mit jeder Seite erfährt er mehr über die vielen Geheimnisse der jüdischen Viertel des mittelalterlichen Barcelona und über einen Jahrtausende alten Geheimkrieg um einen Smaragd, ausgestattet mit übermenschlicher Macht. Und bald schon muss er feststellen, dass die tödliche Jagd auf den »Stein Gottes« noch immer nicht vorüber ist ...

Lesen Sie mehr unter: **www.blanvalet.de**